上帝的窗子

陈平骊◎著

長江出版傳媒 | 长江文艺出版社

图书在版编目（CIP）数据

上帝的窗子 / 陈平骊著. -- 武汉 : 长江文艺出版社，2017.3(2024.8 重印)

ISBN 978-7-5354-9267-8

Ⅰ. ①上… Ⅱ. ①陈… Ⅲ. ①散文集－中国－当代 Ⅳ. ①I267

中国版本图书馆 CIP 数据核字(2016)第 274451 号

责任编辑：杜东辉　　责任校对：毛季慧

封面设计：水墨方　　责任印制：邱　莉　胡丽平

出版：长江出版传媒 | 长江文艺出版社

地址：武汉市雄楚大街 268 号　　邮编：430070

发行：长江文艺出版社

电话：027—87679360

http://www.cjlap.com

印刷：三河市百盛印装有限公司

开本：880 毫米×1230 毫米　1/32　　印张：11.5

版次：2017 年 3 月第 1 版　　2024 年 8 月第 2 次印刷

字数：222 千字

定价：68.00 元

承窗之染，逐美而活

——陈平骊散文集《上帝的窗子》序

高晓晖

陈平骊说：“我的心是宣纸做的，无论痛苦还是欢乐，一经点染，心就湿透，痛苦欢乐的情绪都会被放大。”（《感应》）

陈平骊还说：“人在困厄时，上帝其实都关注着，为你一直打开着一扇窗子，但狡黠的上帝不会轻易让你发现，神知道人的需要，也知道在最合适的时候，为你打开你需要的窗子。”（《上帝的窗子》）

先睹为快！陈平骊给我抢鲜阅读她的第一部散文集《上帝的窗子》的清样，这是一份很令人珍视的信任。在这之前，她已经出版过旧体诗词集《晴窗集》和新诗集《时间的河岸》，博得专家和读者的好评。在《上帝的窗子》中，她如许扣人心弦的表述,几乎是俯拾即是的。由此，我对陈平骊的散文“酿造”过程作了这样一种臆测：上帝当然是要为陈平骊打开一扇窗子的，而属于陈平骊的“窗子”，不是用眼睛去发现的，而是用心去感知的，她有一颗宣纸做的心，足以收纳这扇窗子呈现的种种风景。有趣的是，由“上帝的窗子”呈现的风景，在陈平骊心的“宣纸”上点染成画图，并非机械的被动的承接，她是主动的收纳、再造，是“逐美”地主动去发现“风景”，濡染画幅。这很像六祖慧能的故事中描述的情景：

> 时风吹幡动，一僧曰风动，一僧曰幡动，议论不一。慧能进曰：“不是风动，不是幡动，仁者心动！”（《六祖坛经》）

一般说来，只有风动幡动，才有心动，此所谓“物色之动，心亦摇焉”。在辨识主体与客体相互关系层面，当然是客体的变化决定主体的变化。但谈论陈平骊的散文，常常会发生场阈的超越，即穿越主客体关系场阈进入创作主体性场阈。在这样一个主体性场阈内，物与色成为虚静恒定之物，惟“心动”成就“风景”。

阅读陈平骊的散文，我能感觉到她的“心动”是如此强劲，能量的挥发：灼热乃至滚烫。不论是悟道说理还是抒情遣怀，字里行间，都灌注着一种内在的热力，这无疑是她“心动”的能量。于是，忍不住要去探究她强劲的“心动”之能源自何处，就像发现星火忍不住要去找寻燧石一样。

能量源之一：学识学养蕴蓄慧心。散文是一种智慧文体，学识学养决定着散文的内在品格。熟悉陈平骊的人，都会送她一个雅号：“才女”！不熟悉她的人，读过她的散文之后，相信也会自然而然地认同“才女”之说。在陈平骊的散文中，学识学养不是生吞活剥的“掉书袋”，而是化为一种心力，情之所至，心洞顿开，不是生拖硬拽，而是如约而至。来到厦门鼓浪屿，她油然而生一种走马观花的不满足感，此时此刻，卡尔维诺在《看不见的城市》中的描述作了她恰如其分的代言：“无论城的真正面貌如何，无论厚厚的招牌下面隐藏着什么东西，你离开它的时候其实还不曾发现它。”

（《鼓浪屿风情》）所谓“读书破万卷，下笔如有神”。陈平骊从小养成的阅读习惯（《父母的旧居》中提及），以及后来的大学中文系学习，并以大学中文教学为职业，几十年的日积月累，使她的学识学养不断精进，以至在散文创作中，她学问的应用，称得上是得心应手，随心所欲。写景状物，抒情遣怀，用古人妙句，几乎是随手拈来的。“观棋有语”一辑，她不仅评说诗文，更对影视、音乐等作出十分在行的评说，没有学问学养的累积，她不可能做到如此从从容容，游刃有余。

能量源之二：善察善思历练慧眼。敏而多思，是陈平骊的本性。读陈平骊的散文，能强烈感受到她遣词造句的真性情。人生的经历与阅读的体验，磨砺了她的眼力和思辨力。也因此，她的散文无不在有意无意间张扬着她的思辨力。她这样谈论男人的性感：“总之，一切行动着、证明着自己生命内在力量与光辉的男人，都是性感的。但是，我要说啊：其实，最能体现一个男人的性感，是他的静止状态，当他若有所思地坐在那里，或站在风口，凝定、沉思、静默，以某种自然而洒脱的姿态演绎着内心的秘密，这种时刻，只有真正智慧的头颅、敏锐的内心在主宰着、诠释着性感，这个时候的男人的性感，那才是真正的性感呢。”（《男人的性感》）

陈平骊赞赏的是男人的大气、大度、大境界，鄙弃的是男人的狭隘、自私和委琐。

她这样思考女人的“另类”：“另类女人最大的特点，是她们一般不按规矩出牌，也是容易不遵秩序的人。……她们并不想以挑战秩序作为时髦的标签，只是无法不尊重自我及内心。做另类男人和女人是需要魄力的。因为另类人是基于理性认识上的自我选择，是

在自觉选择基础上的面对与承担。若非大勇气，实难做到不合时宜。”（《另类女人》）

不论男人和女人，要“另类”，要“不合时宜”，并非外在的搞怪装酷，而是内在的生命需求，是个性张扬的必然选择。因此，她（他）会冒犯，因此，她（他）必须勇敢。

还有，人是什么，人为什么而活，何者为生，何者为死，问世间情为何物，人如何得以相遇相知，人如何得遣孤独，等等，这样一些人生命题，都是陈平骊乐于追问，也乐于求解的命题。

能量源之三：且走且看成就悟性。很显然，陈平骊是乐于或者好于游历的，当然，她之乐与好的游历，不是那种跟在导游旗下的亦步亦趋，上车睡觉，下车拍照，而是且行且思的“旅行”。她对“旅行”有自己的定义：“一定是用心在品山水，用当时一己之心态在读山水”，“是李白的‘相看两不厌，唯有敬亭山’，是陶渊明的‘采菊东篱下，悠然见南山’，是王维的‘深林人不知，明月来相照’”，“是独游，是啸傲，是静赏”。（《在山水间发呆》）

她把几次重要的“旅行”所得，都收集到“萍踪浪影”一辑中了。那些游历，对于陈平骊而言，也是上帝之窗，别有光明耀眼。她的游历，有时是不期而遇，比如泰国曼谷，“修持与狂欢并在，纵欲与礼佛共存”，有时是心仪已久，比如福建龙岩永定土楼。因为要给学生讲中国建筑文化，她不能不见识一下客家土楼，这是中国建筑文化的奇迹。

关于游历散文，尽管陈平骊用心、用情挥洒她对山水风物“品、读、赏”的个性，但终归没有脱离同类散文的藩篱，还是拘泥于休闲状态下的闲情逸致。我以为她散文中还有一类“游历”，

值得特别看重，这类“游历”，与她的人生相关，与她的生命相关。比如《团聚与离别》，由她自己生命历程中母子时散时聚的蚀骨体验，进而言说：“聚也未必好，散也未必不好。人生最苦是离别。人生最难是相守。苦里却有牵挂、也有渴望，生命因而是鲜活灵动的；而人心总是灯下黑，天际却是玫瑰红，眼前的是一粒蚊子血，远方的却是朱砂痣。”在这里，疗救人生之无奈，还得以胸怀旷达作解药。再比如《旧居琐忆》，写的重访旧居的思绪：“作为母亲，在这屋檐下辛苦抚育儿子的一幕幕，那日升月落的似水流年，早已铭刻在房里每一面无言的墙上，每一块瓷砖缝里。”还有《感应》，她笃信：“至亲至密的人与人之间，必定存在着至为深切的感知。”父亲辞世的时刻，儿子被烫伤的刹那，那种心灵感应，是如此的真切：“心胁间一阵剧痛，仿佛被人狠狠插上一刀”，母子连心，非亲历这种生命的创痛，无论如何生造不出如此泣血的文字。

综观陈平骊的散文，动人之处，无外乎那种心手相应的率真。所见所闻所思所悟，和盘托出，当然是带着强劲的热力的“和盘托出”。热气腾腾的质地，托出思想的锐敏与或沉郁或飞扬的情愫，这大概就是陈平骊散文动人的理由吧。

2016 年 9 月 3 日

武昌东湖畔

目 录

第三辑　流年如瓷

第四辑　观棋有语

第五辑　萍踪浪影

第六辑　落英点水

第一辑　拈花一笑

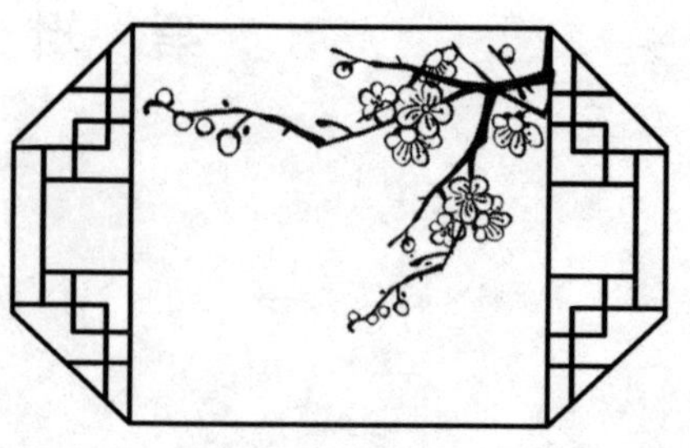

乱弹桃花

学校在汤逊湖藏龙岛上，三面环水，龙头将湖波隔成一大一小的姊妹湖。大湖四季水光接天，云霞变幻，风景殊佳。小湖一年种荷，一年蓄水。夏秋之际，湖面全都被小伞般的荷叶遮盖，一阵风来，眼见深红浅红粉红的荷花，花萼弄影，花枝乱颤，更兼翠鸟低飞，心境会刹那间变得单纯喜悦。今年不种荷花了，又是满湖的波光荡漾，别生一番情调。

前几日春雨乍歇，蛙声如鼓，野鸭啾啾，恍若处于江南田园。今天课间小憩，禁不住走到窗前，抬眼便见柳岸翠堤。

连日的薄雨过后，春天如约而至。蜿蜒而去的环湖阡陌，桃花全都开了。那身姿那颜色，一路妖娆而去，或倚斜，或散逸，或俏立，有村姑般的天真野气，一点都不造作，也全无洋场脂粉气。若将樱花比做书院仕女，那我眼底的桃花，恰似山野村姑是一点不差的。

写桃花最有名的要算唐代崔护的那首诗吧？“去年今日此门中，人面桃花相映红。人面不知何处去，桃花依旧笑春风”。这诗背后的底事，底事所埋藏的情爱悲欣与苍凉，怕是生活在今天癫狂红尘里的男女，所不愿深解的。

而最早写桃花的，应是《诗经》里的“桃之夭夭，灼灼其华，之子于归，宜其室家”，写一个女子新婚，她如花的美貌和喜悦。看来桃花总和女子的命运与容颜相关联。女子、桃花、桃花运，还有命薄桃花，冥冥中的上苍旨意真是这样的吗？

桃花开了，在必须要开的春情三月，而一场接一场的春雨过后，桃花将萎谢于虚无。

若将女子比桃花，有谁能经受得起一场又一场的风雨？所以，要开，便尽力地、不管不顾地盛开，别憋死在自己的香气里；要萎谢，也谢得从容优美。犹如一朵粉红色的桃花，轻盈地从春天的生命里飘过，轻盈地从男人的生命里飘过。

你记得也好，最好你忘掉。

但谁能轻易地忘掉呢？桃花，你说。

江湖城市

和朋友说到武汉的春天如何美丽，如何湖光山色，有山有水，其实武汉更是一座来过、住过就忘不了的城市。若说江城武汉是个多山多水的地方，不如说它是个漂浮在水上的、火焰般的大城。武汉女作家池莉写了篇小说《水与火的缠绵》，我宁可她暗示的是武汉这大码头。

它拥有世界上最大的城中湖，又曾冠衔长江三大火炉之一（听说前年已摘帽恭送给近邻长沙了），故谓水与火之缠绵也。江湖的交错是指风景，江湖的老辣是指世情，故我愿以“江湖之大城”名之。

对这座江湖大城，人们往往是且恨且爱，不能离开时，便烦闷其气候之大冷大热，嘲弄其民性之火爆浓烈；离开了却很奇怪，无人不想念这风景入画却又特点独具之地，也包括想念武汉人的直筒子脾气。

我和学生讲课，讲风景，常爱恨交加提及武汉，并总结为：有山有水，极冷极热。学生均大点其头也。

数来数去，最惹人难舍的还是那东湖，名气没有西湖大，但疏旷野朴的山水灵性，却更胜精致玲珑的西湖。尤其是东湖四季不断的花事，让我迷恋：

初春东湖梅园寻梅，仲春磨山樱花园访樱，夏季荷花节又至，湖边一路的荷叶亭亭，暗香浮动在连天碧波之上。东湖的荷盛大，沙湖的荷清雅，南湖的荷秀逸，汤逊湖的荷幽独。而秋天，大街小巷遍植的桂花树都开了，金蕊如繁星，散发出甜香，清风徐来，仿佛整座城市都泡在秋天的色香里，更有梨园的菊花盛开得沉醉，盛开得忘我。冬天有雪花来助风雅人士的野性：去东湖赏雪呀、去东湖寻梅啊，常常这样听人邀约。

唉。真可谓碧波荡漾倾城媚，花事缠绕四季春。

我想：自己对这座城市的感情就像一对冤家：离开了就思念，在一起又苛求。多年来，我远兜近转，绕来绕去，一次次逃离，又一次次回来，最终还是没有逃过江城迷漫无边的水网（抑或魔网？）。

命耶？情耶？本女子不知也。

哲人说，人要诗意地栖居在大地上。我想指的不仅是灵魂的事，也是指人生活的环境要有诗意吧？

这样的江湖城市，这样花事不断的城市，会让人久而生恋：大江大湖、冷热两极，有江流的奔腾浩渺，有湖波的静谧深广；有冬的凛凛白雪，笼罩湖面，一片茫茫空无；有夏的炎炎骄阳，所有的浓荫都嘶唱着金子般的蝉鸣。这样的城市，便如撩人磨人的情人，让你大爱大恨，辗转不休。

这样的城市风景，明灭变化；这样的城市风貌，也在日日更新。

你说：它是不是很有诗意呢？

人行江湖，人居江湖，湖光悦性，山色遣情，有湖光山色遣人性情，有水与火的洗礼安顿灵魂苦乐，是一种天赐的福分。

男人的性感

男人们常迷恋女人的性感，也常常谈论这个永恒不衰的话题。这几乎成为男人的一个经典题目。常让听的人和说的人不停喝酒、不停搓手，两眼放光，仿佛只有女人才和性感联系在一起。但五一前和大学女友逛街，坐下喝茶的功夫，她突然问我："什么样的男人最性感？"

是啊，一如女人有性感和不性感之分，这和胖瘦无关，和胸大曲线更无关系，甚至有时也和学养、学历没有关联。那是源自魂魄和骨子里的、与生俱来的一种风神风情。这种风神风情当然也可能随着阅历和涵养而呈现销魂蚀骨的魅力。而男人的性感是什么？什么样的男人最性感呢？

男人的性感，其实于女人而言，是神秘和玄妙的。有些女人觉得：性感的男人，有种深沉、阴郁、捉摸不定的气质，他很酷，很优雅，很静默，也很自信。他双目如电，像注视猎物那样注视一个女人。

我想，男人的性感和女人是不一样的。 也许是一种万人丛中一握手、留得衣袖三年香的人格魅力，也许是一种让人不容置疑的心灵力量，也许是那沉默的外表下蕴藏的敏锐的内心。谁说不是

呢？或者，更简单些，只是一个若有所思的凝视，只是一句简短的问话，甚至只是一个手势，一种走路的姿态，仰天大笑的神情，或者仅仅是：那抽烟的样子、那微笑内敛的嘴角，还有那剪得整齐干净的指甲。如果在那一刻，那个男人如电光火石般淬出你的灵魂底色，或者让你的心忽地沉静下来，变得干净、变得单纯，当然，还有可能变得恍惚，那就是一个男人的性感击中了你。男人的性感，就像蚕丝，在你和他接触的刹那，或者许多沁凉的时光，慢慢缠裹了你，密密的，温热的，有着缎子般的温柔和低迷。这样的男人一般是得不到的，但可让你在人生许多的暗夜，独自抚摸自己的身心，沉潜回味。那种曾经的心动，怎能忘、不能忘。

我要说：男人的性感，是长满虱子的华丽袍子内那优雅深沉的衬里，它埋蕴着一些不足为外人道的迷恋和秘密，让人觉得平淡人生密实的温暖，沉潜着生活的魅惑。一如女人的性感，是华丽袍子面上，那让人销魂蚀骨的紫色暗花，点缀着生活的姿态与飞扬的动感。

男人的性感，是钢，亦是绸，可无坚不摧，也会化为绕指柔。

男人的性感，是夜的黑，也是煌煌的白昼之光，让你从心底泛起纯粹女人的渴望，即使是痛断了肝肠，还是不能放下。

男人的性感是火，亦是水，水与火的缠绵，水与火的激荡，怎不让女人为之动容和心醉？

唉，我要说，男人的性感，是让女人更女人、是让爱更纯粹的东西。谁知道呢？

男人在他热爱的天地，在他的事业领域忙碌时，是性感的；他专注于厨房、制作丰美的佳肴时的宽厚背影，是性感的；为情伤感

落泪而痛楚的眉眼，是性感的；为爱怜惜着、爽朗大笑后的一瞥柔情，是性感的；男人的性感，是含笑不语、默契相照的凝望；是独步时萧散落寞的一声口哨；是轻松越过难关的一记响指；是读书悠然神会时点燃的一支香烟；也许，还有肌肤相亲的灯下，温柔拢起你的头发，那半是清醒半是沉醉的望定；是发怒的片刻，那牙关紧咬的强韧面肌……

总之，一切行动着、证明着自己生命内在力量与光辉的男人，都是性感的。但是，我要说啊：其实，最能体现一个男人的性感，是他的静止状态。当他若有所思地坐在那里，或站在风口，凝定、沉思、静默，以某种自然而洒脱的姿态演绎着内心的秘密，这种时刻，只有真正智慧的头颅、敏锐的内心在主宰着、诠释着性感。这个时候的男人的性感，那才是真正的性感呢。

性感，是竹林七贤的嵇康：那打铁和弹琴的旁若无人；性感，是晋朝谢安手抚汉南之柳、泫然落泪的深情；是东晋名士手挥目送的潇洒，是阮籍深谷长啸的狂狷；性感，是诸葛孔明隆中高卧、春日迟迟、大梦先觉的智慧，是周瑜羽扇纶巾、战火间气定神闲的儒雅；性感，是诗仙李白“仰天大笑出门去，我辈岂是蓬蒿人”的气概；是诗圣杜甫“朱门酒肉臭、路有冻死骨”的爱憎，是辛弃疾“唤起红巾翠袖、揾英雄泪”的肝肠，是苏东坡“莫听穿林打叶声，何妨吟啸且徐行”的旷达。鲁迅的冷幽默、胡适的温面孔、柏杨的辣心肠，当然闪烁性感的魅影；周恩来抱胸仰天的笑声，毛泽东凝神挥毫的手腕，邓公抽烟莞尔的神态，当然散发着性感的神韵。

在大事上懵懂、小事上计较的男人，和性感无关；在金钱上小

气、情爱上自私的男人，和性感无关；在事业上懒散、生活中委顿的男人，和性感无关。至于，油腻中闪动头皮屑银光的头发、留着一寸长的指甲的肉感的手、系着花哨恶俗领带的脖子，还有委琐顾盼的眼神、刺耳锐利的尖笑，诸如此类，无一不是男人性感的死敌啊。亲爱的男性同胞，敬请回避为妙。

无论如何，男人的性感，无关肌肉，无关骨骼，而更多的是心灵上的，精神上的，品质上的一种姿态，一种智慧。男人的性感会让这个世界更温情，更动人，也会让无数的女人更温柔地沦陷。

我爱男人，但更爱男人的性感。

另类女人

经常听到朋友说：别太另类了啊、别太不合时宜了啊。等等。其实在今天这样一个万花筒般多姿多彩、多元化的攘攘红尘，什么样的生活态度和生活方式，都是见惯不惊的。不会像几十年前那种天下一统的时代，有女人将刘海偷偷用发卡卷弯，都会引起别人的注意和讥评。这样一个喧哗与躁动的社会，人活着，无论有多少无可名状的压力与艰难，无论有多少不平世事与空前激烈的竞争，人心和世风总是开明了许多。你怎样活法是自己的事，和旁人无关。即使你一时性起跑到街上裸奔，人们至多会投以惊讶的眼光，不会去打小报告或报警，除非你几十年如一日乐此不疲地裸奔。

我想：无论古今中外，总有这样一些不合时宜的人，他平生最大的乐事，是活在自己的世界里，活在自己自得其乐的梦里。只要能从中获得快乐与慰藉，只要不给别人造成痛苦和伤害，尽可以不屑于他人及他人的眼光吧？

那年去湖南凤凰，那是二十世纪三十年代成名的作家沈从文的故乡。每天和鼠胖在小城窄小却热闹的石板街面无目的地闲逛，总会碰到一个穿齐脚踝布裙、留披肩长发、面目美丽苍白、神情疏离落寞的年轻女人。古城区麻雀大小，清浅古老的沱江穿城而过，顺

着古朴的河街商铺，半个多小时就能兜个来回。我们和这个女人每天都能邂逅相逢，然后擦肩而过。我有这样的敏感，能够很快从人的外在神态气质上，判断他们到底属于哪一种人类，尤其是这样的另类女子，我会在几步之内得到感应。而鼠胖是毫无察觉的，我也不会告诉他。因为不自觉地观察人，那是我隐秘的快乐。每天，在暗香缭绕的故旧铺面，和人头攒动的弯曲街口，她总会遇到我探寻欣赏的目光，于是疏离地一笑。那神情让我想到偏爱流浪的三毛。我于是在想：我这是又遇到一个另类女人了。

另类女人应该是天生爱做梦的女人，在梦境与现实之间她们大多找不到、也无意去找落脚点。于茫茫人海中，她们的眼光、歌声没有呼应者，于是她们只好独自向前，在远离人群的地方，背着自己的精神行囊游走。另类女人有点像野地里悄无声息的灵猫，神情和步容带有梦游的气息。她们与这个世界是疏离的、有洁癖的。她们的全部热情，就在于永不停歇地寻找，以各种方式，不屈不挠。她们是一群自讨苦吃、自甘痛苦、无人痛惜、无人喝彩的人。在她们身上，折射出人类精神全部的追求和悲哀。

另类女人最大的特点，是她们一般不按规矩出牌，也是容易不遵秩序的人。不安于秩序其实有两种表现形式，原始的对秩序的反叛和无谓，如那些酒吧女郎的做派。而自觉对秩序的拒绝和不认同，是这些另类女人的标志。她们并不想以挑战秩序作为时髦的标签，只是无法不尊重自我及内心。

做另类男人和女人是需要魄力的，因为另类人是基于理性认识上的自我选择，是在自觉选择基础上的面对与承担。若非大勇气，实难做到不合时宜。

还是说那个让我难以忘怀的女子。那灵狐样孤独的身影在繁华的流波和人声中，显得落寞和孤僻。她好像没有旅伴，背着一个帆布行囊，一人来去，神情仿佛在千里之外，又仿佛深潜其境。美丽的眉眼从来是默默的，如惊鸿一瞥，如无声之波划过我的记忆。我们在古城住了一周，每天都相遇于斑驳的山墙和清冷的石板间。我们不交一言，但举目相望，擦肩而过的刹那，总有一种神秘的气场萦绕左右，让我心生惆怅。这样的女子，应该是有男人怜惜与呵护的，然而往往这样的女人，命运却常常与寂寞相伴。

几年过去，有时突然想起记忆中她的神情样子，想到人生如飘蓬转萍，有许多不可捉摸和微妙之处，不觉悲喜相生，莫知所以。苏东坡说："人生到处知何似,应似飞鸿踏雪泥；泥上偶然留指爪，鸿飞那复计东西？"其实，人与人的遇合联系，也是如此的。浮生都是刹那，一念相逢的凝视、背身回眸的微笑，都足以让今生留恋。

人活今生今世，无须刻意装扮自己成为什么样的一个人，关键是你要时时保有丰厚自在的灵魂质地。做一个寂寞并歌唱着、行走着的女人，也许，这是许多优秀并尊崇内心宁静的人，她的宿命。

生命的魅惑

中央台资深大腕级的播音员罗京去世了。知道这个消息时我正在汉口办出境的手续，当时就呆了半晌。一个仅仅 48 岁的生命从人生的惯常轨道上脱逸而去，不能不令人心生惋惜。

我是比较欣赏罗京这种类型的男人的。他的声音伴随了我许多年。那富有磁性的男中音和表情总是不愠不火，让人感到即使天塌地陷，号称冷面小生的他仿佛也能声色不动、安之若素。

看晚上的《东方时空》，见罗京的同事、朋友，包括医院的大夫都在眼眶湿润地谈着他的善良敬业、坚强自守，忆念他为人的低调与温润。而我的思绪却慢慢飘散而去。人活一世，所谓名利是抵不了命的。生如夏花之灿烂，死如秋叶之静美，这种对生死超脱的诠释到底带有诗人唯美的臆想。其实，人，是多么脆弱、也是多么物质的动物。再伟大的天才，再超凡的圣人，同样也是肉胎凡身，在死亡和病痛的折磨面前，谈不上静美。

人生被生老病死所缠绕，被这些与生俱来永恒的痛苦所压倒，除了生死两端全不由我们做主外，老去和病痛是人生最大的恐惧之一。当一个人反复被病痛困扰，当一个人清晰地意识到自己一天天枯萎、生命逐渐衰亡时，我以为：世上所有的价值观念、美感、品

位、精神、品质等如此美妙的话题将形同泡沫，不值一提。虚无是一个不被恒常把握的概念，而当那时，人们似乎紧紧攥住了虚无，他在虚无中凝视，了解到生命是如此的脆弱与不堪一击。此时人对虚无和荒诞的恐惧，甚至超过对病痛和老去的恐惧。其实，说到底，死并不可怕，可怕的是一个“死”字，可怕的是与死亡俱来的想象中，无边无际彻底的虚无和黑暗，人将万劫不复。生命的不可重复性使人如此眷恋生命，同时又如此恐惧生命。

罗京为何死去前几天就谢绝一切探视？他深知自己的身体已被病魔蹂躏得变形、毫无美感可言。而他的心灵，也只会剩下一片空茫，看透一切虚妄不实的生之泡沫。大限将至，没有什么不朽之说。包裹着脆弱灵魂的是更其脆弱的、千灾百难、暗礁丛生的身体。身体易朽，灵魂难驻，春秋五霸之一被活活饿死的齐桓公遭蛆蚀虫叮、腐烂毁坏的尸体；饱经战火蹂躏的中东儿童饿死前那了无生命活力的惨白双眼；沙漠崎岖的风沙下显露的森森白骨，这些都在告白：灵魂不朽、身体清洁等宗教字眼，它的虚弱无奈与它的虚妄。所谓思想、价值、观念，翻手为云、覆手为雨，没有一处能荫庇脆弱身心的安稳，至多也只是暂时的去痛片、麻醉剂，给人在这苦难的尘世以有限的安抚，而磨难是永无尽头的，除非死亡将肉体和灵魂一并带走。

死者长已矣，生者或已歌。罗京的离去会让传媒热闹几天，人们也会痛惜半日，或者聊助一些谈资。然后，生活照旧会波澜不惊地向前。照旧是天下熙熙，皆为利去，天下攘攘，皆为利往。

而我呢？我又能渴望什么？在所有的苦痛奔涌而至，当灵魂和肉体的疼痛和孤独邀约齐齐发作，你能渴望什么？

我也只是凡胎肉身，人活一世必须有所系念。我的系念就是一个情字，一个爱的不死的欲望和精魂，那是不被孤独和病痛击落的欲望，那是一种强悍灵魂的生命力，与生俱来、百浇不灭。

也许，生命的魅惑也正在这里，生命不能承受之重也在这里。

日　子

天气终于又暖和起来。今年的三月诡异多变，一月经历了三季的时光。

先几日是春燕呢喃，阳光和煦的春日景致，忽而气温飙升至29度，一转而为夏天的暑热，行人纷纷催逼得脱帽掀衣。小青年甩着光膀子，吮吸着滴着汁儿的冰激凌，游鱼般穿梭闹市。没想过不几日，老天爷像是给人开玩笑似的，气温陡降二十多度，人们仿佛一夜间回到冬天，冷风飕飕，雨雪交加，那雨也毫无风度，几日来久久地给人看脸色，阴霾四布，让人心头像是压了沉重的铅块，不能畅快轻松得起来。这就是冬天的感觉了。

我还是怀念夏天的雨。雨前有肆无忌惮的狂风，飞沙走石，蓬勃旋转，几粒豆大的雨点开始吧啦着从天而降，夹杂着雨点，风横扫着白玉兰的残瓣，乱卷湖水，吹刮晒衣架上的衣物，吹翻不够结实的花雨伞，惊得哈巴狗在街前汪汪直叫乱窜。湖边的鹅们，也不再没来由地傲慢踱步，全都像反穿了鹅毛毳衣，慌慌张张、嘎嘎叫着迅疾躲避。天地之间一刹那乱成一团。那种酣畅凌乱，真可谓“孤蓬自振，惊沙坐飞”。天地之间，只剩大风腾云，继而大雨如烟。

黄埃真还是起来了。外蒙的黄沙从高空疾卷，华北统统在其横扫的区域，迷蒙的黄埃垂落至台湾，江城自然满天黄雾，屋里的桌椅家具全都灰扑扑，一日三拭，也难见清洁。这样的鬼天气，心绪同样易于沉浸在往昔风和日丽的时光。蜗居斗室，不免长吁短叹。林彪在辽沈战役最艰难的时刻，部下问他怎么办？他从吃黄豆的嘴缝里吐出一个字：熬！日子看来真是用来熬的。熬得起岁月风尘的人，可以得享永年。

有时想：如果二十多岁还存在多种可能性的话，三十多岁，再推迟了说，四十多岁，残余的悬念、潜意识的想往，全都清晰地展露在你逐渐坚实、也逐渐失去幻梦的生活面前。剩下的无非是按照既定的路往前走去罢了。所谓而立，就是一切将近确定的意思，所谓不惑，就是一切都不可能像一二十岁的小年轻，睁大天真的眼睛，好奇、梦幻、痴迷地窥探自己有无限可能性的遥远未来。那时，人还只是摆出一个姿态，盘弓欲发，还在犹豫、憧憬，不知该如何射出自己的箭，射向哪个方向，射多高多远，在三十岁以后，双手脱脱，垂弓收箭，或四顾茫然，或踌躇满志，但人的大势已定，结果如何已无太多的意义。我们无法确定和预见将来的日子里无数细节中的快乐与悲伤，但那又有什么关系？人至中年，生活中所有细节带来的，欢喜也好失望也罢，都非常有限。

无论骨子内外，还是脱离不了学中文的书生气，想到人的衰老，就是逐渐远离李白亲近杜甫的过程。在二十多岁年纪，喜欢李白的清扬与睥睨一切的气势，那个时候，生活是你希望它有它就存在的东西，我们挥霍着痛苦，享受着痛苦，看轻一切实在的细小的欢乐，认为欢乐和幸福总是储藏在你其实浑然不知的地方，只要你

需要，可被你随时唤来享用。那时的我们，有太多的罗曼蒂克的情绪。而此后的十年、二十年，我们品味着得与失、苦与乐，生发无穷的激情，耗费无限的冥想，最终不得不认可了早已看得清楚的图景。于是不惑，再浪漫也是在徒劳地牵扯青春的尾巴。种瓜得瓜，种豆得豆，一团烂漫天真的诗人，也不会指望瓠子藤蔓上结出梨来。

人是什么？人就是自己从无到有的时间，到积累至今的时间，用一生的波折和习惯造就的那东西；每个人都是在抗拒和接受了无数的无奈后，抵挡和顺从了无数诱惑之后，用上帝之手造就的那个东西，不多一撇，也不少一横。

为什么而活

为什么活着，这是一个问题！

每个人都有可能思索过这个问题，一个千古无解的话题。刚刚逝去的史铁生思索过，丹麦王子思索过，屈原思索过，曹雪芹思索过，古往今来的圣人贤哲、诗人骚客都曾对着天地荒荒发出过诘问，而所有的芸芸众生，那些贩夫走卒、凡夫俗子也一定在深重的苦难面前，生发出过如此的困惑。人们都在生的欲望的驱使下，演绎活着的精彩或颓废。是啊，欲望！欲望，使活着成为或完美或残缺的一次演出。而康健、美好的欲望与孜孜努力，是对活着的庆典。

一个不幸的人，争战、贫穷和灾难剥夺了他的一切，然而，他也会为自己的悲惨命运中有可能迸出的一段喜剧情节而活。人们往往夸大了战争或灾难对于心灵的摧残力。其实，任何巨大的灾难和惨烈的战火，都消磨不了琐碎生活的那一缕温情。人苦中作乐不以为苦，同样家长里短谈情说爱柴米油盐。张爱玲的《封锁》《倾城之恋》可以证明。甚或，芸芸众生在苦痛的光辉中，为一滴泪、为一滴血的反光活着，为可能出现的另一种开端活着。

一个用一生去书写人类史诗的诗人，史诗恢弘，流布人间，掌

声和喝彩使他快乐。他为相知激赏的掌声活着，为受苦灵魂的共舞与合唱活着，为唤醒人类世界的心灵活着，为艺术、智慧与思想的回声活着。一个痴迷的、孜孜不倦的真理的追求者，他为神圣的朝拜过程活着，为心目中那宏大诱人的理想而活着，为永不会到头的道路活着，为至死也难以拥有的山顶而活着。他会迷途，会犯错，但他绝不会回头。理念的狂热是命数，这样生命的光焰，因个人的影响力而播撒绽放。比如商鞅，比如王安石，比如拿破仑，还比如毛泽东。这些人，都是为理念活着的殉道者。凡人如我辈难以企及。

一个至理求善之人，他为每一次开花结果愉悦地活着，在辛苦耕作与播种之间、在期待的丰收与欢庆中活着。他为伦理传承而活，为慎终念远、继往开来而活，为家族的祥和与安乐、为物质的发展和壮大活着。

一个多情至性之人，会死不改悔地为千丝万缕的爱活着，会为或轻叩，或轰然击打他（她）心灵之门的每一根手指活着，为慰抚、呵护或决绝、伤害过他的每一面掌心活着，为伤怀的遥远的梦影与背影活着，为使她孤独寂寞、失眠或流泪的名字活着，为一个余烬尚存的梦活着，为预想的福音和无法预想的烦恼活着，为一次次诱惑她、一次次欺骗她的希望活着。这样的人，存在于浩大红尘中，或许是你是我，或许是他是她。而这样的人，也正在被日渐浅薄恶俗、功利物质化的世道讥笑不齿，被荒凉冷漠的人心所侵蚀消磨。

而那些将全部的生命用来信仰的人，他们为辅助这个世界进一步美好而活着。那些恢宏崇高的人，那些最接近上帝与神明的人，

他们不是为哪一个人，而是为人类、为广大无依的人群活着，为祛除大地的苦难与疾病活着，为大道而活，为真理与万物而活。这样的圣人，向前推去万年、千年、百年，前赴后继，代不乏人。而今，却已近绝迹。

就是这样：“一滴水为大海而活。一只鸟为天空而活。一盏灯为光明而活。一棵树为春天而活。”就是这样。

我呢，为什么而活？我想那必是美。浮士德说：“美啊，请你停留片刻”。我也如是想，如是去做。

女人如花

人都说女人如花。如花的女人，生命永远是恣肆而天真的。

“二十是桃花。鲜艳”。桃花之美在于艳。诗经有云：“桃之夭夭，灼灼其华。之子于归，宜其室家。”此诗“开千古词赋咏美人之祖”。明艳照人的桃花一定属于二十多岁的女子，新鲜、明艳、质朴，且适宜于结婚与家庭。看来古人已为我们定下千古基调：好女子定是美貌与智慧并存，自古皆然。从二十岁开始就要内外兼修，方能历久弥香。

“三十是玫瑰。迷人”。玫瑰之美在于色。“我的爱人像一朵红红的玫瑰，六月里迎风怒开”。这是英国诗人彭斯著名的诗句。红楼里的探春二小姐就被喻为一朵带刺的玫瑰。玫瑰的美是摄魂夺魄的，带点挑逗，带点诱惑，又带点霸气。美在一个“熟”字，姿色双胜，而又脱尽稚拙。难怪男人把自己心仪的女人比作玫瑰，它让人欲爱不得、欲罢不能。

“四十是牡丹。大气”。牡丹之美在于韵。牡丹号称国色天香。刘禹锡《赏牡丹》诗云：“唯有牡丹真国色，花开时节动京城”，将牡丹之美推崇到国色的地位，至今不衰。统摄群芳，独占花魁的牡丹从容、大气、饱满、雍容。四十岁的女人，若修炼成精，保养得

当，此时内外兼修的魅力已臻于极致，沉酣、丰满而舒展。

以前说男人四十一朵花，女人四十豆腐渣，这话活像过气的啤酒，只会泛着反胃的霉气。应该说四十岁的女人，抵死的波回浪转、流转红尘，至此才真正成熟，才真懂得什么是爱，什么是情，什么是人间最珍贵的情怀，什么才是人间最美的风景。她必是历经情感和世事磨砺，却仍怀一腔挚爱、自在天然、如花开到十分的风韵，不扭捏、不造作、不张扬也不浮躁。四十岁的女人，如一坛珍藏到恰好的陈年好酒，汲取了岁月精华以及日精月魄的锤炼，芳香四溢，闻之即醉。这样的美，唯有牡丹可比。那种国色天香的美，也只有在四十不惑中蕴藏。

红楼里宝钗年龄虽小，但那大气雍容的气质，石兄比之为牡丹花没人不服；李白的《清平调》写杨贵妃："名花倾国两相欢，常得君王带笑看。解释春风无限恨，沉香亭北倚阑干。"唐人尚丰腴饱满之女性风韵，贵妃之美，毫无疑问代表了东方大唐盛世的美学气韵。而我国近代宋氏三姐妹，若将小妹宋美龄比作玫瑰，二姐，也就是后来我们的国母宋庆龄，唯有牡丹的雍容和沉酣可相仿佛，倾国而自矜，一代芳华，也仍是端庄自守啊。

"五十是兰花，淡定"。兰花之美在于幽。宋杨万里有诗句赞兰花："生无桃李春风面，名在山林处士家。"花中四君子梅兰竹菊中，兰花幽谷深藏，惹人遐想。人生行至中年，浮云掠尽，华丽转身，举手投足间，女人的那份优雅那种淡定，优雅淡定下面的那种深情细腻，像一道明艳而沉静的柔光笼罩着你，像一条清澈芳香的河流浸润着你。这样的魅力不是二三十岁女子可以轻易模仿得成，这样的女人可友可妻、可相守、可与子偕老。所谓吐气如兰，气质

如兰，说的就是这样飘逸而又优雅的气质之美。红颜都将老去，生命终将消逝。最后，值得人怀念的永远是她的气质。气质，才是女子身上永远的经典！

聪明的：你愿做什么样的女子？

抬头望月

月亮，可望而不可及。她高悬于万丈红尘之上，清冷、美丽、神秘、绝俗。今夜，我偶然经过北方一座破败的城市，从孤凄的树影间，抬头望月。是雪后初霁的隆冬夜晚，月辉与地面零碎如银的积雪交映，空灵而寂寞。我禁不住想：是否所有尘世幸与不幸的因缘际遇，都在冥冥中被月所系所悉？是否所有芸芸众生那隐秘细屑的悲欢离合，都将月亮作为安放灵魂寄盼的一处秘密住所？我这样问月问己。而月亮却容涵所有又超乎众生之上，亘古如斯不动声色、不做答语。

我想：终其一生，每个人都有着属于他自己的永恒之月，都有他生命里心醉又心碎的月光故事：那月光下母亲的歌谣，月下篝火丛中青春烂漫的舞步，月下情人此生的吻别，月光里思念沁凉的泪水……就像一千个观众就有一千个哈姆雷特，生活的千姿百态和人生的多变莫测也赋予了抬头之月：或神秘或美艳、或圣洁或温柔的千百种面孔。无论是纳兰性德的“一夕如环，夕夕长如玦，但使明月长相伴，不辞冰雪为卿热”的凄凉哀怨，还是苏东坡的“但愿人长久，千里共婵娟”的旷达潇洒，同样是把虚空清绝之月作为了人间情思的寄托对象，她仿佛是人间所有美好而又失落了的情感图

腾，那份曾经拥有的情感，也因了她的高洁美丽，被印证得愈见明澈永恒了。

我的永恒之月在哪里呢？她仿佛存在于遥远的过去和遥远的地方。

那年我因故整个夏天羁留江南古城苏州。每晚闷闷无聊，信步出游，常常是不知所之，买倦而返。天风高阔的一日夜晚，不知不觉我来到一处所在：

前方一条幽深蜿蜒的青石小巷，被月色涂砌成强烈的明暗两色，沉静幽寂，如处梦中。我正讶异这景象仿佛在梦里见过，一抬眼便见着了她：一碧无尘的天宇静凝着一朵圆满无痕、清丽出尘的月亮。她是那么完美无瑕，而又高贵无比。我久久凝望着她，仿佛心有所归般流下了泪水。月光以她温柔沁凉的手指抚平了我的疲惫与忧伤。我长久地迷失在她越来越明媚的光里。这时从小巷高墙里面飞出嘹亮的小号声，曲子是我熟悉喜欢的新疆民歌《在那银色的月光下》，如水的小号声在万籁俱寂的银色天地飘荡，月波里，杨柳袅娜的枝条摇曳翻飞，发出叹息似的回响……这个时刻我每每忆及都心驰神往，我知道它将定格在永恒的时间里不被生活销蚀，在生命洪荒里它将永远璀璨迷人。

我的月还在遥远的西部戈壁。那也是一个火红的夏日黄昏，我乘坐的客车经过一天一夜长途跋涉停靠在一家荒凉的客栈里。客栈周围是无边沉寂的戈壁荒漠，中间一条马路孤零零直伸向天边。饭后无聊，我便走出院门想任意看看。院门一侧不知何时拴了两匹雪白的马，支楞着耳朵目送我走远。这时间，夜幕已悄悄张开巨大的翅膀降落在这完全陌生的天涯戈壁，晚风吹起我的长发，深深的孤

寂和天涯漂泊之感紧紧攫住了我。忽然我发现不远处有一丛高大的灌木背后着火了，“火光”愈来愈明亮炽热，一群受惊的鸟呼喇喇自灌木丛飞出，嘎嘎地叫着飞远了。我惊骇莫名跑向那堆灌木，却又半途凝定住了，我看见：灌木背后的地平线上，正在缓缓上升一轮巨大的红月。她像一枚静穆燃烧的火球，野性美艳又奇异庄严，她仿佛近在咫尺，气焰逼人；相隔却又何止万里，神祇一般不容接近。

我像遭了电击一样呆立着，浑身颤抖。刹那间，身上那一袭白色衣裙被倾泻的月光镀成银红色，不用回头我也知道，还有那两匹在身后悠悠长鸣的白马。

我生何求？我又何福？彼时彼刻，我只知感谢上苍让我亲睹奇景。多少年过去，那枚荒漠上燃烧的红月，红月笼罩中天地的奇异寂寥，还有被红月镀成银红的马的剪影及悲凉的马鸣，不断以各种幻化的梦境向我呈现，它以其不可逾越和无法替代的力量昭示着我生命的灵性，使我自足、沉潜、无悔。

“人一生不可能两次跨过同一条河流”，这么多年过去，我再也没有经历过那夺人魂魄的月下激情，也不想再去尝试拥有。生命中有些东西是不可重复、不容再得的！正因其不再，才弥足珍贵、难以消磨。然而，它教会了我时时仰望天空，抬头望月。

在烦嚣闹热生活的阴凉之处，在喧哗和躁动充斥了社会的各个层面，美的生存需要勇敢的时候，抬起人高贵的头颅仰望天心月满，去找寻渴慕、宁静和信仰吧！它会使我们的心灵丰厚而谦卑，足以面对波诡云谲的人生。

空的庭院

隔着雨帘，往庭院里看。庭院空空的，显得寂寞，然而，又极其空无、宁静。仿佛自有时间以来，这庭院就是这样无人的样子，唯有雨在翻飞，更增添了空无之感。

雨丝在秋日的空中细细地飞，晏几道的那句有名的罗曼蒂克的词就浮上心来：“落花人独立，微雨燕双飞”。可惜，现在是秋日，仲秋已过，接近微寒的十一月了。我凝视着雨丝，为什么总在下雨呢？非常细的雨，轻柔地落到青石板的庭院地面上。没有一个人。长日长时，总是空的庭院。为什么就没有人经过呢？几世几劫的岁月，就这么从庭院中空无的流走了。

我依然凝视着细雨霏霏的庭院。“昔我往矣，杨柳依依，今我来思，雨雪霏霏”，这是我平日最喜爱的《诗经》里的句子。《诗经》里的歌谣记得的不少，搜检所有能记得的《诗经》句子，平生最爱，依然还是“死生契阔，与子相悦，执子之手，与子偕老”这十六字。然而，这十六字和当下空无的庭院有什么关系呢？是没有关系的。它太较劲、太执念了。满满的情执，热热的渴念，悲欣交集，裹挟了太多红尘男女的气息，让我忽然有一刻，有一种透不过气来的感觉。于是油然想到上文提到的另外几句。同样也是《诗

经》中最让我低回的。

我好像听见秋日的雨丝，细细地发亮着，婉转于几千年前的歌声里：昔我往矣，杨柳依依，今我来思，雨雪霏霏。乐景和哀感，隔着了岁月的迢递和光阴的潺湲，竟有了一丝丝的空无与散淡，评家说：它是“以乐景写哀，以哀景写乐，一倍增其哀乐”。然而，给我们受者的，是一倍的哀乐不假，而吟咏者，却仍是那低回的温柔、潜涌的哀戚。不过分、不张扬，婉约中极力低下眉眼的美感，让我在几千年之外，仍旧感受着眉眼低垂下的清波，悠扬地传递而来。那中和慈悲的眼神，到了，也是哀乐极致后的空无，悲欢过后的从容啊。

还是空无的庭院，时间好像停歇了，然而却又仿佛经历了漫长的岁月。那庭院的四个角，还是各自静静地摆放着一些家什。视线右前方那个角落，蹲着一尊偌大的青瓷缸，上面画着鱼儿在荷叶间游走。“鱼戏莲叶间，鱼戏莲叶北，鱼戏莲叶南。”仿佛是活物，却终究是画儿。缸里面蓄满了清冽的水，但却没有鱼，一尾都没有。曾经有过，后来渐渐地就没了，一条条的逐渐消失，还是空无。

庭院少不了的是抄手游廊，我伸长目光，去抚摸那一寸寸的光阴，那空无的光阴都藏满在清冷的石砖缝里。长条砖缝里，都暗暗地长出了青苔。非常细腻的暗绿，极其耐心地铺满每一个缝隙。那该有怎样的耐心？不，连耐心都无，就是随意无心的，空无的气息，随着绿苔，悄悄地滋生。还是空无啊。

平生最喜王摩诘的诗。其实，他的诗，禅诗也好，画诗也罢，总觉得就是在写一个字：空。或者两个字：空无。

“空山新雨后，天气晚来秋。明月松间照，清泉石上流”，

是空。

“独坐幽篁里，弹琴复长啸。深林人不知，明月来相照”，是空无。

“木末芙蓉花，山中发红萼。涧户寂无人，纷纷开且落”，还是空。

“空山不见人，但闻人语响。返景入深林，复照青苔上”，还是空无。

“人闲桂花落，夜静春山空。月出惊山鸟，时鸣春涧中”。怎一个空字了得呢？

空阶，空街，空巷，空院，空庭，空场，凡是种种，乃至空杯、空床、空窗、空镜，都是一种对比，和挤满了各种物事、各种情愫的状态和境遇，在做一种对比。人生总是要从绚烂归于平淡的，生活总是要从繁华遁于寂寞的。空是完成，空也是期待，空是一种虚涵的境界，空无是一种生命的智慧。空无的美，就是学会做减法。和满满当当的人生相比，我还是更偏向那种空明寂灭的境界。

苏轼的《承天寺夜游》，是他在黄州留下的，也是他一生留下的三篇绝唱中的一篇。全文很短，句句都美得清绝，句句都写的是涤荡尘埃之境：

> 元丰六年十月十二日夜，解衣欲睡，月色入户，欣然起行。念无与为乐者，遂至承天寺寻张怀民。怀民亦未寝，相与步于中庭。庭下如积水空明，水中藻、荇交横，盖竹柏影也。何夜无月？何处无竹柏？但少闲人如吾两人者耳。

寂然等待，默然欢喜，安然空无。

空无的庭院。庭院的雨丝，飘飘渺渺，仿佛从空无的天空落下，打湿了我看雨看庭院的心思，打湿了我的梦境。哦，原来，自始至终，我只不过是做了一场梦而已。而梦中的庭院、庭院中一切景致和倚窗而坐的我，我的心境，一一想来，却分明了了。那该是我儿时的庭院吧？该是我梦里的哀愁吧？梦中的情境和我，和现世的我遥遥相对，是在向我昭示和提醒着什么？几世几劫，岁月滔滔，多少的故事，就这样空无地流走了。

红尘阅尽，荡涤哀乐，也许曾经妩媚过，也许曾经执念过，也许曾经繁华过，和那些曾经的沧海相比，我宁愿最终，我的美，是看着一条空落落的长街，是守着一院空落落的雨丝，空得清清爽爽，干干净净，没有包袱，没有忧伤。这，也是当下时髦的所谓“爱恨情仇”的字眼，所不能领略的、所不能代替的至美。

梦　呓

你想转过脸去，不去看那最后的时刻。我走过来，非要看看你的眼睛不可。你的眼睛被一层荫翳萦绕，我为了看得清晰，不让那晶莹蒙上了眸子。读到了什么？有一种巨大的声音从天边隆隆而来，腾起了一天的密云，一地的落叶。春天紫红的落叶。心内的狂风暴雨即将把我的忆念裹挟，把我的离别裹挟。这是全部的遭遇，不可变更的遭遇。

不可变更吗？不可。这是命运。

在这之前，在遥远得模糊的那个春天，在我无所顾忌地奔向你之前，无所不能无所不知的思绪在舞动，却又积攒了百倍的忧伤。深陷在回忆中吧。闭上眼睛停止阅读，回想那属于我的、只属于我的金色的、粉色的罂粟花浓烈的时刻。

那时的我没有想到那是最美的时刻。我与你相聚，一丝一毫不去想分离。我像所有的人一样沉溺，只顾没有停歇地歌唱。夜色充满了馥郁的秘密，无边无际香氛缭绕的夜色啊，我们不需要洁白的月亮，不需要久违的繁星，春天和梦想都在心中，它和我迢遥的青春一样蓬勃阔大，没有边际。那样的时刻啊，怎么会想到分离？

我久久默读着你。我的感受是这人间最独特最丰富的，是通向

那永恒的想念。你不要拒绝，不要彷徨，留住我的阅读吧。一匹从起伏的丘陵奔跃而来的黑马，它茂密的鬃发如金属之弦，叩响命运的长弓。它抚弄命运的手掌，命运的眼神也抚弄着它的驯服与抗争。你从未遇到这样陌生又如此熟悉的一个生命，如同自己的眼睫一样遥远，又一样切近。她有无法抚平的创伤，难以灌溉的焦渴，和铭心刻骨的思恋。它匆匆地奔跃过平原，像蜀葵一样盛开，又像泥土一样沉沉落下，让青草和春天之力在她的谷底生长。

多么神秘的命数，多么诡谲的人生。它引诱着我，让我不顾一切前往，它把你带到我的眼前，从此开始了漫长的等待。期盼与幽思，无穷无尽的歌唱把我击垮，把我揉碎。它诱导着我，将一个频频升起又落下的生命之丝牵引到我的手上。它多么仁慈又多么残忍。那个春天是多么的残忍。没有任何一种力量比得上爱的力量，真正的爱是可怕的，我在预示了结局的境况下竟能歌唱着走向绝境。亲爱的，我的星光，我的山崖，我的桅杆，我就在你的注视下一步一步走向深渊。

我说过它太残忍了。那么短暂又漫长的过程就那么让你看着，我没有哭泣，真正的苦涩和甜蜜都是流入心中的。我的歌声啊，给过母亲，给过故乡，给过爱情，给过绚丽迷人的梦幻，给过惨烈孤独的思念，给过感激本身。人生真像一首感恩之歌，先是摇曳生涩低回，就像一个初初上台的歌手在音乐奏起之前的忐忑调试，然后就放开歌喉，让它像河流和春风一样倾泻。

人总要走向那命定的旅程，是人总会忍不住在漫漫旅途上唱出属于他的歌谣。满眼的渴望，满腿的荆棘，荆棘鸟一样的歌唱。通

红的液体，生命的甘泉。你远远地伸出手来，伸来了。

我什么都可以忍受——只要不与你分离。

夜半敲门

“嗒、嗒、嗒——”有谁在夜半叩门？我蓦地从迷蒙的梦中醒来。万籁俱寂，天地之间一片空无。我惊疑且惧地睁大了眼睛：

眼前是一片依稀惨淡的月光。它从绿纱窗外浓密的树影里，悄然蹩进帘内，寂寞地蹲伏在斗室墙角那柄锈迹斑驳的剑上。我极力搜索任何一个可疑的声响，然而周围非常寂静，寂静得听得见自己的呼吸：也许是我做梦吧？这半夜三更的，又有谁倦于夜游、哼着酒醉的呓语归来呢？我便释然，正欲蒙眬睡去，突然：“嗒、嗒、嗒”，这异样的敲门声再一次响起了！

我霍然坐起：分明是有人敲门！在敲……隔壁邻家的门。我瞅瞅床头柜上那台夜光钟：时间指向下半夜三点二十分。

三点二十分。我惊惧了。独自坐拥床头。守候敲门声再次响起。月光如白猫的手爪温柔抚摸着剑柄，也摩挲着我的眼睛。来了、来了。这“嗒、嗒、嗒”的声音果然又一次传来。在这深夜，它显得异常清晰而又可惊！

然而，却没有任何回应！没有任何人，起来为这孤单神秘的夜半叩击开门。隔壁是一家老小，他们分明也和我一样，被惊醒、且聆听着这莫名的敲门声吧？透过墙壁屋门，我仿佛已感到他们的不

安和悚惧。是啊，他家没有夜游归家的人。远道而来的亲人？深夜造访的挚友？醉意颟顸的陌生酒徒？如何又不声不响、不喊不叫？没有听见一声令人释然的叫声？只有那“嗒、嗒、嗒”的敲门，伴着窗外的岑寂，渗透着秋天下半夜无边的轻寒。

寂寞的、神秘的夜啊！

无边的、游荡的生灵啊！

渐渐的，我感到不耐了。我压抑地舒口气，重新钻进冰凉的被窝，很想再睡过去。但疲惫却兴奋的神经若有所待似的，等着那敲门声再次响起。

果然，它——它又出现了！仿佛充满哀恳和暗示的意味，每隔一支烟的功夫，便敲一次。不多，不少，只敲三下；不紧不慢，只敲三下。它不露声色、但又如此顽强，敲下去，没有任何回响、也不屈不挠地敲下去。我躺在隔壁自己的床上，被这梦魇般的声音所困，仿若被癔症魇住了，在不安和无奈中，等待那根魔杖的遥控和叩击。

起风了！下半夜的秋风，蓦地从窗外梧桐凋零的枝叶间掠过去，发出冰凉的窸窣声。那剑柄上绣着叶痕的月影摇曳着，旋归于平静。我在静默的等待中，恍惚看到了春的到来，看见漫天的绿草萋萋如无数细长的手指，摇晃着大地的门楣；听见夏天的雷声在天上隆隆而过，有生灵盛大的手掌，唤醒天地间寂寞的、向秋的心。就像那神秘的敲门声，唤醒现在寂寞的我。

我终于开始坚持这一份等待。

依稀记起很久以前听过的一段笑话：一位住在楼上的老人，每夜等待着楼下住客夜半归来，听见脱鞋的两声大响后方能安然入

睡。一次却只听见了一只鞋子落地的声音。老人为等那绝不可少的第二声而失眠了一夜——现在，我似乎也在受着这煎熬吧？并且，因了这声音的不知所自，不知所起，这一份等待也便显出它诡谲神秘的力量了。

那声音、那敲门声又出现了。夜更深、更静。万物仿佛都退避、紧缩到质子的状态，黎明前的黑暗，笼罩了天地间所有的生灵。而墙上剑柄的月光，不知何时已消遁不见了。卧室仿若在缓缓沉陷，陷入时间的深处而归于大荒。而那声音，又一次响了起来。忍耐的、果决的、不卑不亢、不屈不挠，温柔而坚持，寂寞而勇敢。一次次，间隔的时间愈来愈长：10 分钟，20 分钟，甚至半个小时。你以为它不再出现了，身心松懈之际，“嗒、嗒、嗒”，似乎在嘲笑你对它的猜测和藐视，敲门声又一次命定般、充满神示的响起。响在生命的走廊、响在你命运的后半夜。

我不禁感到惭愧，继而不安、继而疑惧。是谁？是谁这样恶作剧般，在这如霜的月下，在这旷凉的街心，在这沉默的门前，温柔却又诡秘、谨慎却又固执地敲响人家的门楣？是哪一个寂寞不甘的灵魂？是哪一次夜半彻骨的守望？是哪一种彷徨于无地的迷失？让你这样温柔而坚韧地敲击生的门楣啊！

夜是更深地没入黎明前的落寞中。一切可行动的生灵都睡去了。唯有不止不休的敲门声，唯有我，还呼吸于这寂寥黑暗的天地间。如两个相依为命的孱弱生命，寄希望于曙色与白昼的到来。到那时，晨曦爬上你不倦的手指，飞上我不倦的双眼，一切都将大白于天下罢？然而等注定来临的那一刻，一切又都归隐于惘然，一切又将消隐于无地。一切或许也便失去了意义，连同黑夜或者敲击本

身。我又到哪里？去寻找你执著的、哀怨的灵魂呢？而我的心，将无端地悬空？将永久地放下？或将惘然于永久的、莫名的饥渴之中？

这无所希望的希望、无所绝望的绝望啊！

极远极远的，有不知名的鸟儿曳着声声长唤，在天边熹微处飞过了。随着曙色的到来，在捶打得日益稀薄的夜的灰色边缘，传来初醒的麻雀湿润的啁啾声。

而我，还要等待你最后的敲击么？

第二辑　红尘陌上

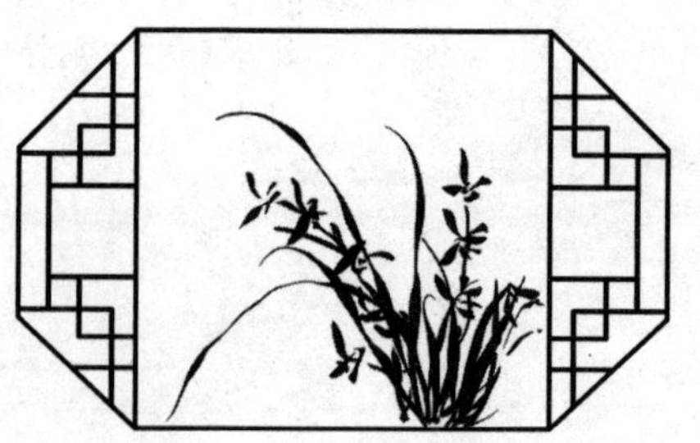

相　遇

给学生讲绘画美,搜寻到这样一幅水墨画,迷离恍惚的山水间,是江南吧,一女子洲边船上引颈而望,见远远一人荡舟而来,波声摇曳间,忽然想起一首诗:

君家何处住?妾住在横塘。
停船暂借问,或恐是同乡。

渺渺烟波里,只因错肩而过,只因你在清风我在明月,只因彼此皆在这苍茫的地球,而地球又在太虚,而我们恰恰又萍水相逢,所以不免要心生怜惜,所以不免要互生牵挂。

又想起一句耳熟能详的著名的话:“于千万人之中遇见你所遇见的人,于千万年之中,时间的无涯的荒野里,没有早一步,也没有晚一步,刚巧赶上了,那也没有别的话可说,惟有轻轻地问一声:‘噢,你也在这里吗?’”

其实人与人之间,或为亲情或为友情或为爱情,哪一种不基于“我在这里”,刚好“你也在这里”这样一个前提?一切爱,就是“同在”的缘分啊。

网上和他相识相恋相知，那时间彼此问得最多的，不就是“你在吗”？就连神明，其所以为神明，也无非由于“昔在、今在、恒在”以及“无所不在”的特质。而身为一个人，我对自己“只能出现于这个时间和空间的局限”感到另一种可贵，仿佛我是拼图板上扭曲奇特的一小块形状，单独看，毫无意义，及至恰恰嵌在适当的时空，却也是不可少的一块。道的存在是无始无终浩浩茫茫的无限，而我是此时此际、此山此水中的有情和有觉。

所以悟得：每一个人都是一个天命的存在，而人与人的缘分，便是“于时间的无涯的荒野里，没有早一步，也没有晚一步”的相遇。“同船过渡，五百年修”，即便是偶尔的投影波心，即便是暂时的停船借问，又或者是数里同行于山水逶迤，都是茫茫人世难得的天命机缘。而此生此世，携手同行，便唯有低眉息心，珍重今生。

所以，即便一切的情缘都脆弱都孤独，我也是一往而不悔啊。

一嗅解千愁

国庆回家乡，朋友请我吃饭，知我爱吃家乡白花菜，特地命家人细细做了一盘红椒丝蒜泥炒白花菜。盘一上桌，满室都是那久闻不厌的奇特芳香，我俯身轻吸一口，肝肠皆醒，真是一嗅解千愁！

离开家乡前，另一闺蜜又特地为我准备了自家揉制的两瓶，我带回家搁置冰箱。每天舍不得多吃，有时仅开瓶嗅上一嗅，也能聊慰相思。我想，一个人在吃方面的偏执喜好往往和小时候的记忆有关，家乡的气息、母亲的厨艺成为潜意识深藏的渊源。我对白花菜的喜好自小时至今，历经岁月风尘和悠悠往事而不变。其实，对于食欲，我的要求不是很强烈，口腹之欲带给我的满足和享受十分有限，但对于白花菜，却一直情有独钟。

不过，如对其他很多事物一样，我的热爱从不狂乱入魔或严谨合乎法度，没有柏辽兹的狂风暴雨或巴赫的谨饬规矩之美。它淡然、随性、似隐似现，甚至有时可有可无，但它却毋庸置疑贯穿我的整个生命。简单却持久，宁静却执拗。我自己也知道，要想劝自己远离、放弃或背叛任何我喜欢的事物是何等徒劳。就像爱一样，世上有两种爱：一种如同山谷深处岩石下面的溪流，恒久不变，却很少显露，但不可或缺，在千回百转中，时时伴你远行；一种就像

树林中的叶子，时光能改变它，如同秋天让树叶凋零。

我对白花菜的爱应该是前者。

我家乡的特产有号称“三白”一说：白花菜、白萝卜（也是出了安陆不再生长）、白米粉（也有白果一说）。而白花菜是我家乡安陆独特的地方蔬菜品种，出了方圆百里，它就不再生长，即使邻县偶有成熟，也大大失却原有的风味韵致，变得酸涩淡薄。据好事研究者，台湾和我家乡水土相似的一块丘陵生长白花菜，让我不禁油然而生向往之心。它的栽培历史悠久。康熙《安陆县志》记载：“白花菜：夏月开小白花，可为齑，香味绝胜，有红梗白梗两种，红梗尤美，他处皆不及。亦土性异也。全市各地均产，以府河、漳水两岸味道最为纯正。”

白花菜只能腌制。《本草纲目》载：菜气膻臭，惟宜盐菹食之。经腌制具有特殊香味。它含有丰富的营养，经测定它的氨基酸含量比常用蔬菜高十倍，比一般腌菜高 3 至 6 倍，其综合营养成分可与豆类相媲美。小时候一到初夏白花菜上市季节，几乎家家户户主妇必揉白花菜。城内大街小巷弥漫着揉制白花菜奇特的香味。

记得母亲每每晴天丽日里大筐买回，先将用来揉菜的一大木盆浣洗干净，挽起袖口便坐在有桂花和榆树的庭院一侧，将洗干净的白花菜放入木盆中撒上几勺盐，然后开始极有节奏的揉搓。我常在一旁蹲着好奇观看，觉得兴味实在无穷。揉白花菜有很多讲究，要讲究力道、手感、分寸及时间，每个人揉出来的白花菜味道总有细微的区别。这须常吃善品之人仔细咂摸方能体会一二，不足与外人道。擅揉白花菜的妇人常有街巷之间的好人缘，因常被左右近邻借去代劳，妇人也总爽快应承。我母亲就有一双巧手，也常被人借

去。那鲜嫩的深绿色开白花的菜蔬在母亲柔滑的揉搓中渐渐柔软出水，不再张扬支棱，而变得一如出嫁娘般的柔顺婉约，最后母亲感到合适了，将之盘成一团团，置入几只晶亮的挺肚缩口的粗瓷罐里，压紧塞满大半，须让汁水泡着，然后用坛盖盖严，密封瓮口，甚至用粗绳和塑料布将瓮口缠绕再三。然后静置七八日不等，就可开封享用了。

我的胃口一向比较娇嫩，但要看对何种食物。我嗜好的往往能吃得昏天黑地而不惧怕肚子闹事。比如对水果的喜爱。懂我嗜好水果的亲友都说这丫头皮肤忒好，都是水果灌出来的。家乡每到夏初上市的赵棚桃子，每每母亲买菜一进家门，我就知道菜篮各色菜蔬下面少不了十来个乳白艳红相间、朴拙圆实的桃儿，我可以站着一气吃下十来个，直到唇齿皆被桃汁所染，红唇紫牙，嬉笑而去。

还有番茄，时下那邦硬无汁无色相的所谓番茄绝不能和当年活色生香、美艳多汁的番茄一比。当年我可以不停嘴吃下七八个，直至心花怒放、心满意足为止。记得当年芳邻有一福建老妪，一次我刚要陪母亲出门，正巧老妪买菜回返，说着鸟语硬塞给我一个粉红娇嫩、饱满诱人的大番茄，我吃得满嘴流汁，那香、那色、那味道至今难忘。

总之我真喜欢的东西不是说出来，而是身体真正能接纳的，一时之快潇洒之极的消受了，就是消受了，没有后果可计。但有的食物却并非如此，自以为是一回事，身体消受与否是另一回事。比如以前以为自己爱吃李子，大学时代一男同学追我辛苦，买了几斤李子讨好我，我一口气吃下后却半夜闹肚子，看来对李子的喜爱要打一个问号。人们常不由自主沉迷于一种错觉，以为自己如何，别人

又如何，其实根本不是那一回事。满腹的忧伤可能是自己捣腾出来消遣自己的，璀璨无比的幸福也可能是不自知的自欺、虚构或浮夸。真相如何，你别无他法，只能等待，等自己明白过来，等别人将你戳醒，等待想象中的游戏酒阑人散。

而我对白花菜的喜好是荤素不忌，从无厌倦之时。腌制好的白花菜有多种做法，可以凉拌可以热炒。无论凉拌热炒都不可放盐。将白花菜切碎，放入蒜泥、香油和少许腌制的红椒丝，喝粥夹馍是最佳拍档，那种滋味是新鲜入骨的，干净、透彻、不留余地，生猛鲜活，煞是过瘾。

还有一种做法是热炒，可配置肉丝红椒，最后放入蒜泥起锅。色相诱人，油润水滑，看着就增食欲；还可以白花菜摊鸡蛋，也极有地方特色，但于我而言，这样太耗费白花菜资源，是很奢侈的。有同乡来送白花菜，平日我总舍不得，偶尔这样奢侈吃一回。一人在家吃，常做的却是白花菜鸡蛋炒花饭，私下以为那比乾隆爱吃的扬州花饭强多了。这白花菜炒饭，它的香味和着米香，交相渗透，互有妥协，别有滋味。大凡世上美好的事物都是要经过妥协的，要彼此顾忌协调，要忍让退步，要圆融回旋，哪能事事处处由你说了算？比如白花菜炒花饭，就是一种妥协圆融之美。白花菜的香味经过了米香的渗透和蛋香的润泽，变得含蓄婉转，不那么强烈入骨，但真是经得起咂摸啊。还有一种做法久已绝迹，因为时人都嫌麻烦，还有工具和条件制约。具体做法是将白花菜腌制好捞起切碎，散入巨大簸箕内，放在庭院晴天丽日下晒至蜷曲干缩，如新茶微香，存储于砂锅。用五花肉慢火烧炖，汤汁腻黑，肉味奇美，而啜一口蜷曲如小花骨朵的白花菜，滋味妙绝。霉干菜扣肉差可仿佛，

但其味道真是差得不是一个档次。以前我家幺姨烧此菜有秘籍，可惜斯人已殁久矣，而今家乡也无人耐烦续传，渐渐绝迹。

我吃白花菜，会先入口慢慢在唇齿间细细咂摸品味那一缕独特的味道，那种奇香、生鲜、清酸，用过瘾二字不足以形容彼时感觉。对一种口味的厚爱往往带有许多精神的因素。过瘾，与其说是某种愿望的满足，不如说是一种发泄。比如我吃白花菜乃至烹饪白花菜，从中我能享受的，是一种思乡情怀的发泄。思乡有很多形式，能够在异地吃上家乡风味的小菜，不啻一种别致而实惠的满足。这种满足没有明确所指的含义。情绪当然是这样，并不总有所指，并不总有意义。而暧昧的白花菜香味，恰恰就能提供这样发泄的土壤。当年我漂泊山东三年，遍觅白花菜而不得，还有一种南方的菜蔬苋菜竟然也没有，颇让我失魂落魄。最终让我举棹南归的，当然有其他明显的因素，然而，没有白花菜和苋菜的山东青岛，非我留恋之地也。

因为思乡，怀念家乡的美食，辞官回乡，历史上有这样的故事。晋朝的张翰是吴江人。据《晋书·张翰传》记载："张翰在洛，因见秋风起，乃思吴中菰菜莼羹、鲈鱼脍，曰：'人生贵适意，何能羁宦数千里以要名爵乎？'遂命驾而归。"这故事，被世人传为佳话，"莼鲈之思"也就成了思念故乡的代名词。张翰他自己也有诗为证："秋风起兮佳景时，吴江水兮鲈正肥，三千里兮家未归，恨难得兮仰天悲。"张翰因秋风起而归故乡，我因白花菜和苋菜而携子南归，看来我是他两千年后的知音，然而一己之命运也由此改道，无论张翰这须眉丈夫还是我这弱女子，都应事先会料知结果如何。这样知其不可而为之，是命中的一份必然，还是随性的

一份洒脱呢？不可知啊。

而今家乡的白花菜声名很响，冠以唐宋白花菜的美名进行机械加工，包装精美，成为家乡最著名的馈赠礼品之一。但是我和同好者都以为，机械加工包装好的白花菜比自家制作的味道还是差一些。虽不免无可奈何，但惟其如此才能将白花菜的味道传播得更远，让更多的人知道这种朴素中尽含妖娆的菜蔬之味。

我品评人物，是否喜爱白花菜成了我喜恶的一个条件。说来真是好笑，女人气十足。记得当初小老公从天津卫来，颇喜白花菜之风味。发来信说他带往津门的包装好的白花菜只几小袋，平日硬是舍不得吃，每次打开嗅一嗅过下瘾就放下，实在熬不过才吃一次。我得信私喜，不由得意，觉得在口味上可引为知己也，也不管是否实有其事。而今情随事迁，只有白花菜的香味可陪我永久吧？

喜爱归根结底只是一种态度，除了喜爱本身别无目的。当别人试图从某一件事、某个事物中获得什么时，真正的喜爱者只获得了欢喜，而这欢喜是无价的尊贵。人生有许多人事物景让我留恋和喜欢，说不出缘由的爱悦，说不出缘由的陶醉。就像音乐让我销魂，就像自然让我痴迷，这是上天对我宽厚的地方。

一念及此，我还是幸福的。

执子之手

很久以前，第一次从《诗经》中看到这样的诗句：“死生契阔，与子成说，执子之手，与子偕老”，便被它的彻骨凄凉与美丽击中，几乎要流下泪来。佛经说：如棒喝、如醍醐灌顶，大概不过如此。执子之手，与子偕老在死生契阔、人世茫茫之间，是乱离年少的悲凉深情吧？还是生命倏忽情有独钟的叹息？诗句散发的温柔空茫之气，像珠之华、玉之气、月之光，让我久久迷失。记得当时都想得痴了。是什么样生死相依的感情，能配得上这样的诗温存？

少女时代对爱的那份浪漫期许,至今想来，都是神圣的：林间的新月、新月下的约会，校园小径中若隐若现的银质歌声，少男少女月光下的羞涩和缠绵，都曾让我怦然心动，为之神往。那时天真如我这样的痴女子，都曾绝对相信：这，就是爱情。

曾几何时，由少女而少妇、而为人母，情海浮沉，悲喜阅尽。经历了人生变故见惯不惊的我，不再轻易相信天长地久的承诺和终生不变的深情。灯红酒绿间的秋波频送，繁华街衢的耳鬓厮磨，我往往会熟视无睹，心内没有半丝涟漪。谁知道呢：酒席上觥筹交错的眉目传情，醉翁之意可能只是在色、甚或只是在孔方兄；谁知道呢：月光下信誓旦旦的一对鸳鸯，明日或许就会劳燕分飞、各奔东

西，反过来还会指责是“月光惹的祸”。除了少不更事，现在有谁还会相信春风得意、醇酒美人时的“爱情”胡话？有谁又会在意随处可听的流行歌曲中，为赋新词强说愁的浅吟低唱和撕心裂肺的爱情表白？

我想：大凡人过三十，有关爱情的神话就会还原为神话。年轻时种种爱的幻想，大都如灵兔逃逸，莫知所终；或者即使如精灵深锁，也永无出头之日。爱情云者，不过是痴人说梦罢了！什么样的爱情，不会被岁月和孤独击落？

那年夏天，我带儿子来到了大海。海水无际。沙滩上、阳光下到处晃动着色彩缤纷的帐篷和太阳伞，人潮和海潮一样汹涌喧动。瞩目儿子小兽样的身影冲向大海，我的心就像这白云赤日下的海滨，忽明忽暗。渐渐的，我注意到远处一对老年夫妇，他们身穿鲜艳的游泳衣，但生活已在他们臃肿的身躯上，刻下可惊可怖的年轮。老妇人似乎行动不便，伸直双腿，坐在浅浪和沙滩之间，一任老伴和她戏耍。呵，就是戏耍。老伴一会儿认真温情地把细沙拍满妇人的全身，一会儿又牵住她的手轻轻把她拖向海水，为老伴浇水冲浪。那动作神情自然、轻柔、专注，仿佛这世上就只有他们俩；也只有这件事让他们陶醉其中而任时光流逝：倏忽间时光已流走了四五十年吧？

偌大喧腾的海滨，他们是安静和从容的。在海与沙之间，神情优游自若。后来，老伴俯身扶起妇人，让她的手搭在自己的手臂上一步步往回走，我果然发现：那妇人的一条腿有残疾，她几乎一步一拖，但在丈夫的搀扶下走得气定神闲。他们的神态极其相似地微笑着，那几乎可用“幸福”这一奢侈的词汇去形容。一刹那，我的

心禁不住轻轻颤动了："天下人何限，慊慊只为汝"，当天下所有的痴男怨女仰天长叹心意虚空，这对老夫妻只懂在安静的山路前，轻轻搭上自己的手臂，相携着往前走，那纷繁的开了又谢了的山花懂得这种安静吧？

看到写在一张扇面的打油诗："人生就像一场戏，因为有缘才相聚，相扶到老不容易，是否更该去珍惜"，就想：这"扶"字用得好啊。若说成"相爱到老"该逊色何止千里？一个"扶"字，动作平常自然，但神态、心态都在其间游走，不比那空洞华美的"爱"字更实在更生动？这是中国老百姓对爱情最朴实的概括。原来中国人的情爱是可以这样相扶到老的。

而外国人的爱情辞典里，似乎少有此"扶"字。曾经轰动一时的电影《泰坦尼克号》渲染的浪漫之爱，席勒名著改编的电影《阴谋与爱情》中的悲壮之爱，无论浪漫悲壮，因为和死亡——自然的灾难、或人世的阴谋连接在一起，而具有了永恒的价值，也定格在永恒的时空流变之外。这种永恒具有超凡脱俗的美，但并不是我们饮食男女愿意拼命一遇的吧？超俗的爱情，恐怕也很难有洞穿人生琐碎、无聊、平淡这张灰色大网的坚韧之力。电光石火，璀璨无比，却是刹那阴阳；而润物无声的付出、细水长流的呵护，不言爱却尽得其风流的相扶相守，惟其平淡，方显隽永，方有"过尽千帆皆不是"的忠诚守候，方有"苦尽甘来两心知"的默契，方有"唯将终夜常开眼、报答平生未展眉"的深情。胡兰成写在张爱玲婚帖上的"岁月静好，现世安稳"八字，其实含蕴着我们东方人的爱情心态，这样的爱情如灰色绸缎上悄悄绽放的银色睡莲，吻合了人生不飞扬的底色，却因此而别样动人。

在风吹帘动的刹那恍惚里，在半梦半醒之间，谁没有过对情的浩叹、惊喜与失落？谁不曾渴望拥有一份真挚的情爱，朝朝暮暮，渐行渐老？

然而面对海滨老夫妇，我憬悟：人间若有一份默契深情在，那是甘苦与共的共同生活锻造、孕育而成。是岁月、是忠诚，还有宽容，甚至忍耐，赋予真挚男女的一份爱的厚礼。

面对浪花飞卷的大海，我憬悟：这世间的情爱，原可以是一粒蚌内的珍珠，须风吹浪打，须水洗沙磨，须日精月华的养育，须岁月年轮的磨砺，方能含蕴生华，生生不息。

面对波诡云谲的人生，我更憬悟：为什么对一些花前月下的盟誓，我可以漫不经心；而对黄昏时分从菜场拎着小菜回家的小夫妻，却心生赞叹。那一蔬一馔中才能有长久的恩情啊！

“执子之手，执子之手”，我仿佛听见《诗经》中这苍凉温婉的歌声，跨过三千年的雾霭云烟，惊鸿般轻轻落在：你我相携相挽的手臂上。

打　牌

前数日临时有事去一朋友家。是晚饭后，见客厅云烟幢幢，两男客正吞云吐雾，和另外两女，四人凑成一桌，目不旁视，在干中国人都知道干的事。如果这时有愚笨者看到这儿不明所以问我：他们干什么咧？我一定回嗔一句：你是中国人吗？

人是有不同存在方式的。就我所见，对于很多人而言，工作之外，其存在方式，就是打牌。

打牌者，打麻将也。这是中国人从明代以来最乐此不疲的爱好，古称“叶子戏”。《红楼梦》里面就描写有贾母和贵妇们作乐打牌的情景，它成为中国著名民俗之一。而现在牌风之甚，好像尤以南方城镇居多。任何事物的存在或者发展，自有其理由。先贤说：不为无聊之事，何以遣有涯之生？怎样打发时间呀，怎样避开寂寞呀！人是群居动物，最怕独自面对自己，所以四人一组，有趣而又莫测的麻将游戏，自明代开始就流传至今，并有愈演愈烈之势，被誉为国粹实不为过。

从我住家一边窗台望下去，是对面一栋楼的二楼大平台。那儿从来是热闹和市井的。除了冬天和春天，有鸟儿飞来停歇在细雨朦胧的水泥地面，散步或发呆，雀跃又飞走，其他两个季节，尤以夏

天为最，总盘踞着一张方桌，有数个老太太老头凉棚下围坐打牌，惯常是无声的，但突然就会吵闹起来，忒大年纪的人，为一张牌的花招，争得面红耳赤。这些对我而言都是可忍受的。我闲暇时的存在方式是不爱出门，操持完家务，有自己的时间，最常干的就是猫一般盘踞沙发，看书或者随意写点东西，或者听音乐、独坐，无由陷入沉思默想，窗外的声浪常常就会干扰我的存在方式，因而也不喜欢开窗打开窗帘。然而久了，也就习以为常了。

夏天，比如现在或类似现在这样的时辰和季节，大平台就会出现临时牵扯的电线，擎上灯泡，准备晚饭后，南风徐来，几个麻友挑灯夜战。这样的麻将会，只要天气晴朗无雨，往往从黄昏开始，直至半夜。记得大前年的麻将会尤其红火，持续整个夏天，尤其半夜，让我不胜其扰。晚上看书看电视或上网，我都能像老尼入定般，视若等闲，不受其干扰，但到了夜半，必须上床了，熄灯后，那灯火幢幢，魔影般动荡着便投影到我住家的窗帘上，让我无端惴惴不安。我睡眠十分不好，窸窸窣窣的麻将声声声入耳，就是难以入眠。更可怕者，是有时突如其来战事的开端。不知所以地，就开始了麻将吵架的汉腔大歌剧。我曾央求在商场做事的一熟人，给我弄到海绵耳塞，想堵塞那些滚滚扑来的花腔男女高音，但收效甚微。汉腔歌剧往往鼓之以雷霆，煞之以风雨，忽如炸雷，继以迅雨。

记得印象最深的一次，是一男一女好像为谁悔牌吵架，男声好似“一八一二序曲”中的“马赛曲”，启动激昂雄伟，终究灰飞烟灭；而女声则如古琴曲“流水”，简单得不能再简单的主题，却一路而下，由开端的涓涓溪流而至奔腾澎湃，最后统领一切。男的竟

然斗不过女的。失眠中干脆自嘲地想，听这样有趣的市井吵闹，男女斗嘴，也不失为一桩趣事。甚至有时幽默地想，若窗外是那细流渐至雄壮、终达高潮的声浪，窗内有人在按着节拍和旋律行夫妻庄严圣事，是什么感觉呢？比一边听音乐看电视一边行房事的效果如何？道貌岸然者，此句可蒙着眼睛不看也。

类似夏夜平台的今夜无人入眠，这两年倒是好多了。或是有义愤填膺者举报扰邻，芳邻不得已而偃旗息鼓。偶尔或有一举，更多时候估计是转入了室内。清净之余，却不免有所悟：那些该让你看到或听到的故事，一定会送到你的眼前或耳边，你想避都避不开。我想，任何偶然都是富有意味的。我们既非名流大腕，阅人事无数，也非惯常以主动寻觅刺探他人秘事为业的某名人之流，在我们一生当中，耳闻目睹的事实在有限，那么有限进入我们知觉范围内的事情，每一个相逢并相识的人，每一件发生并影响你的事，必然有其含义。

记得以前春节回家乡探亲，年三十前，大街上熙来攘往，人们忙着采办年货，确实具有忙年的闹热红尘气息。奇怪的是，一到正月初一开始，大街上除了静默的天空一片惨白，飘飞着稀薄的太阳或者雪花，偶尔可见三五成群的孩子干什么鬼祟勾当围在一起，然后捂起耳朵忽地跑开，停顿的一瞬，便听见突然一声或连续的爆响，除了这点耐人寻味的自然或人事景致，正月年假的街道和城镇，是可用萧条和寂寞来形容的。但只要你有心，上一溜老街走上一趟，而且你耳朵不聋，你就会听见：两侧家家紧闭的门窗内，传来人们都心照不宣会心一笑的特有声音。窸窸窣窣的、稀里哗啦的、欢快愉悦的，那便是麻将重新洗牌的独有旋律了。

不知从何时开始，中国一个绝顶聪明的人或是团队，发明了让老外不懂的自动麻将桌。据说这自动麻将桌，已被推举为当今中国四大发明之一。另外三大发明是什么，孤陋寡闻如我，却不甚了了。然私下暗忖，其调侃的味道大概也和麻将桌不相上下。所谓自动者，就是免去了大家洗牌的麻烦，让自动桌代劳，一牌和了，自动桌暗箱操作，将洗牌、码牌瞬间全部搞定。我们自古以来都是聪明智慧的民族，从发明自动麻将桌可见一斑。

让我想想，第一次见到这种神奇的自动桌，是若干年前春节回家乡，和哥嫂团聚时有幸目睹。兄嫂见我惊异，都觉好笑。观赏一遍方敢开口问，才知这种桌子已流行大江南北、遍地开花了。

兄嫂知我不会打牌，总让我行成人观礼仪式。但以前他们曾如此这般的努力过。让我上桌，妄图教会所谓高知阶层的妹妹。可惜，有限几次的上桌经历，总让兄嫂们急得跳脚，或者气得无语。先还耐心地言传身教，最终无奈放弃，总结为孺子不可教也。我确实一见那些规规矩矩但又千变万化的牌码，就眼花缭乱，呆若木鸡。或者抓耳挠腮，瞪着大眼发呆发怔是最经常的表情。那时刻大哥最著名的名言就会放出来：我们大家都去睡一觉吧。呵呵，或者，大嫂虚伪地笑着环视大家附和：我们去逛一遍商场怎么样……就这样，有限几次的上桌经历，最终在大家一致的攻讦挖苦中，彻底结束其短促惨淡的历史。然而我倒很不在乎。孺子不可教怎么了？不会打麻将怎么了？不让我进地球么？不让我做中国人么？不让我生孩子么？不让我教书么？……最后我每每怡然自得地行成人观礼，或怡然自得地一旁看书发短信。亲友们也怡然自得打牌，视我为空气了。

然而，让我无法怡然自得的是，春节的年景已变得和小时候大不一样。小时候过年一定是最彻底的人情演出，或者是面子人情的大汇演。一年到头不见面的七大姑八大姨，曲里拐弯的远房亲戚，都会在初一初二最迟初三，纷纷冒出，打一个千，拜一声年，道一声扰，接一根烟，然后面带完成任务的微笑离去，继续其流水作业。那是一种成为习俗的中国世俗社会的表面人情，虽然表面，也有一种人情味在。不知从何时开始，可爱又可憎的年味变化许多，其中之一，大家都用手机拜年了，然后心照不宣，借年宴或团聚的机会，关起门来共同玩弄小小的136张牌码。这已成为中国南方、保守说中国湖北地区，过年最常见的景象。这样的景象我想一定会按照其惯性，泰然地存在下去。只要国人的存在方式和人情习性不改变，麻将及其麻将桌上的风景，就会上演到无穷尽头。

作为一个人，我隔岸观景也好，自我固守也好，都是一种存在方式，就像麻将有其事实胜于雄辩的存在理由一样。我不知孰好孰坏，也不想判断哪一种消遣的存在方式更合上帝的意旨。时光永在流逝，而中国人的生活风景常常是新旧杂陈，百味莫辨。无论新旧，都同样真实，同样令人黯然魂销。

独自听雨

又是一个雨声如诉的不宁之夜，又是一个无眠之夜。每每这样的夜晚,我总爱天人感应般的独倚听雨。今年的雨水来得格外的勤。从三月至今，像“海棠不惜胭脂色，独立蒙蒙细雨中”的软语温存的春雨，像“风如拔山努，雨如决河倾”的夏日暴雨，已经数十次或温柔或豪迈地光临过这座以水多而名世的江城。我的思绪，也便常常无端地浸泡在或缠绵或肆虐的水里。

我喜欢雨，但不是所有的下雨天都爱，比如寒湿愁惨的冬日。冷雨酝酿着情绪，好像谁欠他十万吊钱，天空阴沉着，忽然，雨就滴滴答答、无精打采地下起来，从灰白疲沓的天空落下来，裹住了本就湿冷的街道、暗沉的树木、线条丑陋的房屋，以及行人湿漉漉疲惫的脚步。若有人站在城市的制高点往下一瞅：偌大的城市皱巴巴的，仿佛一块不吸水的脏兮兮的抹布，当然是巨大的，被人丢弃在混沌的天地之间，让人心情也变得犹如抹布一般的窝囊不洁。

这样的冬日之雨，人们越是不喜，它却越爱缠磨，犹如病中的哀弦不断。雨中的天幕一连几日、甚至十几日不开天眼，人们渴望明亮的暖阳照拂下来，将霉气和晦气，像剥蛋壳一般利落地脱卸净尽。然而，这样的期许常常不能如愿。对于南方城镇的居民而言，

冬天漫长的冷雨记忆，总在心底藏掖着，犹如寂寞的猫儿，在岁月最不华丽的角落静默蹲伏，间或弓起身子伸个懒腰，嘶哑地低唤一声：我在这儿。提醒着人类它的存在。对此光景，中庸的人们大多已习惯了，且在忍耐中，照常赶着上班、看路人吵架；堵在车流滚滚的马路中心，隔着车窗，无聊看雨雾缠绕雨滴滑落，如猫爪湿冷，扑簌着逗你玩；无聊听车厢里播报早间新闻，女声字正腔圆播报某处煤窑又坍塌了，某处校车又出事故了，给某国又捐赠校车了，云云。岁月平淡的光景往往一如冬日的苦雨，年年如是，但偶然也花样翻新，大抵如此。

秋天的雨呢，对于多愁善感的我来说，也不喜欢。牵愁惹恨最适宜的物事，莫过于秋雨连绵。古人所吟哦的“涧底松摇千尺雨，庭中竹撼一窗秋”，这样的秋雨，清冷萧寒，而又明艳爽洁，是秋雨的至境。然而，现代城市文明的脚步，已经大步流星地将之甩到偏远的还算素朴的乡村，或者更甚，遗落在唐宋古韵和明清梦忆里。

当然，我也有喜欢的秋雨，但那适合两个人听，不见得是情人爱侣，亦可为友人故旧：

君问归期未有期，
巴山夜雨涨秋池。
何当共剪西窗烛，
却话巴山夜雨时。

爱人啊，你问我什么时候回来，你问我什么时候重聚，我也不

知道，人生是不可预知的航程，秋雨连山，秋水夜涨，唯有我在千里之外的蜀水巴山，思念你。我知道，有些等待永远不会放弃，有些情愫永远无法言传。你等了几世几劫，等到何年何月，有那么一天么？我们可以在当年的西窗下再度聚首，烛影共摇红，相对如梦寐。我们叹息微笑，我们两手相扣，谈及当年的巴山夜雨下的相思，谈及如许岁月的一份痴迷、一份坚守。那幻境中的美好，一定有秋雨的缠绵和温存相伴吧？

这样的古诗意境，这样的古诗生发，是伤感的，然而虽说伤感，但又是那样的清婉蚀骨。现代的城里人是难有福分，享受到这样充满诗意的秋雨秋境了。人们躲在写字楼中，或沉陷于豪华办公室的老板椅内，扫眼一望落地玻璃大窗外，是幕天席地、裹着黄叶飘零的苦雨，犹如怨妇的喁喁哭诉，无止无休，从早至晚。再泼辣的武汉嫂子、再无心无肺的街头混混，恐怕也是愁字一点油然生，大叹心上恁般秋了。

我还是喜欢春雨，尤喜春夜听雨：“好雨知时节，当春乃发生。随风潜入夜，润物细无声”，杜甫的诗句大多沉郁顿挫，这诗却写得轻灵唯美、婉转生情。春雨的性情像极了少女心思，欲语还休，低回缠绵。每每隔着了楼台，合拢了窗帘，一灯如豆，独自夜倚了沙发床栏，一卷在握，却心不在书，仿佛有所期待，心绪明暗间，果然就听见：窗外窸窸窣窣，沙沙作响，如蚕食桑叶，如风拂林梢，如若有如无的叹息，如似实还虚的月影。是下雨了么？侧耳聆听，轻灵害羞的，果然是它，它还是来了。雨声渐密，丝丝缕缕，缠缠绕绕，宛如绣娘细密的针脚，织不尽春夜的心思。春雨，滴在空阶，滴在长巷，滴在一眼望过去绛红的城市的夜幕间，滴在

人家屋檐的阳蓬上，滴在时序如流的梦里，滴在你我无言难诉的情愫里。雨声如剪，剪不断理还乱的是离愁，是岁月的风华，是命运的怅惘，是寂寞的红酒一杯，倾尽相思。这样的雨，才能听出忧伤，听出甜蜜，听出思念，听出山水，听出唐诗，听出宋词啊。

让我梦绕魂牵、悠然而神往的雨景，还是古诗里的“黄梅时节家家雨，青草池塘处处蛙”的田园乡村之雨，是“小楼一夜听春雨，深巷明朝卖杏花”那无比曼妙无比诗意的春雨。

我还喜欢两个人的雨，那是一份浪漫，属于红尘。这样的雨帘之内，你若和爱人爱拥情缠，千万别辜负了春雨夜晚的殷勤，那才是良宵一刻，千金难买。所谓爱情的温馨情境，离了春夜之雨，总觉少了如许气氛。不要豪华的总统套房，甘愿生守蜗居斗室，只要春雨夜相伴，只要爱人每相随，在这样的春雨如诉之夜，和亲爱的人做一切能做、想做的事，此间此时，唯有你我，雨声便如琴弦伴奏、柔语缠绵，雨声便隔绝了红尘，阻隔了世界。

人生不是谁都能拥有如斯美妙的幸福的。一个人的雨，是一份孤单，属于上帝。

于我而言，独自看雨听雨，看的、听的，都是一种难言之美。春夏夜，细雨如梳，我梳理着一份沉静和孤独，从窗台往下闲闲去看，没有行人的小区，路灯将雨夜渲染得朦胧，雨丝在空中飘忽，闪闪发亮，非常微弱而晶莹的亮，就像风本身一样的细。我想象它即使滴打在田田荷叶上，也难以听到雨声。还有夏夜奔腾澎湃的豪雨，也尽可从中听出一份坚毅无悔、一份贞烈之气。在这样的雨中睡去是最好的，能做梦更好。我会梦见荷花在雨中绽放肥硕花萼，梦见水鸟在雨雾中盘旋，疾飞而去。听雨而眠的人有福了，那是莫

大的享受。我想，无论缠绵委婉的春雨，还是酣畅凌厉的夏雨，只要拥有一份优雅和沉静，拥有一份恬淡自守，感受人生的一切悲欢起落，珍爱生活花开水流的自在天然，你就能在任何处境下，听出雨声背后的悲欣交集，感悟命运的慈悲和眷顾。

一个普通的夏天的雨夜，独自听雨，安静想一些虚幻的事，总是能让我满足。非常欣赏蒋捷的这首《虞美人·听雨》，雨与人生，百感交集，终付无言：

少年听雨歌楼上，
红烛昏罗帐。
壮年听雨客舟中，
江阔云低断雁叫西风。

而今听雨僧庐下，
鬓已星星也。
悲欢离合总无情，
一任阶前点滴到天明。

雨声如诉的夜晚，独对孤灯。雨声如酒，酒阑意尽，人生况味，至此能不微醺？

雨与乐声的奇遇

城市大街上的黄昏，总像一条迷离恍恍流动的河，何况又在下雨。很从容很流畅的夏天的雨，从淡青色的天空潇洒降落，掺和着刚刚点燃的城市夜光的妩媚，如花般落在沥青地面，悠然四溅开来，不停地绽放、消隐，消隐、绽放，那是数不清的水样花骨朵，在和黄昏、和流光厮缠。人们低着头，都撑着伞，那各色的伞一朵朵摇曳着、变换着姿势游走，看不到人面，只见许多与我不相关又仿佛相关的淡漠的面影与背影，匆匆地近了、又远了。

我喜欢这样黄昏的街景，我也喜欢这样清丽的飘洒的雨。

然而，我还是要和这样的喜欢疏离。周四，又是七八节选修课，坐最后一趟班车，近一小时，隔着车窗的玻璃淡淡看雨，戴着耳机听音乐，便又是一层疏离。从班车上下来，已是掌灯时分，撑开伞低头行走，裙摆几乎拖到雨水，还是不忍摘下耳机，兀自享受一份乐声与雨声的纠缠，感觉很奇妙。音乐正播放着我爱听的《风流寡妇圆舞曲》，这首让弗兰兹·雷哈尔名声远播的著名圆舞曲，虽遥隔了百年、横绝了万里，我还是能够与那轻歌剧大师心意相

通。但凡我爱的音乐，总能听出一份深幽的诉说。我理解乐者的风情与优雅，和那入骨的华美背后的寂寞。据说希特勒平生很钟爱此曲，这真是一种反差极大极妙的媾和。这个病态的狂想偏执狂，是从这样风情万种的旋律中得到一丝幻梦的安慰和休憩吗？

我将声音调到最大，隔开了哗哗的雨声，仿佛隔开了自己的一段悲喜，隔开了眼前鲜活的尘世，只沉浸在与当下的雨中黄昏别样隔绝的音乐世界里。

那样摇荡轻盈的风情啊。

那样迷人旖旎的旋律啊。

人与世界，有时，是必须有点距离为好。有些时候，我还是改不了一点点的自视清高。一点点，和自视清高，这样的词语搭配，仿佛有些别扭，然而，我只能如此表达。那些更加自视清高的人，不管那是属于本心的流露还是病态的做作，不管是毫无来由还是事出有因，那样的一份清高，总是能或多或少与现世隔开一种距离，或是一种疏离。我想，这样的疏离更多是一种不得已吧？它既是自我保护，也恰像一面旗帜，告诉着别人，这样的烟火世界，确乎是自我生命的一部分，然而又远远不止于此、不局限于此。这样的距离，很容易让热情在内里燃烧，表面却是一种冷漠，也容易被人群孤立，从而失去一些应得的机会，无端让命运平添一份艰难。然而，我可从不见人们后悔过，我也没有后悔过。

“风流寡妇”退场了，下一个曲子是巴赫的“G 弦上的咏叹调”，都是我所喜的音乐。巴赫一生落落寡合的深刻，不就是与他

所生活的时代存在着一份看不见的距离吗？他在世时远远不如莫扎特和贝多芬那样驰名，身前既没享受盛名，死后也很快被人遗忘。只是在近一两百年内，他与上帝的对话，才被今人无比深刻地挖掘出永恒，才被认为是超越时空最伟大的两三位作曲家之一。人，一个有个性有特点的人，必得多少与浮华的世道保持一种距离。适当的距离，那是内心的一种疏离和坚持，没有这样一个距离，人还是他自己吗？各人所拥有的价值，不也就是他特异的那一部分——那多出来的一部分吗？

接着想，再自视甚高的人，总有让他平生低头的事物。莫扎特在痛苦中挖掘了欢乐，他在欢乐中低下头来；贝多芬在痛苦中感受了激情，他一生膜拜于激情；巴赫在痛苦中感受了上帝的语言，他在上帝面前低下头来。而这尘世间，那些游走于生活而又固守着内心一份坚持的部分人众呢？都有自己自视甚高的一面吧？那些鲜明活着却又落寞着的女子呢？在这样物欲喧阗的人世，也必然有让她低头的物事。是什么呢？有写手寂寞地写着：女人这一生的低头，不外乎是两种，不为生活低头，就是为爱低头。而那一心嫁给心上人，终得其所愿的王菲，却在浅吟低唱：我有我骄傲。

其实，低头也好，骄傲也罢，都是为了爱，为了一份尘世的安稳。那薄情寡义的胡兰成，说得最好的一句话，也是让张爱玲、让所有女人欲罢难休的一句话，不就是那句“愿岁月静好、现世安稳”吗？我呢？是什么让我在与现世的疏离中，低下尊贵的头？是什么？

是爱！问天问地，谁不都是此情可待般活在人世？不然，哪还有希望可言？谁又能逃脱命数的安排？谁真能做到死水无波超然物

外？我想，所有或伟大或平淡的人生，都必有终其一生的眷恋。巴赫终其一生用乐声和上帝对话，勃拉姆斯终其一生与无缘的深情对话，平凡尘世的辛劳女子，终其一生，终将与爱与生活长相厮缠。而你啊，你那深情却又天真的秉性，注定一生为爱所缚，为爱不堪。

还是乐于此时吧，还是要寻找让身心舒展的赏心乐事。比如，这样雨声下的霓虹灯的魅影，葱茏摇曳的绿枝滴下的泉流，还有，耳际如水般流淌的销魂乐声。还比如，乐声与雨声的奇遇。奇遇，是有心者在今生另一种形式的重逢。只要有心，一定会和注定的人事重逢。

那是一种宿命。我们不必深究，安然接纳便是。

父母的旧居

旧居和老屋这样的词语，唤起的大概总是怀念和惆怅之感。大凡旧和老的物事，都有厚重的光阴做底子，与过往泛黄的岁月唇齿相依。就像一颗糖果放置于被冷落的果盒内，因时间太久，糖纸和糖块完全无法撕开，形式与内容已决然拒绝分离。老屋或旧居即是如此。谁试图想将那些留存在岁月之河深处的记忆，与河床剥离，是几乎不可能的。

比如我的孩童时期，最早模糊的记忆片段，和一座现已被拆毁的庭院有关。大雪初停的黄昏时分，我三岁左右吧，穿着粉红棉袄，小小的人影儿站在老屋窄巷的那头，听着哥哥们对我声声叫唤而不做声。雪意微茫，眼前熟悉的景致因大雪骤停而变得陌生，也因突起的害怕而变得恍惚，小小的心地，蓦地被莫名的孤单填满。这是一个片段，就像一个电影画面和镜头，卡住了，没有下文，但有时不经意地便浮现在似水流年里。母亲和外婆还有八婆及婶婶们一起住着太外公留下的大庭院，三进大庭院青砖砌就，窗棂雕花，厢房还有夹墙，厨房后面还有个小小的后花园。在我最久远的记忆中，老屋和那场雪关联，也和一场走水关联。半夜朦胧，忽然惊觉，人唤狗叫，说是厢房外的耳房一角失火了。母亲将我护住，安

慰别怕，却起身出门看，一阵冷风吹起，带来一股烟火气，我也非要起床去看“走水”，站在厢房门外仰头朝下午两点的方向看，见烟雾逐渐被风散去，火很快扑灭了，那个片段也被久远的时光保存下来，直到今天。奇怪的是，家乡母亲的老屋却没有父亲的影像，那两年父亲应该不在，“文化大革命”将他“革”到乡下改造去了。

从我出生到父母相继离世，我随父母搬了六七次家。我慢慢长大的孤单流离的少女时期，便是那个特殊的革命年代，因父亲的遭际而不断迁徙住家的记忆。每一处都有印痕，有些痕迹不愿直面回忆，但越躲避就越是鲜明，奇怪的是大都和孤单有关。

我三四岁时，父母搬出了那个有桂花、海棠树和后花园的庭院老屋，住到了父亲单位后面的院子里。庭院有一个小小的天井，我家还是住西厢房，三个连进的房间。父母和我住上头房间，那时我是没有单独房间的。中间是哥哥们住一间，下间是厨房。东厢房也住了一家，说着南方鸟语的夏家。夏家有一个哥哥，后来魔怔了，说是游泳回来被水鬼缠住，有人看见他在荒郊野外的坟包前不停转圈吐口水，回家就发了疯，精气神渐渐萎靡，很快就死去。这个被鬼缠住的故事对我影响不大，那时太小，任何宿命和迷信的东西无法进入我的思想和视界，但我却本能地记住了这个故事。还记得母亲坐在厢房门口，和人谈起的脸色，那种凝重中透着古怪的神情，给我留下深刻印象，让这怪异之极的故事具有了鬼吹灯般的惊悚效果。还有一次，夏天日蚀，和母亲坐在天井厢房门前，天忽然就暗了，黑了。是那种鬼魅的犹如胶片的黑，半明半昧，恍恍惚惚，可以看见母亲的影子，然而万物却在尽力退避，我也吓得退避

在母亲怀里。感觉就是几分钟，仿佛命运浓重的阴影被不屈的意志所驱逐，天地重又回到光明。那应该是我不到四岁的记忆吧？

那个小小的天井，躲在我童年幽僻的一角，随着漫漶时光的浸染，它变得摇曳生香，幽谧甚至神秘。我从小就形单影只，父亲经常莫名其妙地“失踪”，哥哥们上幼儿园、上小学，我却从没上过幼儿园，母亲因为曾参加过国民党的三青团，后来又因为父亲的身份，如履薄冰，我便经常处于三不管的状态。那几年，陪伴我的是一只古色古香的木琴。我常常一个人在午后的天井里，对着木琴叮叮咚咚敲响那一抹幽韵，常常一个人在夏日迅雨后，凝视着天井中打着旋涡的水波，身心飘飘荡荡而不知所以，然后放下叠好的纸船，看着纸船摇摇荡荡，颤颤微微，终于抵达停靠于天井的另一角。那些纸船承载了一个四五岁的女童，许多渺茫不可忆的幻想。它对唤醒和培养我的多愁善感，具有十分自然的影响力。在许多漫长的白日里，我更多时候，是在税务局前后大院里东游西荡，稍微大一些，当然游荡得更远。我曾一次次回到那个我出生的老屋，看着亲戚分崩离析搬走后逐渐荒圮的庭院，躲在深深的夹墙里，对着前方的一隅天光叫喊。在那个夹墙里我还捡到几个铜铃铛，后来，铜铃铛就像那把木琴，就像所有我心爱的小物件，在辗转流离中，不可避免地从我身边流失，在荒芜的岁月里，不知所终。

我的小学和初中年代，已经搬离了税务局那间充满文青气息的南方天井。随着父亲的落魄、下放到干校、改造，我们一家被遣放到一个大杂院里。这件大杂院住了三家人，紧邻一所部队大院。部队一侧还有两三户人家。小学时代，我几乎成了小城的“名人”，因为我在小学文艺班跳芭蕾舞，演过白毛女、阿庆嫂，经常在小城

举行汇演。倾城出动看小学的文艺汇演，是小城人们不多的乐趣之一。我因而有了“名气”，成为小城著名的“长辫子姑娘”，更成为近邻几家的家长经常性提及的人物。那些家长们觉得自己的儿女不堪造就，没有出息。他们的口头禅是：你看隔壁的骊骊！家长们看好我，更因为我酷爱读书，和邻近几家的女孩子形成鲜明对比。我的少女时代，没有受到父亲时运的阴暗影响，也较少感受到母亲的操劳与忧伤。我沉浸在自己身心匆遽发育的莫名阶段，骄傲、孤僻、清扬、寂寞，深陷于一股不可救药的青草般的气息里，独自长大。这些年，我许多晦明的梦境里，出现的背景画面就是那个大杂院。我父母亲的姿容也大都停留在那个年代。

记得院子外面的土路旁，有一棵歪脖子面枣树，一次不知什么原因和父母吵嘴了，我独自在外面游荡，天已经黑了，我心里充满了叛逆的孤单与悲哀。也不知是晚上几点，我在院子外边徘徊，忽然听到父母焦急的一声声呼唤由远及近，我灵机一动，迅速爬到歪脖子树杈上，看见父母的身影从树前走过，心里既得意又悲伤。当我终于没忍耐住答应母亲的叫唤，被父亲接住从树上爬下来后，母亲冲动地将我一把抱在怀里，用已略显粗糙的手抹去我委屈的眼泪。那是母亲第一次在我懂事后显露深藏的感情。同样教师出身大家闺秀的母亲不像我，她对儿女是不善于表达感情的。我曾在一篇怀念母亲的散文中写到这件对我身心影响巨大的往事，悠悠几十年，我至今仿佛还能清晰闻到面枣树微酸的气息，那一声声呼唤直抵我人生的中年。我想说明的是，我少女时期所有的困惑与渴望，父母都没有参与，我独自摸索成全着自己艰难的青春岁月。

大杂院最适宜养动物。父亲养的一群鸽子和一群鸭子记忆我最

深。鸽子因为后面一户人家的老母去世，在院子前搭丧棚，受了惊吓，一连两三日无法归窝，好像就此便飞离了我家。而鸭子一直是我喜爱和关注的。院子里经常上演鸭子的喜剧。我也常随哥哥们出去挖雨后的蚯蚓给鸭子们吃。我最喜欢其中一只拖屁股有眼袋的母鸭，因屁股大走路一摇一晃，有一种胖妇的颟顸可笑。后来那些鸭子陆续走上了不归路，被一一宰掉吃了。我从来就不沾筷子。等宰那只眼袋鸭时，我哭闹着拼命阻拦，但最终胖鸭还是在父亲的手上命丧黄泉。当喷香的鸭肉端上饭桌，我不仅再次坚决拒绝，而且还煽动哥哥们不吃。但意志不坚定的哥哥们两眼放光，盯着诱人的红烧鸭块咂嘴，我就知道最终自己是孤军无援一败涂地。那次鸭子事件，让我一连几天不和父亲说话，我将父亲看成是最大的阴谋家。假惺惺对鸭子好，其实是用心险恶。就像当时正在批判命丧温都尔汗的林彪一样，林彪是党内最大的阴谋家，父亲就是家里最大的阴谋家。

那所大院留给我记忆最深的痕迹，是我的初潮来袭。12 岁，当时小学没有生理卫生课，母亲也无暇关注孤单的女儿悄悄萌动的青春。大杂院一角是三家共用的厕所，我就在那儿经历了一个女孩子人生第一次深刻的撞击。当时我看着喷涌的鲜血，以为自己要死了，绝望地冲着外面向屋子里的妈妈叫喊，母亲跑过来一看，就说了一句：女孩子大了都这样，今后每月都要流血，不用慌，我去买卫生纸！她让我坐在家里痰盂上就出门去了，丢下我坐在痰盂上发呆发虚，血接了半壶。天光从一扇窄窄的窗子斜斜照下来，在半暗的房间像切下一把瑟瑟的利剑，我多灾多难的女人生涯就此开始。

后来初中升高中，我也随父母搬离大杂院，住在靠近县火车站

东门一个小区平房内。记得高中毕业，高考以后，夏天的夜晚八点多，幺姨晚饭后来家和母亲叙家常，她们在堂屋里说话，我在自己的房间对着窗户的书桌，写白天和几个同学登白兆山的文章。头顶的灯光照着我姣好瓷白的脸，窗外一片漆黑。忽然一个男人的声音在窗外低低叫我：你出来一下，你出来一下。我抬头见一个依稀的男人身影，他正朝我盯着看。我还沉浸在文字中，傻傻地问：你找我啊？他说：你出来，你出来。我竟然就穿过堂屋朝门外走，边走边回答妈妈的询问：外面一个人找我呢，母亲竟然不疑，径自去了。拐到后面小路我的窗户跟前，一个人影不见。我还疑惑半天，咦？人呢？人呢？隔了重叠的令人惆怅的光阴回望，那个傻绝痴绝的女孩背影，正往家里走，她是如此无辜，如此纯洁，如此天真，如此令人悲伤。她沉浸在自己虚幻的文字世界，而人事不知。这个夜晚发生的一幕，犹如命运诡谲的手势，暗示了我半生坎坷跌宕的命运。

我从那所房檐下走出古城，走上大学。每年寒暑假回到家乡。大二“五一”回家，在我那间卧室，半夜无端失眠，我第一次也是最后一次听见父母卧室传来声响：父母在行房事。那年我 18 岁，母亲 41 岁生我，那年 59 岁，父亲 56 岁。第二天我起床后，远远瞥见母亲一如往常拎着满满的菜篮子回家，我一天没有搭理母亲，心里充满了莫名的愤懑和羞辱。那时的我刚刚通晓男女之事，父母做爱对我的心理撞击，深深潜伏进我孤单的青春和修女般的大学生涯。火车站旁边的旧居，每晚火车嘶鸣，隆隆行进的震颤，一直传递到我的枕边，那个夜晚，我听着火车渐行渐远的哐当声，无端地流下眼泪。父母那边悄无声息，我的眼泪说不出任何缘由，只是陡

然觉得了忧伤。多年以后，我明白，那其实是性的觉醒与压抑，是青春无边孤独与烦恼的间奏曲。

大学有同学发狂追我，手段无所不用其极。他曾对我说：一次他追到小城我住的父母家，背着枪围绕着房前屋后转圈。我竟然也信，还天真问道：背枪干什么？到现在仍旧天真入骨的禀赋，是我诗情的源泉，却也带给我多少波折与苦痛。

大学三年级那年，父母又一次搬家，迁到父亲税务局家属楼。父母第一次住上了楼房。那时，父亲状况开始好转，我家分到两套房子。大哥已离开另住，二哥已毕业分配工作在他乡，三哥早已过继给幺姨。除了父母，家里就剩下我一人。父母的房子在一楼，也给我留下一间卧室，但四楼还有我的一间，我平生第一次独自坐拥四楼的套间。若不想见任何人，我可以躲在高高的楼上自己的房间里。记得大三暑假，在四楼那间充满皎洁月光的许多夜晚，我写下许多哀婉缠绵的诗词。生日那夜，还写下一首长长的新诗：今天我二十岁。第二天将父亲喊上来读给他听，父亲听后，用既欣赏又有点伤感的奇怪眼神望着我说：女，你怕是今后要受苦。

大学毕业后留在武汉，每次节假日或寒暑假回家，饭后，我就上到四楼将自己锁起来看书，看得天昏地黑，人事罔知。几次，小黄猫爬上楼来，在绿色漆面的房门前用爪子不停抓挠，喵喵叫唤，想和我亲热，或者通知我下去。在那几年间，我三次从武汉同事处讨得小猫，用布袋装着小猫，只露出小猫惶恐的眼睛、小脸，坐长途汽车带回家，给母亲养，我喜欢小猫小狗，母亲也喜欢。但每次猫长大了，不是跑出去幽会私奔不归，就是误吃了毒耗子的药含冤而死，让我心灰意冷，从此不再恋恋带猫儿家养。

在一楼，我的卧室，对面三尺左右是别人家的楼上天台，有楼梯直从我窗前斜线而上。天台上别人家养了一群信鸽。养鸽人是那家俊美的少年郎。夏天黄昏，火烧云将西天烧得通红，鸽影在古城错落的黑瓦间翱翔，男孩打着赤膊上楼饲养信鸽。每次上楼，他都要偏过头一直盯着我看。都是街坊，本来认识，一次他便带我到他家，让我看他最美丽的一只银灰夹杂红丝的鸽子。我摸着鸽子温顺的羽毛，看着少年郎筋肉结实、线条优美，一如米开朗琪罗雕塑的大卫形象，心里忽然恍惚起来，男孩突然紧紧将我抵到门后，试图亲我，我当然一掌将其推开，满脸通红逃出了屋子。后来少年郎很愧疚，找到我，说喜欢我，但自知不配。今生谁敢欺负我，他立马干掉他。我生气说：第一个欺负我的就是你。他曾向我父母打听到我学校的地址，一路追到武汉，然而却不敢见我。后来听同宿舍同事说，有一次半夜听见有人敲门，吓得她蒙头不理。后来我知道了，那正是少年郎来找我的当晚。我周末在小东门闺蜜处玩，没有回去。小伙子是小城有名的打架大王，混小子一个，天不怕地不怕，曾是打群架首领，被拘留过。人却长得白皙高挑，俊秀脱俗。有一次闺蜜来家看我，见我盘腿坐在床上面对那个窗子流泪。我没说明缘由，心底其实也莫名所以，我被一种强烈的情绪缠绕，不得解脱。

那所房屋，迎来了我的恋人，几年间，我恋爱得极其辛苦，常常悲伤流泪。一次过年，我将自己独锁在四楼房间，穿着黑大衣不见任何人。闺蜜来和我父母拜年，我才从房间出来，见我脸色苍白，神情落寞，黑衣素服，说你这样谈恋爱不是找死？后来婚恋变故，闺蜜曾回忆这一幕，叹息说，当时就知道不会有好的结果。那

么辛苦的恋爱！

我的儿子出生在老家，是在父母又搬迁到府河街的家里坐的月子。我临产就独自回到父母家，下半夜羊水破，内裤全部湿透，我浑身颤栗，大声呼唤母亲。母亲从她卧室里冲出来，叫我不要怕，她出门为我叫车去医院。那时母亲已是70岁的高龄。二十年前的小城，是没有出租车的，母亲好不容易叫来以前曾一起住大杂院的邻居，一个热心快肠的大妈，又叫醒隔壁几个叔叔，用竹床给我做了担架，抬我出门。那所临河的房屋，出门左拐就是大河，记得待产前，多次一个人走到河边，思念北方的丈夫，腹中儿子牵肠挂肚地伸胳膊踢腿，唯有河沿人家院墙内蜡梅伸出的枝桠给我安慰，唯有静谧南流不舍昼夜的河水给我安慰。

在这所沿河的房子，我永诀了老父。儿子刚满月，带着他奔赴北方和丈夫团聚。父亲那时已经中风，他拄着拐杖泪眼婆娑望着我，伤心得说不出话来。他仿佛感到自己来日无多，怕是见不到最让他骄傲的女儿了。我抱着襁褓中的儿子，噙着泪看着已华发苍苍的老父母，只说了一句“我走了”，就掉头离开了那个院门。等我一年多再回到古城老家，却是奔丧，我再也见不到我的浪漫的、一生痴迷象棋、京剧和烈酒的老父了！我秉性随父，父亲曾那么英俊那么爱生活，如果不是因为痴迷下棋中风，他本可以再活多年。

父亲离世，清冷的家只剩下老母。三哥回来照顾母亲，便又一次搬家到母亲最后的旧居。我曾接母亲到武汉家里居住半年，也能多少照顾下我儿子。每次从学校带回许多书给她看，怕我上班她一人在家寂寞。但半年后，母亲执意回老家，说还是小城好，小城熟，到处都是熟人街坊，还有你爸爸。那一年夏天，我回到小城，回到我父母最后的家，在那所屋檐下，给母亲剪脚趾甲，给她洗澡，那是我平生第一次给八十岁老母洗澡。看着老迈的母亲裸体，我说不出话，母亲也一言不发，安静地看着女儿给她洗。在我离开要赶回武汉的那天午后，母亲拉着我的手，也许是意识到活着再也见不到自己的女儿，孩子般伤心地哭了，我陪她一起流泪。那是母亲第一次也是最后一次在女儿面前示弱，她从来是刚性经磨的，那也是我与母亲最后的握别。我在一篇已发表的纪念母亲的文章中，曾写到这一幕。房间午后蓬勃的光线射进来，照着母亲灰白的头发，照着母亲饱经沧桑的脸庞，也一直照着我记忆的角落，它是深藏的，悲哀的，不会随着岁月的变迁而有任何消磨。

我总想：似水流年是个好词语，好到每每听到或说到它，就没有理由不热爱令人悲伤的生活。王小波说：“只有这个东西，才真正归你所有。”只有似水流年仅仅属于你个人。它包含着你所有独特的生命气息。化解它也只能凭一己之密码。而有时那唯一的密码，是伴随你的记忆辗转飘零的旧居，是那些铭刻在你生命里的成长背景。

人的一生有许多物事让你流连，有许多回忆足供你徘徊，让你梦绕神牵。你曾居住过的旧屋便是其中经常出现的影像。这正是上天对人恩厚的地方。

就这样吧！别了，所有的旧居。

母亲——心中永远的痛

母亲去世五年了。常常想写点东西纪念她，每每提笔，心头就涌起一股悲伤，哽咽在胸，最终总是怅然而罢。日子匆匆流逝，活着总有许多要尽的责任，总有许多将完未完的思绪，为母亲写点什么的心思在时间的洪波冲荡中，似乎也渐渐放了下来。

但是，几年来，我的思念从未中断，尤其是每当一天忙忙碌碌下来，总算能将身子摆上床的深夜，寂静包围了整个天地间的生灵，这个时候，那股隐约在心口作痛的悲伤，就会突然清晰起来。母亲忧伤的眼神在虚空向我凝视，使我身躯变得僵硬以至无法正常呼吸。多少次，我从深陷的迷梦中惊醒，母亲生前的姿容仿佛刚刚远去，梦中既熟悉又陌生的情景，都和父母生前生活的场景有关，他们在梦里永远是那个样子，那样一个年纪，在那庭院的老屋深处，埋藏着一个少女和父母紧密关系的所有悲喜图像。它们在梦中这样侵袭着多年后我的神经，以至每次从如此遥远的梦中醒转，我都发现自己泪流满面，甚至从梦中哭醒。我知道：自己是再也回不去了！

今年清明节回去给父母上坟，和哥嫂闲谈，二嫂不经意地对我说起母亲去世的那年，酷夏过后，母亲已经有些神思恍惚，她和二

哥带着我侄儿回老家看望老母，“妈总不停围着我叫你的名字‘骊，骊’，总对着我儿子叫坦坦（我儿子的名字）……”二嫂是笑着对我说起这些，“在妈的心中，那个时候她只有你，只记得你，只想你，再就是你的儿子。”二嫂望着发呆的我总结说。当时，我也向二嫂投以微笑，但我知道：自己的心这回无法回避，它痛苦地紧缩成一个核桃，被悲伤可着劲敲击、碾碎，它在流泪、哭泣。我知道：自己是必须写点什么了，不然，我的心魂将终无安宁之日。

想起的都是一些模糊或清晰的片断，这些琐屑细小的回忆总不经意间突然浮现，让我怔忡半日。我生活的小学时代，学校兴毛泽东思想宣传队，小学五年，我进的是最时髦的文艺班，还是文艺班的尖子，最早从二年级开始，总有些去省城或外地观摩学习或表演的机会。有一次要赶很早的火车，老师通知家长早晨四点半到学校集合。记得半夜起来，母亲带着我，穿过凌晨四点的小城，她穿着灰色的布上衣，牵着我的小手，从青石板的老街出来，走到沥青马路上,忽然有一只白猫“喵”的一声从不远处窜到马路牙子那边，一晃在稠密的树影中不见了。母亲温暖的手一直牵引着我，让我温暖无比，觉得格外踏实宁静。其实，一贯不善表露温情的母亲是很少这样牵着我的。在那样一个三十多年前的凌晨，我和母亲的心面对面，心魂相印,所有的画面都那样清晰，又那样遥远。第一次那么安静感受夜被大自然包围的气息，我小小的心感到了从未有的惬意安适。我看见粗大的法国梧桐的树影落在路面，路灯照着地面斑斑驳驳，风吹着树影变幻摇曳，梧桐树发出阵阵神秘绵长的絮语。这几年，每每忆及这个画面，脑海里就浮现出一句话：“树欲静而

风不止，子欲养而亲不在”，或者，每每看到或听到这句话，我心中这幕几乎湮灭的记忆，就像沉落的孤岛般再次浮出，让我深深悲痛于命运的诡谲之力。这些年，我对母亲最大的愧疚不就是“子欲养而亲不在”吗？

我的少年时代的家是在一个大庭院度过的，那时候买煤都是自家借个板车去煤店买。那是凡事凭票的年代，吃穿用度，一切都要排队。记得有两次，天麻麻亮我硬要随父母去煤店买煤，一进煤场黑鸦鸦一片攒动的人头，几乎可以和堆放在院子里的黑煤媲美。父亲满头大汗挤进挤出，终于欢喜地和母亲推着满满一车煤出来了。我看到父母的脸庞都成了京剧的大花脸，汗水和着乌黑的煤灰在他们的脸上划出一道道印子。回家后父母将乌黑的煤灰卸在院子里，开始做煤饼。我认为这是个有趣的活动，每次都要参加。我和哥哥嬉笑着将手和着煤泥，看十个手指头变得像鬼一样狰狞可怖，还边做煤饼边和哥哥互相吓唬着，要给对方画个黑脸。母亲从不大声呵责，最多瞧我两眼说“看你还闹啊”！她和父亲埋头苦干，在我们兄妹的帮助下，一院子黑鸦鸦的煤饼就奇迹般开出了黑金的花朵。有一次刚做好，清理完毕不久，天公不作美，老天突然变脸，风雨骤来，母亲急急冲出，和父亲紧张地将煤抢救进堂屋堆放，我们兄妹也加入到急如星火的抢险中，但总有一小部分煤饼在大雨的冲刷中像中了“化骨散”，眼睁睁化为一道道蜿蜒的黑色小溪，消失了。这时我看见母亲站在院前屋檐下，深深地叹口气，依稀看见母亲劳累的脸上闪现出一丝忧虑。我至今忘不了她深陷的眼窝那一丝一缕的忧伤。

小时候我是个很野的孩子，但野得很孤独，总是独来独往，母

亲也很少管我，她要忙一大家子的家务事，从我记事起，她就是一个职业家庭妇女。她四十一岁上才有了我，因为生我落下个血痨的毛病，四十多岁就退职在家，从她干了二十年的教师行业中退了下来，靠父亲一人的工资养活我们兄妹几人。而那几年父亲每每下放劳动，家境经常入不敷出。每到月底，记得母亲总要借钱买米。她只得经常到街道找点事做：到街道工厂编麻绳，到塑料厂拿回大捆的塑料回家用碱水清洗……她没空照顾我，我也没上幼儿园，所以一人到处在古城寻自己细小的乐趣，寻幽探险，爬树翻墙，在地上玩抓子，数蚂蚁，夏天暴走，借着庭院的积水飘纸船。那随水飘荡颠簸而去的小小纸船，曾盛满我的孤单与天真。

有一次不知何故与父母赌气了，我不愿回家在外面游荡，天黑，没有月亮，我一人走在回家的路上，小小的心满是忧伤。忽然远远听见父母焦急的叫唤声，我却偏不应声，瞅见旁边有棵歪脖子大树，灵机一动，就爬到大枝丫上躲着：我决不让他们找到我，让他们着急。我要让他们感到后悔！我一边听着父母愈来愈焦虑的叫唤，一边半是委屈半是得意地这样想。少年的心思如今仍这么清晰地记得，是因为那次父母终于在树下接到我，母亲冲动地一把抱住了我的身子。母亲性情刚烈，一直羞于表达情感，更很少和孩子亲热。哪怕我是她惟一的幺女儿。那是我记事以来她第一次用她的手臂抱我，第一次用她已略显粗糙的手为我擦去委屈的眼泪，也是我第一次看见母亲落泪。

我从小到大最爱喝自家酿的米酒。小时候，母亲自己酿，将糯米拌上酵母后放入一尊包裹着厚厚棉被的瓦缸煨好，过两天打开，一股浓郁的米酒香扑面而来，我每次都要津津有味吃个精光。后来

我上大学离开家乡，母亲也便少做了，小城有几家做米酒做得很地道，有时候沿街串巷叫卖，每逢寒暑假我回家来，听到巷子外面传来“买米酒喽”的叫卖声，还没等我吭声，母亲就端着碗出去了。我读书毕业后在外地教书，只要回到家乡度假，母亲端着搪瓷碗给我出去寻觅最好的私酿米酒，成了母亲和女儿之间心照不宣的小秘密。后来家搬到河西郊区，远离城中心，有一年暑假我回到家，大嫂大哥也来家小聚，午后我忽然想吃米酒，正是过午，天酷热，母亲听了二话不说，从厨房拿了经常端米酒的搪瓷碗就要出门。大嫂拦着母亲不让去，说天太热，进城要走半小时，但母亲执意要亲自去买，说你们不知道地方。一个多小时后母亲终于热汗水淋地回来，满足地把搪瓷碗递到我跟前，说快吃快吃。母亲看着我甜丝丝吃米酒，那种欣慰的样子，至今想来历历在目，怎能忘怀，一想心就痛。母亲去世后，这件事每每成了大嫂口边的说辞，说母亲对我太好，对我太惯，而我太任性。直到后来我自己做了母亲，直到母亲去世，我才心痛母亲的爱。那满满的爱，曾让青春孤傲的我一度心怀不耐，现在忆及，除了深深自责，就是悲伤。

我曾十分不惯母亲对我的端详，只要我回家，母亲一闲下来，就坐在一旁悄悄端详长大成人的女儿，那种端详有说不尽的慰藉与满足，那种只有母亲才有的对自己心爱女儿的端详，直到后来我成为母亲，看着儿子慢慢长大后才有了深深地体会，但却不被当时的自己所理解接受。我除了不耐烦，还有不自在，现在想来，真深悔做儿女的疏离怠慢。

一代一代，水往下流，一代一代，树叶滋生，多想回到当初，

回到母亲身边，我能坐在她身边，被她细细端详，那样一种幸福，永不再来！

那年夏天，心力交瘁的我回到老家，我当时不知道母亲离告别人世只有短短一个月。那次便是我们母女最后一次相聚。我最后一次帮她洗澡，最后一次帮她剪脚趾甲。母亲仿佛感受到来日无多，冥冥中她好像也明白：她可能是活着最后一次见到她最疼爱的女儿，从来很少在儿女面前显露真情的母亲，在我面前孩子似的哭了。母亲坐在我对面，用那双我闭眼就能清晰看到有几条青筋的手，紧紧捏住我的双手，我心一阵酸疼，抽出一只手掌去抚摸母亲灰白的头发，那也是性情孤僻清高的我第一次向母亲流露感情。岁月让我们母女仿佛置换了角色，母亲在我的抚摸下哭得那么脆弱、哭得那么委屈。我知道她是不舍，而我又怎能舍得？我泪眼汪汪地安慰母亲，安慰她饱经磨难和孤独的爱，还有她百般放不下的那颗心。一眼望去，母亲灰白的头发在夏日蓬勃的光线下抖动，定格成一幅让我永远心疼的画面，此生此世，作为女儿，和黄泉下的老母共守着这份秘密，我的心便永会敬畏一份生命的无常。

如今我已到了我记事时起我母亲的年纪，也有一个淘尽心神的儿子。那年独自在老家待产，半夜发现羊水破了，哗哗直流的羊水让我手足失措，吓得哭泣，浑身乱抖，是母亲冲进来，大声说“别慌，我出去叫人叫车”。在任何时候，家里若发生大小事，都是母亲出面驾驭一切。那时是半夜两三点，初春的夜晚，小城刮起了大风。我担心着风中的母亲，不知这大半夜她能为我叫到什么人唤到什么车，老家这座小城，十二年前的后半夜，是没有出租车的。母亲终于回来时，我见她衣服上有灰印子，她只轻描淡写地说不小心

摔了一跤。那时已七十二岁高龄的母亲，我无法想象她在半夜的风中，独自趔趄着叫车的心情。母亲找来了小时的邻居，一个热心快肠的大妈，又叫醒左右隔壁的大叔，用家里的竹床铺上被褥做起一副担架，让四个邻居大叔抬着，连夜将我送到城里最有权威的医院。直至今日我仍看得见母亲跟在担架旁，深一脚浅一脚护送我去医院的情景。这一辈子在我凝视尘世的眼中，那个为我操碎了心的衰老的身影，那个看上去无比柔弱又无比坚韧的母亲背影，将会一直陪伴我的生命，直到有一天我也离开这个世界为止。

自母亲远离了我，永别了尘世，多年以来，我总不由自主想到：所有伟大的母亲都是一条河流，先是一条清澈跳溅、灵动无比的溪流；终是一条浑浊而能量庞大的大河；最后，是一条蜿蜒将息、但依然挣命向前的河流，它不舍昼夜，拼命向前，山穷水复，竭尽所能。她十几年、几十年奔涌向前，裹挟着幸福与满足，也奔涌着无量难以知晓、无人领会的孤独悲伤。这条磅礴之河、永恒之河，是母亲、是母爱、是父母的大爱！这是一条生命不能承受之重的河流。她将她永生的眷恋送达大海，目送浪花犹如子女年轻的身姿扬帆远去。没有任何子女对父母的感情，能超越父母对子女千浇不灭、百折不挠的血缘大爱。这是人性既定的格局，也是人生无法回避的情境。自古以来，从未改变，天荒地老，亘古如斯。

热爱做妻子

在国庆礼花焰火的璀璨中，终于完成了六十多万字的剧本改编。每天夙兴夜寐，往往至转钟、至凌晨，人疲惫不堪，还要忙于学校的合唱和演出，但一切尘埃落定，确实有一种释然和轻松，甚至有一种久违的成就感。这种成就感多久以来都没领受了。然而，我要说出心里久藏的心思，平生经历虽波诡云谲，命运多舛，但也有许多幸福快意、满足自得的时光。它们犹如人生密林深处，那一泓人迹罕至的湖泊，在秋日金黄树叶的私语中，闪烁出翡翠般动人的光泽。那样的日子，那样的景致，是只能放在心底熨帖的。

翻来覆去地思量，私下里，还是觉得至为欣慰的成就感，不在文章发表、新著出版的油墨清香；不在让许多女人陶醉的、被人恭维称赞多显年轻的莞尔，甚至也不在抬眼遇上比自己高一头的儿子那日渐挑衅、以示叛逆的眼神的那一刹那，数次的摇头、推翻、肯定、咂嘴，沉思之后，最后确认，自己深藏于心的、用命看重的成就感，来源于做好一个上得厅堂、入得厨房、进得卧房的妻子。

此言一出，必定惹得某些人士大翻白眼，大吹口哨。无论现代一些女权主义者如何不屑于做妻子，在我私下推崇的词典中，“妻子”是一个宁静、温柔、圣洁的名词。不是所有的已婚女人都配得

上这样一个近乎神圣的称号。上学期给学生讲演讲词，无意中翻阅到英国19世纪著名作家演说家拉斯金的一篇演讲，拉斯金在文中将美好的女性比作“王后花园里的百合”，他说：真正的妻子，她无论走到什么地方，家便围绕着她出现在什么地方，她头顶上也许只有高悬的星星，她脚下也许只有寒夜丛中萤火虫的光亮，然而，她在哪儿，家便在哪儿。对于一位高贵的妇女来说，家从她的身边延伸，它流泻出幽静的光射向远方，庇护着无家可归的人们。

我想，这样的妻子在当今一切趋于中性的浮华年代，是日渐式微了。有时去人家做客，我会留心主人的家是否渗透着女主人的气质和性情，是否充盈着或温馨、或朴素、或华丽的气息，而这气息，一定是妻子对家的用心投射。妻子应该是家的中心，是营造家庭氛围与格调的灵魂。一个爱亲人爱朋友爱生活的妻子，她的周围会有一个气场，她的家会有一份气息，这种气息与奢侈或高档家具毫无关系，只和灵魂相关联。

作为其中一分子，我确乎在生活着。但无法切实地、时时拥有着妻子的成就感。其他也许还有一些生活形态，我不想涉猎和歆羡。时代永远在变迁，然而，妻子，这样一个称谓，应该始终唤起的是人生朴实的温暖与感动。她的存在与高贵，还有她名下所营造的生活细腻的质感，会让所有怀旧的人心生感恩直至怅惘。她和所有正在消逝的美好事物一样，即使不那么惊心动魄，但同样令我黯然魂销。

有一天，我要唱出自己心底最真实的歌时，我不知道自己将是幸福还是落寞。落寞其实也是必要的，它避免了精神偏斜到不可救药的轻佻上。那么就让我保持愚蠢的憧憬吧。这样的憧憬也会使人常葆纯真之心和智慧，使人免于湮灭在无穷琐屑的生活细节中。

三个梦

好像是病了，躺在床上。病眼蒙眬中，从枕头斜倚着望过去：有一扇木门，老式的，很高很暗，门上有铜的吊环，衬得门外明丽的天空蛋青般的柔和。十数枝宛如杨柳身姿的枝条在我视线里长长地垂挂下来，然而却不是杨柳，而是奇异的红梅。梅苞含着，欲开未开，如杨柳袅娜地飘浮，在我朦胧的病眼中飘漾。是蛋青色的春天，有两对黑燕从梅丝间穿梭过来，又穿梭过去，燕语啾啾，我好像是哭了。被仿佛前世的景象呆住。没有填满的前世的哀愁，袭击了梦中的我。

我在涉过激流，要到彼岸去。我一个人，提着白色的裙摆，但还是被清澈透明的水浸湿。水流到处，前后左右，一直到天际。而满眼全是嫩绿的、新鲜得令人心疼的柔草，好像还有无数的兰草，开着花，都在水中披拂摇摆，那绿，漫天漫地，绿意完全将我浸透，是我从未见识过的、无比清新又朦胧得令人陶醉的绿啊，仿佛天地甦醒的第一个春天，奇异的仙境般的景致。我一人瞻顾彷徨，提着白色的裙裾，要到很远的彼岸去。

我拿着玻璃水杯要喝水。喜欢玻璃的水杯，透明的纯净的无色，被我浣洗得干净，我总用手指从中间试图穿过，结果是很自然

的，碰着那微微沁凉的玻璃，我的指尖与心尖的温柔就会一点点地弥散开来。我是要喝水，然而那是空杯。玻璃杯中没有水的痕迹，只是一痕透明的玻璃杯底，无言地无底地和我对视。

人生就是前世的哀愁吗？

人生就是涉过激流吗？

前世的春天永在我最深沉的梦境里。是那奇异的梅苞，在点点唤醒我对自己前世的忆念。而激流永在我的命运中旋转，奔逝于我的心底深处。水的姿态是我命运的暗示吧？流动不居的命相，永是清澈，永是兰花般地绽放。而我们每一个人其实都是彷徨无依的，曾经的牵手终将放弃，我们面对的势必将是一人行去彼岸。那绿色的天地葳蕤，即使孤独也是那样的美丽啊。

人生就是空杯吗？

没有水的杯子冲虚无物，饮后的玻璃杯，依然是空啊。空是垂手的完成，空也是扬手的期待，空的杯子，一头萦绕着往事的回味，一头蕴蓄着将来的希望。又仿佛是慢慢引满的玉弓，在无限的敬畏中蓄势待发。残茶不弃，新茶难以注入，这是禅宗的洒脱吧？旧茶曾经饮过，又岂能遗忘呢？这应是凡人的执著啊。我总不忍丢弃那蜷曲的微带茶香的残茶，那曾经在我的唇舌间流转的美，回味也成空虚。而虚空的杯子却暗示着流转的物象，它是一个姿态，一个承受的姿态；它也是挥手告别与即将开始的拥抱。前生已经遗忘，未来的日子尚未到来，而那曾经注满杯中的，被怀念被拒绝的，使人的现在百味俱陈，莫可名状。

我不会忘记前世的春天，然而我要做的，是凝视当下绿色的河岸；我要做的，是将我的玻璃杯子重新浣洗干净，在遗忘和期待中悲欣交集，或者宁静。

感应

窗外下着滂沱大雨。又到了南方的梅雨季节，又是一个人独自听雨。无目的翻阅一篇关于物理上量子纠缠与感应的文章。总的意思是通过物理学的观点，证明至亲至密的人之间，一定存在着远距离感应。文章说，法国物理学家艾伦·爱斯派克特和他的小组，在一九八二年成功地完成了一项实验，证实了微观粒子之间存在着一种叫作“量子纠缠”（quantumentanglement）的关系。准确来说，所谓量子纠缠指的是两个或多个量子系统之间存在非定域、非经典的强关联。不管它们被分开多远，都一直保持着纠缠的关系，对一个粒子扰动，另一个粒子不管相距多么遥远，立即就会有波动反应。

文章说：这个被爱因斯坦称为“鬼魅似的远距作用”的量子纠缠理论，是近几十年来科学最重要的发现之一，虽然人们对其确切的含义目前还不太清楚，但是对哲学界、科学界和宗教界已产生了深远的影响，对西方科学的主流世界观产生了重大的冲击。文章举出生活中一些实例来证明这个量子纠缠的不容置疑。我看得心生恍惚，渐渐仿佛身心分离，不由自主逆时光而上。雨声愈大，恍惚愈甚，仿佛这一派天地间的豪雨，要将我带到十五年前那样一个躁动的夜晚。

是啊，今生于我而言，有一些刻骨铭心的片段我想忘却也是徒劳。生活中许多微妙的时刻，总能唤醒久远的记忆，和遥遥冥冥中那一画面遥相叠合。无数次的叠合无数次的重现，生命的奇妙与神秘，就存于此境，灵魂愈是丰盈，这样的叠合和感应就愈多。

十五年前那样一个北方的夜晚。1997 年初，将近年关的一月寒冬，我在山东。儿子才一岁多，白天带儿子十分辛苦，又要上班，回家又要料理家务，平日一般是上床后就能安稳入睡，那个时候，我还没有失眠的习惯，我又是一个不能熬夜的人，不敢耽搁，记得那夜不到 11 点就上床，却一反常态，辗转反侧怎么也不能入睡，心内莫名地烦躁，甚至无端地惶恐。我怕影响身旁安睡的丈夫，一直按捺着不敢也不想让他发现我的不安。然而，异常的烦躁甚至惊慌的情绪数小时纠缠着我，最终我竟悄悄地哭起来。丈夫终于惊醒了。他是一个典型的北方人，揿开台灯一看时间都快下半夜四点，就低声吼了一句：你犯什么神经啊？大半夜哭什么？我告诉他，心内不知为什么怕得厉害，而且像被烧着一般，五内俱焚一样的感觉。他听不懂什么五内俱焚，讶异地看着我泪痕满面的脸，不知所以。因为我身旁有儿子，他下床方便些，我让他下去给我倒杯热水喝。然而这爷们竟不耐烦懒得下床，背过身不理我继续睡，我便仿佛有了正当理由，抽泣得更加厉害了，心里却像失却了什么重要的东西一般悲伤。北方汉子终于回过身来安抚我，我还是一味地流泪，当时以为是因丈夫的不体谅而伤感，后来才明白，真相远非如此。正不可开交时，电话突然响了。下半夜的电话，总带有一丝阴冷的不祥之气，令人魂魄皆惊。丈夫一耸身下床接听，他的一声“大哥啊”，让我呆住。是我大哥从几千里外的南方小城打过来

的。就在前半个小时，我哭得最厉害的那个暗夜时分，我父亲咽下最后一口气。他身边，有我母亲，大哥，三哥，只是远在外地生活的二哥和更加遥远的我，没见着父亲最后一面。

当然，我可以认为是自己的敏感在作怪，我是一个极其敏感的女人。有同学早在大学时就说过，我的心是宣纸做的，无论痛苦还是欢乐，一经点染，心就湿透，痛苦欢乐的情绪都会被放大。这样的心地，该需要自己怎样的承受能力。然而，那一夜的惊魂，却是无法用我一贯的敏感善感去解释的啊。

当时算来，我与父亲已经两年没见了。最后一面，是我带着满月的儿子奔赴山东与丈夫团聚，和家人告别。父亲中风已经三年，还记得他拄着拐杖，泪眼模糊地看着携子远离的女儿，一句话都说不出来。我深深看了父亲一眼，松开母亲的手，逃离一般离开了那个熟悉的院门。父亲永远不会知道，这个一向在他心中、在他口头上才貌双全的女儿，今后还会有那么多的波折坎坷在等着她。不知道也好。

血肉相连的心灵感应，在这世上的确存在。儿子那年在学校生生被烫伤，我再一次被冥冥中强大的不安所击倒。那是 2003 年暮春时节，4 月 17 日。儿子住校，小学二年级。因为想着儿子从小到大长期跟我，怕儿子受我阴柔的女性气质影响太大，长大缺乏阳刚气，便听从了朋友的建议，找关系转入华师附小住读。没想到却酿成后来的祸事。我真是不该将那么小的孩子送去住读的。然而，人生祸福难料，也许这是我儿命中的劫，他跑不掉，但至今我心内仍有一丝阴影不散，对孩子的愧疚注定将跟随我一生。

那天我一人在家写东西，正是下午五点左右的样子，靠阳台窗

子的书桌，明晃晃的一片斜阳的光线，斜刺进来，照亮我握笔的手。当时还没有电脑，都是纸质书写。现在想来真恍若一梦。我写着无聊的文字，忽然心胁间一阵剧痛，仿佛被人狠狠插上一刀，如果我有透视眼，一定会看到我的心房鲜血淋漓。莫名所以的手便颤抖起来，握不住笔，心慌之下弄翻旁边的一只茶杯，幸好没摔碎。后来想，要是摔碎了，会是更加不好的结果吗？我一味地怔忪着，发呆、心乱，再也写不进任何文字。也不知过了多久，也许就是几分钟？或是十几分钟？电话打进来了，是儿子班上的班主任。她强作平静地告诉我，儿子刚才在饭堂打汤时，掉进被放置地下的大汤盆里，被烫伤，正送往三医院抢救。那可是一大铝盆滚烫的紫菜汤啊！可怜我的孩子！母子连心，一刹那忽觉浑身疼痛，那感觉几乎让我窒息。还记得一个细节问答，当时我竟然还能冷静入骨地问班主任，孩子坐进汤盆，伤没伤着小鸡鸡。当听到对方肯定的回答没伤着，只是后背和屁股被烫，我才捡着魂魄，赶赴医院。我有时真不明白自己的勇气和冷静，这样的勇气和冷静帮我度过人生许多的坎，让我最终能够回望生活的来路，还原我一个女人的柔韧和从容。

无论从科学的角度，还是无所解不可知的灵魂的角度，我都愿意相信：至亲至密的人与人之间，必定存在着至为深切的感知。无论母子父女，无论夫妻情缘，都如此。当你全副心魂自知或不自知地为对方所系所牵，一种看不见的神秘电流，终将缠绕在你和亲爱的人之间，相系相感，为生命的神奇平添如许的魔力，也为人的命运镀上一层扑朔迷离的光晕。这些年来，我也从旁人那里得到过许多类似的说法和印证。灵魂的有无，魂魄的相通，这样貌似痴愚的

问话，不仅是祥林嫂之类受尽磨难的底层大众的疑惑，也成为许多智识阶层常谈常新的话题。许多伟大的物理学家最后终归神学，终归神秘渊源一路，也是因我们存活的宇宙，有太多的奥秘无法用科学去解释。不能解，不得解，一说就乱，再解心伤。

窗外的雨还在下，最近的雨声砰砰敲打着人家的遮雨棚，它的背后是浩茫无边、沉落在黑暗中的雨丝风片。雨雾迷蒙的五月初夏之夜，我谈着科学家所言的“鬼魅”之事，正当其时，也很合乎当下自己的心境。想着往事，再多的沉哀已经淡然远离。独自一人的心境，也很好，少了许多的束缚不自在，多了野渡无人舟自横的安然自适，和孤独是丝毫不相干的。只是心魂，仍旧会在红尘中，在此生最亲密的数人之间厮磨缠绵，无休无止、无休无止，犹如这样的夜晚、这样的雨声。

北方的怀想

我的青春岁月是在南方度过的。南方潮湿多变的气候，弯曲多皱的河流，五月令人郁闷的黄梅苦雨，还有青石板两侧殷勤伸出来接雨的屋檐，陪伴我走过孤独的童年和青春忧郁的季节。那时我总禁不住生出一丝梦幻，关于北方的梦幻、北方的怀想。常常在日记里，在与女友的私语中，抒发对北方一种近似初恋的情怀。冥冥中我仿佛有一种预感，今后的我一定或多或少将和北方产生某种联系。这种预感甚至让我一度开始热衷于吃馒头而拒绝吃米饭，至今想来，虽然很可笑，但也值得尊敬，那是少女时代一种天真的痴狂罢了。

距离产生美感，向往在于遥远，不可企及的远方总是诱人而美好的。我想望北方那绵厚广远的天空，天空下面那霜冻坚硬的土地；想望宁静广袤的雪原，那挺拔潇洒的白桦林在寂静的阳光下闪动，发出金属般的歌唱；想望那漫长寂寥的冬天，雪花在安详的庭院静静地落了一夜；想望在温暖的橘黄色灯下，家人围坐红泥小炉烘烤白薯的香味，还有窗玻璃上水蒸气信笔创作的水墨画……这些极富诗意的怀想每每让我情不自禁又黯然神伤。然而我的生活似乎早已按照一个既定轨道前行着，随着时间的流逝，我的北方及有关

它的怀想，也渐渐淹没于纷扰多故的岁月里，我几乎要忘却那少女的一段天真、一段痴情了。

但谁能抗拒命运铁的逻辑和安排呢？也许人的某种愿心真能产生愿力，去主宰人的命运，当少女的怀想渐渐远去、慢慢沉寂之后，我却真实地站在北方的土地上面，接受了一份属于自己的生活。北方，多年的梦中情人，成了我那三年朝夕相处、耳鬓厮磨的爱人。这真不知是命中注定，还是我的愿力感动了上苍，让它反过来迁就我？或许是自己对北方的怀想冥冥中支配了我生活的抉择？我不知道。“故人不可忆，中夜长叹息。叹息想容仪，不言长别离”。在我的心念中，北方恍若就是旷世离别的故人，他的声息，他的姿容，沉淀在我前世的记忆里，让我今生不得安宁。

经过了离合悲欢，知道些许人生真相的我，不再像少女时代，对北方充满虚幻的迷恋和诗意的憧憬，然而面对脱却虚荣和梦幻色彩的北方，我的身心仍禁不住满是欣喜与安详。在日渐疏离的梦境里，我的北方仍旧以它独有的气息包融着我，好像是我肝胆中的一块结石凝成琥珀，让我疼痛，却不舍得放弃。

我怀想北方独有的气质。北方是大气的，犹如北方的男人。它的爽快、宽厚与朴质是大气，它的持重、平和、不变、守恒也是大气。它特有的韵致感染着从南方闷热的河流中走来的我。

我欣赏北方的气候，它从不像南方轻薄多变，阴冷晦涩，时晴时雨，它温厚平和，清刚爽捷。天高地阔的太阳透彻地照耀，一旦踅进背阴处或树阴，就会浑身清凉，它的美是经过大痛苦大欢乐后，清坚透彻的心地；北方的冬季是漫长寂寞的，爽洁热烈的雪会一夜之间覆盖山野平原，马路两旁的槐树神奇地长满洁净出尘的花

朵，拥抱我们的身心，它告诉人们平淡寂寥中，永远有纯洁美丽的东西不容放弃；北方的空气和风一样清冽新鲜，它绝不低回缠绵做娇小痴态，它是温柔理智的，一如你的挚友亲朋，爱抚你又督促你，让你领受一份干净温厚的心去守候四季的花开花落。

我怀想北方清朗的建筑，南方的里弄小巷，纵横交叉、缺乏方位的马路长街，还有鸽子笼般的建筑群，既无中国水墨画般的雅致清新，也远非苏州水乡的阴柔古典，它多年的卑屈和晦涩让人习惯了窘迫与忍耐。而北方却不一样。方位鲜明，层次清晰，给你一份散淡和从容；北方乡村的房舍是朴拙稳健的，毫无南方农村常见的暴发户般的恶俗。最难忘怀的是庭院轩敞、人情味十足的北方四合院，回廊幽静，花木扶疏，它是守候北方大地的精灵，正逐渐淡出人们的视野，但时常的灵光乍泄，足以让我留恋。我怀念它的风情，犹如怀念我的故乡。

一方水土养一方人，北方的生活节奏是舒缓从容的，现代商品经济带来的激烈市场竞争，虽然多少改变着北方守恒不变的老慢板，但骨子里的那份悠闲安详，仍然散发一种独有的魅力。北方不缺乏严谨紧张的现代效率和节奏，但往往“每临大事有静气”，它追求一种协调，一种人和自然、社会的平衡，坦荡朴实的北方人会天然地利用这协调，去保护自己的身心活得真实滋润。

忆念闲闲的槐花树阴里，阳光温暖的午后，那时的我安恬地怀抱儿子，坐在槐阴匝地、葫芦悬垂的庭院，见光阴从槐阴丛中丝丝流逝，仿佛一切就在眼前，仿佛时光停滞，回到那曾经多么亲切的北方。

我知道，它的光芒，将一直笼罩着我的命运。

第三辑　流年如瓷

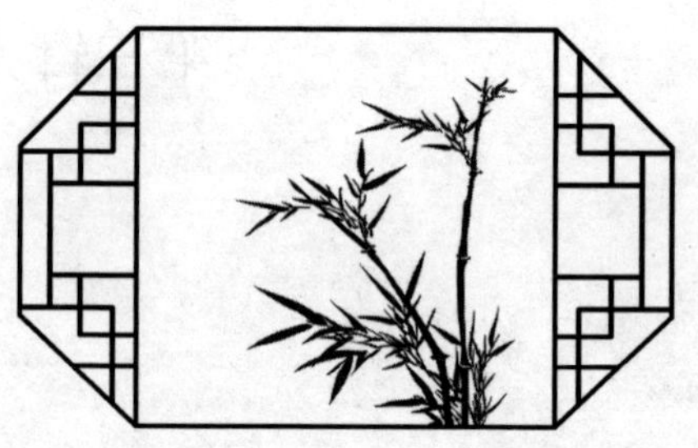

卧室里的油画

卧室里挂着一幅小油画，跟随了我二十年。清晰记得那是刚大学毕业后没两年，八十年代末，去汉口江汉路买书，在一家书画店里，抬头一眼就看见它了。

画面让我想起俄罗斯大画家列维坦的代表作《弗罗基米尔》，弗罗基米尔是一条自古以来押送流放犯人通往西伯利亚的小路，在俄国文学作品里，许多作家描写过这一题材。这幅作品显然受到了列维坦的启发，画面荒寒宁静简约，一下子进入我心灵，视线便再不忍离开，七元钱便揣回了家，挂在宿舍里。多年来，身如飘蓬，辗转迁徙，南北不定，我总要将它带到身边，挂在我动荡命运的卧室。

有多少个不眠之夜，所有生灵都已睡去，我会打开床头灯，向它深深凝视。它一如既往和我宁静相对，寂寞的光温柔地环照着它，让它的画面更沉浸于时间的无涯荒野里。往往这种时候，我就会释然，就会宁静。有时打字累了，抬头向上望，它总在那里。我知道：它会给我安慰，和我说话。它是我孤独中多年的老友。彼此懂得，可谓神交。就像书籍和音乐，从来能给我慰抚，那种心灵按摩的作用，至今我尚未找到更好的替代品。

画面非常简单，应该是黄昏吧？广大无依的原野荒草，还有远处的禾麦，被夕照切割成暗绿和金黄的颜色，原野中一条笔直的小路穿过画面，伸向远方，小路边伫立着两棵寂寞的树，向原野投下它的阴影，好像旷古以来就有的宁静，深蓝的天幕，地平线的夕照，寂寞的树，烘托着画面的主题——沉默荒凉蜿蜒的小路。也许，那是人生寂寞孤独的旅程，从不可知处来，往不可知处去，但总有深蓝的天光照拂，有清凉无边的原野相依，还有那飒飒低语，带来寂寞也带来欣慰的树——两棵树。

在纷扰的世界中，得失悲欢，聚合离散，人可能都会本能地去寻找一份灵魂的皈依。能够找到自己心灵庇护所的人是有福了。有什么可依赖和可信托的呢？有什么能够稍稍弥补必将来临的遗憾呢？只有始终如一的诚笃和生命的勇气——一种生命的本色力量。就像这条小路，没有比那里更沉默孤独、更冷清淡泊的了。但它一无所畏也一无所依地伸展下去。

不过那样的境界谁能够进入呢？谁能够抛却世俗的纷攘与感情的困扰呢？谁能够将无法言说的困苦与烦忧细细磨碎呢？

所以我会时时抬起眼光，寻求那条小路带给我的无比清凉。

猫狗情事

一

喜欢各种小动物，喜欢它们的温顺、神秘，还有灵气和与世无争的态度。曾经养过一只莫名跑来家的小猫。爱怜它的秀气，和无依，便收养了下来。它是只母猫，我叫它咪咪。

那些天每每下班回家，躬身从沙发上第一个迎接我的，就是它。它在我洗脚时小心用小爪子掂在盆沿，凝视袅袅上升的热气；它在我看电视时，小心将长尾巴盘在秀气的脚前，淑女般端坐着，仿佛它也理解电视中的色相，陪我一起顾视良久。

它是寂寞清洁的，整天我和儿子上班上课，就留它在幽静小家，它从不抱怨。每天睡觉，然后打理它黄茸茸的毛发，还有那张小脸。

它也是骄傲神秘的，常常影子般逡巡来去，旁若无人，偶尔一声叫唤，月亮就上来了。

它常常将脑袋埋在腰下面，身子盘成一个圆，蜗牛般盘踞沙发一角酣睡；也喜欢高高竖起它的长尾巴在家里巡视，非常秀气温柔

地向你叫唤。

闲暇时我爱抱它入怀，和它深邃的眼神对视，和它说话，总感到安慰，就想：人在世上，或许唯有动物不会和你计较，不会背叛你。如果有背叛，那一定是人类的过错。

后来，因无法在家成天照顾它的生活，又不放心它出去游荡，狠心要将它送人。咪咪有灵性，在我将它抱下楼重见天日，它知道缘分已了，毅然从我手中的袋子中窜出逃逸。千呼不回，就此不知所终。

我常常想起咪咪，每每想到它和我短暂的缘分，深感诸相之无常、一切将归于寂灭——无论人事，还是情缘。

二

小区里有一只小狗，我叫它“欢欢”，其实它的真名是“晃晃”，听它主人常常叫它，我便自以为是叫成了“欢欢”。我还是喜欢我因听错而起的这样一个名字。虽说天地不仁，以万物为刍狗，但我想四时物序对猫狗类还是不错的。它自得而快乐着。这是可喜的事。

欢欢很白，毛很长，腿很短，跑起来好像一路滚过来。它眼神温顺、憨态可掬。

和我混熟了，每每见到我，老远尾巴就摇起来，一个劲摇，等我走到跟前，它便站立起来，将两只前爪让我握住，进而伸出那温软的粉红色舌头舔我的手。我知道它心里欢喜，我见到它也心生欢喜，许多的不快和辛苦如长脚飞逝。那样的画面现在想起我都眼睛

潮湿。因为我再也见不到欢欢了。

在这样一个小区里，它陪伴我五年。它的主人因为添了孙子，年前将它送人了。我却不知。春节回汉后，每次下楼，我都会去欢欢屋前一声声唤它，却再不见那可爱圆乎的影子出现。如此再三。

等我终于知道了它的下落，已是春日迟迟、杨柳生风的日子。

我明白再也见不到我曾经的朋友，岁月在悄悄改变许多物事。许多琐屑的悲欢、许多幽微的情意，或被牢记，或许也会在岁月的洪荒中而逐渐淡忘吧？

我想：还是淡忘的好。

春在樱花雪

是吉日良辰，随朋友去东湖樱花园赏春，看樱花。

偌大的园林，遍野的樱花，还有湛蓝的晴天丽日，都在静静地迎接着我，仿佛向我低语：来了？来了就好。放下你的愁心事，何不唱：原来姹紫嫣红开遍？春光是好的，生活也是好的。人间接二连三的美景良辰，不能如古人秉烛夜游，也应在这样惠风和畅的春日，放下身心重负，珍重地去迎接去赏爱那自然的大美无言。

并且我买到了东湖景区的年票，一年四季，可以随时登磨山、马鞍山，荡舟落雁岛，游梅园樱花园，真是不亦快哉！

我如是微笑、如是大笑，如是面对纷繁明艳的染井吉野笑得嫣然。

来不了就来不了吧。没有爱人陪伴的日子令人沮丧，可是，可是呢？没有春光的照拂，没有明媚的花树和这湖波的潋滟柔媚，却更让我绝望。看阳光下到处是洋溢的快乐，樱花盛开得迷人蚀骨，远望缥缈如云，近看柔媚如笑，仿佛拼命在享受最消魂的一刻。游人只合江南老，江南春色令人狂。若有伤心人、失意客，不妨来这春日樱花小径逗留半日清闲，揽花回眸，纵情一笑，就能让衰败的心境化为单纯的快乐。

何必呢？与其每日坐拥愁城，莫若与花同醉。曹丕虽说害了他才高八斗的弟弟，但我仍买他的账，我喜欢他对生命敏锐的把握：“高山有崖，林木有枝。忧来无方，人莫知之。人生如寄，多忧何为？今我不乐，岁月如驰”。这对生命的沉思，比曹植那些金碧辉煌的诗文来得更恳切些吧？

春情短暂、岁月飘忽，唯有此时此刻是真实的快乐。我知道，那新绿的一抹远山这样说，这脚下的一泓春水也喋喋低语着这样说。当然，临流照影的樱花更如斯说。江南风物这边好，独向樱花抱。那首日本民歌怎么唱的啊：“樱花啊，樱花啊！暮春时节天将晓，霞光照眼花英笑。万里长空白云起，美丽芬芳任风飘。去看花，去看花，看花要趁早。”

看花要趁早。

等燕语清明，落英缤纷花已芜，我会再来吗？我会再来。陪着我的爱人，和着满地的樱花雪，祭奠一池花影，春归无痕。

沙湖离别

今天午后和他走去沙湖看云听风。因为等待我们的，又将是漫长的别离。湖边风大，云层变幻，抬头眺望湖中清晰的高楼倒影，湖心轻轻移动的小船上，坐着一对渔家夫妇。风吹船移，云影低迷。我们不约而同各自都拍下那湖心的小船，拍下那渔家夫妇闲适的剪影。风吹乱我盘起的长发，我低头抚弄灰色的衣裙，他也跟随我的目光看下来，目光有一如既往的温存和依恋。

回家的路上，见有铺面在煮地菜鸡蛋，忽然恍然：原来今天是上巳节。上巳节是中国民间最古老的节日，也叫女儿节。“上巳”就是三月的第一个巳日。这一天，人们纷纷来到江渚池沼的水边，以春水洗涤污垢，认为这样可以除去整个冬天所积存的病害，在新的一年里清洁免疫，吉祥如意。

其实，“上巳”不仅是祛邪求吉的节日，更是自由快活的春游，青年男女到野外踏青，泼水相戏，自由择偶。杜甫《丽人行》所写“三月三日天气新，长安水边多丽人”，描画的就是唐代上巳节贵族女子春游的情景。魏晋以后，人们感到三月上旬巳日日期每年都会不同，就固定为阴历的三月三日。《红楼梦》里有关于这个日子里，大观园内那些青春女儿们过上巳节的动人描写。

上巳节在上古时，是个风情摇曳的美丽节日，在神话中，制定它的是女娲，她分阴阳，定姻缘，制定了自由恋爱的上巳节。在《诗经》中它应是中国的情人节。现在时尚、小资情调的男女喜过西方的情人节，情侣间送玫瑰花。我总以为是邯郸学步之举，时下又炒作“七夕”是中国的情人节，其实，尽管有牛郎织女凄婉动人的爱情故事，但作为秋天的第一个节日，七夕拉开的是一个哀伤的日子，一个多情自古伤离别的日子。中国原本有自己的情人节，它不在秋天，而是在春天。情感丰富的华夏先民在《诗经》时代就曾举办过自己的情人节——“上巳节”，也有表达爱意的花朵——“芍药”：

> 溱与洧，方涣涣兮。士与女，方秉蕑兮。女曰：“观乎？”士曰：“既且。”“且往观乎？洧之外，洵訏且乐。”维士与女，伊其相谑，赠之以芍药。
>
> 溱与洧，浏其清矣。士与女，殷其盈矣。女曰：“观乎？“士曰：“既且。”“且往观乎？洧之外，洵訏且乐。”维士与女，伊其将谑，赠之以芍药。（《诗经·郑风·溱洧》）

《溱洧》这幅淳美的古代风俗画，带我们回到了《诗经》时代那个已经消失于时间丛林中的情人节——上巳节，听到了芍药花瓣中间传出来的爱的声音：“维士与女，伊其将谑，赠之以芍药。”

农历的三月间，溱河和洧河迎来了桃花汛，春水涣涣。人们按捺不住内心的兴奋，奔向河边，爱情和喜悦一起在心灵疯长。岸上青草茂密，枝头鸟鸣啾啾，阳光金子一样铺洒下来，叫人春心荡

漾。河边，已然热闹如集市，青年男女，往来如织，人人手拿兰草和芍药。晃动的衣裙和笑声，将春天清爽的空气搅动得欢腾。“溱与洧，方涣涣兮。士与女，方秉蕑兮。”这是法令允许的仲春之会：“于是时也，奔者不禁”。在如织的游人里，她看到了他，心里一动。也不做何遮饰，直直地上前问：“哎，去那边看看好么？”他有点惊喜，慌乱间竟傻傻地回答：“已经去过了。”她一下就喜欢上了他那傻样子，仰着一张无邪的脸，调皮地说：“那就再去看看呗！”他松了口气，幸好她有缠人的可爱，才没有错过如此俏皮的美女。

那是怎样一个时代？想象《诗经》笔下讴歌的男女，我们先民性格的率真和奔放，后来却被程朱理学扭曲得压抑和病态。但上巳节的风情与美丽，却从三千年厚重的时光尘埃中，一路穿云拨雾而来，总禁不住让我怦然心动。一路上我告诉他上巳节的风俗，还有王羲之笔下休禊事的曲水流觞，心里却不禁想到：为何是这个日子，我和他离别？

还是《诗经》在唱：“风雨凄凄，鸡鸣喈喈。既见君子，云胡不夷！风雨潇潇，鸡鸣胶胶。既见君子，云胡不瘳！风雨如晦，鸡鸣不已。既见君子，云胡不喜”！

才刚相聚数日，遽又别离。怎不欢喜？又怎不心伤？

端阳　我的端阳

雨声中度过了己丑年的端午节。一人闷坐斗室，耳听窗外淅沥不断的雨声，一夜，一天，又一夜，不间断地，透过低垂的窗帘，温柔不倦地向我诉说着：春天还在，春天还在。是啊，即使足不出户，但那仿佛春日才有的、万物葱茏的气息，在端午这个预告夏天将至的节日，绵绵不断地浸润着慵懒的我。而且夜晚，昏黄的台灯下，手持一卷，于朦胧的睡意中，竟然听到了蛙声。和二十前大学时代那青春夜晚的窗口，传来的蛙声是一模一样。如鼓如吟，有默契地此起彼伏，让我恍若处于三月间水云葱绿的江南，也让我更深地潜入内心。

这样的节日，这样的雨声，只有我和我的心相守，放着自己喜欢的音乐，听着雨声也如乐，觉得寂寞也是种乐趣。

端阳，一个如许美丽的名字。音节流畅，意义美好。端者：正也，它是矜持的、含蓄的、端庄的，一如美丽的女子，清浅的妆容、洁净的衣饰、收敛微笑的从容，让我想到蒙娜丽莎的眉眼神情，也让我想到一千多年前《子夜歌》里的人物：“欢从何处来，端然有忧色”，《子夜歌》里的这一句，首次邂逅就忘不了，那种端然，该是怎样的牵动爱人的心肠？

现在已是五月杪，夏天就在眼前。而现在也是远离古典的不再浪漫的时代：“黄梅时节家家雨，青草池塘处处蛙。有约不来过夜半,闲敲棋子落灯花”。无端想起的这首古诗，让我有了一种恍惚：你和谁有约？在千年前雨声明澈的江南柴门内，一灯朦胧，映照你寂寞的眉眼，和你同样寂寞的随意敲击棋子的手指。眼前那已摆好的棋局，分明流露出你内心的期盼，和守候的一份安宁，虽说，毕竟是寂寞的。我想啊，当今这样一个人心动荡浮躁的年代，怕是没有谁，有这样的终古闲情，在雨声隔绝的人世，温柔地、孤独地守候一份深情。

而我，又在守候或期盼着谁呢？

千里之外的人？还是雨雾迷蒙的东湖行吟泽畔、我们楚国屈大夫那伟岸高傲的魂灵？早就听说，今年因配合湖北代表中国为端午申遗一事，武汉准备在端午这天，于东湖大张旗鼓进行龙舟赛事。前几日每每坐班车路经东湖，同事遥指碧波浩渺的湖面，就见一条条红色气球连成的线，在湖面起伏摇曳。我明白那就是赛龙舟的划道了。那日已和爱玩爱摄影的同事约好，准备去领略端午时节江南水边的风情、去观赏龙舟赛事的热闹，然而，这样的天气，这样的雨雾缠绵，那些竞渡少年能被组织着、雀跃着、如约而至，让苦苦守候的屈大夫，听到山样的号子，展颜一笑吗？而我，也被不屈不挠的雨声阻隔在夏天的门槛，只能遥想空蒙的东湖，不知是否会有端阳的龙舟端然地披雨破雾而来？

所以，终究是寂寞的。是屈大夫，也是我。

所以，也没有买粽子，那玲珑有角包裹着的香甜糯米，容易让我更觉节日的寂寞。

但见隔壁左右的门上，都插着清香辟邪的艾叶了，心有所动，便去菜场转了一圈，却也没见哪儿有卖。隔壁大爷慷慨地送我一把，也就依样斜插在门上，心里不觉有了一份欢喜，也仿佛了却了一番心思，觉得还是对得起端阳。

不由想起：前两年去东湖看龙舟，江城梧桐飘絮，武昌百姓仿若倾城而出，碧波无极，百舸争流，那气势那架势，及时行乐的人们仿佛久违了节庆的欢乐，仿佛江城阔别了良宵，要利用这样一个始于不幸、终于美丽的传说，来宣泄自己积郁的生之劳愁。“泽畔行吟吊屈原，年年端午吃粽团。江南江北春风里，故人争相送平安”；“端阳节里柳成荫，满城呼看龙舟行。画舫竞渡春波渺，千古一人祭到今。”找来当时自己写的诗句读了一读，好像只有如此才不负此日，不负此情一般。也觉好笑。

晚上雨声逐渐停歇，打开电视看中央三台有端午特别节目：朱军主持的文化论坛之艺术人生，见某名流又在咬文嚼字侃侃而谈，不由心生厌恶，我是愈来愈不喜欢此人的矫揉造作的架势了。想到她为迎合主流文化、随意率性、为我所用地扭曲庄子，心里更加别扭。这样一个娱乐至上的时代，这样一个真正的智者寂寞忧者无为的时代，在哪儿又能安放一张清洁的讲坛，和两千年前的屈子的灵魂，和古老大地上动人、温暖的习俗，进行灵犀相通的约会呢？

给千里之外的人发了这样一个短信：云生雨，土生田，时光生流年。挚爱生明眸，温柔生笑颜。人胜物，爱胜钱，相守胜相念。来鸿是去雁，明朝胜今天。心明净，体康健，端午胜小年。别人给我发的，但我改了许多。写到这儿，也算是对端阳有了交代。

旗袍与时光

这几日没下雨，天气不冷不热，仿佛风景中一段最舒缓惬意的明媚草坡，向你舒徐地伸展开来。于是像我这等两天打鱼、五天晒网的清贫闲人,有时就出去穷逛。

徐东是武汉近年来崛起的武昌商贸中心之一。居家附近，购物休闲场所林立，红男绿女穿梭其间，很能显现人间烟火气。在新世界百货，有款打折的欧柏兰奴石绿夹银线的中袖短褛，吸引了我的目光，我想起了我的一件旗袍，那上面缀有同样石绿的小花蕊。刚好能配上。于是暗自得意买下来。

女人总有几件她最心仪、最喜欢的衣物或饰件。这么多年，我很喜欢的、但其实很不常穿的一件衣服，就是这件色调含蓄内敛的无袖旗袍。一年穿得一两回吧。为买下的这款短褛，刚好有了由头将它从衣柜里翻将出来。对镜一配，真的很合适。旗袍样子简单别致，滚边是和面料上小花丝一样的缎面绛红，做工细致讲究。看着镜中的自己，好像时光并没在身上堆砌过多的尘埃杂质，旗袍还原了一个还算优雅的女子。我不禁想到：最能体现东方女性神韵与气质的，除了旗袍还是旗袍。外国女人怎么穿，哪怕身材让男人眼中冒火，五内俱焚，还是穿不出那种韵味。

这件我所心仪的旗袍，其实它曾经是一块毫不起眼的布头，是前些年逛胭脂路无意所得。当时一见便心生喜悦，花不多的钱便买下了。胭脂路是武昌蛇山脚下一条专营布料、剪裁生意的热闹商肆，武汉人尤其是武汉女人都知道。它的历史可以追溯到前清，进入街口，细心者即可看见山石侧矗立的牌坊上，有武汉名人对胭脂路服装坊两百多年历史的介绍。布料黑色泛灰的底色，极具质感的悬垂布面，手感绵软、滑爽、温柔，而且不轻薄，一如沉潜的夜色，而这夜色上却又绽放出梦幻般的星子：那是石绿与绛红星子的小花蕊，仿若在夜色中高低不一、此起彼伏的闪烁歌吟。朱红配翠绿是大忌，但正如张爱玲所说：葱绿配桃红有一种参差的美，而这款面料上散布的、石绿间以绛红之美，是含蓄而朴质的，美得没有丝毫卖弄和张扬。当时随性就买下了，其实也没想好用它来做什么。买回放在家里衣橱内，一放就是几年。就像无意中翻阅到日记中的一张泛黄照片，在清点衣物时蓦然发现了它。它寂寞地躺在那里。一任主人的手温情地抚摸。就在那一刹那，我决定将它做成一件旗袍。

至今记得在居家不远的热闹商肆，找到一家名为“悬铃木”的做衣坊，那裁缝师傅是个文秀的温吞男人，给我左量右比，非常敬业，过两天初步做好后又再让我去试穿，然后再缩放、加减成型。当时我试穿出来，腰线腿摆，确实玲珑有致、别有风味。那裁缝一脸居功自得的神态，和一个厨师做好一盘佳肴看着食者大快朵颐、不禁喜上眉梢、颇有成就感的神情一模一样。前两年我有意再去寻访，那家“悬铃木”却已经不见了。市面照旧喧哗闹热，但曾经临街照影的女子，已和时光一起，消沉于渺茫不可寻的幽暗深处。

红尘中所有细琐但充满烟火气的物事，对于执迷生活、爱着人间一切苦痛与细小快乐的女人，都是一种不想逃避的诱惑。比如旗袍，无论你妍媸美丑、高矮胖瘦，旗袍都会是你心中永远的魅惑。比如看《花样年华》中的张曼玉，比如看《风穿牡丹》中的李小冉。在这里，时光是停滞不流的。

时光是什么？它存在于昨天或者明天，在记忆之外或者记忆之中。但肯定不是现在。

想起恩雅那首《only time》，平日我最爱细细播放的歌：“谁能说出道路伸向何方？岁月流逝何处？唯有时光”（who can see where the road goes，where the day flowers？it´s only the time），那剔尽凡尘气的天籁之音却道出凡尘中最深刻的忧伤。岁月洪荒，时光中曾经拥有的一切事物或许都将不再，但那曾驻留的一份心思和悸动，却沉潜在幽秘的时光隧道，时时闪耀琥珀样的光泽。对于女人来说：时光能淡漠许多曾经刻骨铭心的苦痛，但带不走岁月中那无比细小、却让你无比温情的细节。

我对有关旗袍的回忆，像回忆尘埃旧事中那些所有让我温暖的东西一样，都是细小的、甚至不屑言说的。我从不怀疑，它们已然变成时光的一部分，重叠于所有的影像中。即使是被我划伤过的那些底片，时光也会修复它们，就像爱情。

是的，就像爱情一样。

秋声又起

无事可做的时候，或者什么也不想做、不能做的半夜，常常就独坐在窗台前的藤椅上：听夜、看月。不是玩月，没有那份精致鉴赏的心致，所以只是看月。家里的窗台朝向很好，无论春秋寒暑，那月总是惠我，或是残月于东，或是满月在南，这东南向的大窗台满足了我多愁善感的习性，世人或是不耻，我却自得其乐。

时下已是立秋，秋天的足音已依稀听得见了。这几夜的月亮总是那样清冷可掬，独照半边窗台，没有了前些日子的那份烟火气、晕乎样，多了几丝清冷与寂寞。被这样的光轮照拂着，心会渐渐平和渺茫起来。

陡然间便听到了秋声，我听见：楼下一畦园圃里传来蟋蟀的低吟，弱弱地、淡淡地，不绝如缕，仿佛回忆中那缕苍白清浅的笑意，慢慢荡漾开去，又渐渐沉寂。我知道：这就是秋开始了。

而我，也就浸润在岁月的气息里。一缕伤感便如月畔的薄云，拂过还来。想起《诗经·七月》里，那惹人愁绪的蟋蟀："七月在野，八月在宇，九月在户，十月蟋蟀入我床下"，这些在夏秋之交鸣叫的秋虫，很容易激起人们对岁月易逝的感伤，蟋蟀也便成了秋天的标识。它们吟唱着秋天的声音，从亿万斯年的往古，也许还无

人类的远古洪荒，独自低低地吟唱着，穿越了地质年代的记载，吟唱到了今天。没有改变的，是那永不会变异的、一贯的浅唱低吟。无论荒丘野外，还是花畦阶下，吟尽春秋磬鼓、汉唐风月、六朝烟雨。它不管红尘啼笑、情缘聚散，更无论王朝更替、时代沧桑。它总在那！在你多愁多梦的年纪，在你黯然神伤的身畔，在你午夜梦回的刹那，悄悄响起，然后平添一份惆怅，还有，缭绕萦回的感伤。

岳飞，这叱咤风云的民族英雄，不是听见了蟋蟀的唧唧鸣叫，想起了白头功名、忆念其残破的千里河山，还有故乡的云，便深夜也睡不着觉吗？“昨夜寒蛩不住鸣。惊回千里梦,已三更。起来独自绕阶行。人悄悄,帘外月胧明。”他的这首《小重山》词，在我很小的时候。母亲就教我唱了。连带想起母亲教我唱岳飞的《满江红》,那音容表情与当时的情景，宛在目前。斯人已逝，仅剩下我，独坐在月照的楼头，听秋声起又消歇，消歇又起。

似水流年的叹息，也许就在这样的秋声中。时令一到，秋声乍起，比人的生物钟还准时和精灵。立秋刚过两天，我就听到了秋声。我想古人所言的秋声，不仅是如欧阳子《秋声赋》里所描摹的风声，也包括这些卑微低贱的生命罢？“秋声起处客思乡，一灯如豆听茫茫”，其实，秋声无关乎伤感，无关乎人事，是自作多情的人类，将自己伤春悲秋和年华易逝的感伤，托付给了那小小的秋虫，托付给了南飞的大雁，托付给了落花和流水。

我不禁更想到：为了寄托一份秋的雅趣，古人比今人浪漫多情得多，看古书记载：唐代开元天宝年间，“每至秋时，宫中妃妾辈皆以小金笼捉蟋蟀闭于笼中，置之枕函畔，夜听其声，庶民之家皆

效之也。”想象中古时期醇厚而又罗曼蒂克的民风习俗，不由深为现时代的人们悲哀。而今人们的精神高度和纯度，是远远落后于那些科技不发达、文化不丰富的唐风宋月的唯美时代了。但我没办法选择出生的年代，所以我只能如此看重我生活的当下，它将我击打，又将我雕琢。

记得曾和一个作家友人通信，他说我应该生在古代，我记得我的回答是排比句：“我若生在古代，好处是我能欣赏到更为纯净、更为葱郁的山川自然，领略更为质朴、更为鲜明的四季轮回；我若生在古代，我可能会和李清照并肩，可能有赵明诚样的男人爱我；我若生在古代，我会享受到唐宋间文人绮丽风流的酬唱，陶醉于明清精致唯美的艺术流韵。但我生于现在，活在当下。当下的生命更为丰满酣畅，当下足惹人迷恋。”

是啊，我活在一人独舞的当下，听着秋声，独自陶醉、独自憔悴。落花流水的生活啊。和所有的故事一起，她逝去得如此让人美丽和忧伤，如此让人低眉回首。她的高傲、耀眼和激情背面的苍凉，凡人永不知晓，永不知晓。

所以，我只能独坐月下夜半的窗台，无所谓悲，也无所谓喜。

听秋声又起，
听秋声又起。

花事可想

整个夏天，有件事让我心神不安。或许是自己的殷勤多情，导致了死亡和凋败。这件事本纯属于自然，无关乎隐喻和象征，但敏感的性灵让我疑神疑鬼，人事的发展总要有个寄托之物，于是，不幸就选中了她。

怎么会这样呢？我百思不得其解。有时日上三竿的炎阳，透过厚重的窗帘照射到花架，映射着她日渐憔悴的丽影，心里就隐隐作痛，但又无可奈何。米色的窗帘被炽阳浸炙成半透明的黄色，上面的褐色荷叶与亭亭荷花，也便散发慵懒无助的气息，让我觉得自己上月的挽救，也许是可笑与徒劳无功的。世上一切因缘都有它既定的逻辑，一旦因人事的不谐——不是过分、就是缺失，就会伏下消亡与不幸的种子。它会自循着早已可知的命运发展下去，不管不顾，悄无声息。然后，在那注定要到来的一天，死亡给你看。我相信那一天必将到来。

每日，看着它还是不可避免地泛黄，耷拉着曾经多么光泽滋润的身躯，就不由感到沮丧，也有一份怜悯。这时我便深知人力不可回天。我甚至已然闻到了那曾经鲜活旺盛的生命发出的垂死气息，这种气息让我清醒而又无奈。

一月前我试图挽救这种失败的格局。我小心带它到楼下，二楼李大爷是个莳花养草迷，整日价看他在晒台上侍弄花草，那盆盆坛坛也便日新月异，葱绿娇艳可喜。我想让大爷给我补救。他看了一眼病入膏肓的它，很快说：啊呀真可惜了，这是被你浇死的。多么好的君子兰啊。大爷连连叹息，我其实很委屈。半月浇灌一次也能浇死？大爷说：它不喜欢你过于伺弄，你别太管它，它是不好养活很娇贵，但它的娇贵就是人们太当回事造成的。说话间他将花盆覆下，将土倒出，我发现它的根部已经全烂了，李大爷说必须换土，明天一早出去给我买土，君子兰的土壤是独有的，并非随便撮一坨土就了事，而且也只能尽人事听天命，不见得能够救活。“如果救不活，可别怪啊！”李大爷冲着我的背影如是说。

如果救不活，我不会怪任何人，甚至也不会怪自己。一切自有天意。回来后，我只能呆坐默想：也许还是弃圣绝智的老子说得对：“为学日益，为道日损。损之又损，以至于无为。”对人间一切貌似可为的一切，以无为求有为，或许可救。“无欲以静，天下将自定。”天下本无事，庸人自扰之。无论花草虫鱼、鸟兽飞禽，还是四时物事、天地循环，抑或人事情缘、社会兴亡，都有其自身固有的逻辑与规律，过分的人力，可能结果只会适得其反啊。

与君子兰势必凋败死亡的可悲相映照的，是窗台那一盆卑贱的太阳花，也是二楼李大爷送的。当然，为报答大爷的热情，我回赠他一点家乡土产，也塞给他换土的钱。这世道，还是别欠人情的好。太阳花命贱好养，每天浇一点水，几天工夫，几根茎叶就迅速蔓延至满盆，然后开始吐蕊开花，在窗台营造一份朴实烂漫的亮丽。那扣儿大小的花朵儿，玫瑰紫、鸭嘴黄、樱花白、桃花粉，鹅黄嫩绿，满盆嫣然。每遇晴天丽日，开得尤其天真。我不禁大喜。便有事无事，常常逗留窗台痴看。看来生生死死天道轮回，必是常事。那厢濒临绝境，这边忽开天日。上帝给你关上一扇门，必将给你打开一扇窗，这话我也可以证悟到花事的兴亡上来吧？

有时我也笑话自己过于比附联想的习性，但也许生活的乐趣，就在这细小的物事和善于感受的情怀上。一个生活丰富的人，并不在于客观经受多少大悲大喜或深重不遇的人事际遇，而在于善于观照和发现，能主观激发深微虔诚的情感，能同情于人性的许多方面。

从花事的兴衰我更证悟到：生命本身是悲观的，然而，生命悲观的结局，不影响她在开放的过程中所保有的一切欣悦和美丽。生活的真相，智者早已明了，但正如罗曼·罗兰在《米开朗琪罗传》前言中说：世界上只有一种真正的英雄主义，那就是在认识生活的真相后还依然热爱生活。我非英雄，只是痴女子一个，但何妨告诉自己：既然最终的结局已经写好，既然到达那终点只是迟早的事情，那么，何妨坦然地面对生命的每个过程，何妨一天天从容地走过。看花事兴衰、任歌哭人生。

离别与团聚

儿子与我离别42天，到青岛上学去了，也是去和他父亲团聚。整个暑假，我也是南北奔波，雨讯云踪，常常深陷于思念和失落之中，木鱼般落寞，身心俱是空无。其实这和日常生活无关，那似乎是一种精神机制，可以让人免于伧俗和浅薄。

夏季已接近尾声，寥落的秋季，将紧随一两片青黄的落叶悄然而至。岁月如流啊，儿子这多年来，随我从南而北，从北而南，终究在这个喧闹而又空寂的城市长大。十五年来，不知是我陪伴着他，还是他陪伴了我。而这边刚和儿子挥手告别，两地牵扯多年的他，却又重回我身边，填补了儿子走后我生活的空缺，带给我生活实在的质感。人生总是这样的。苦乐聚合、悲喜爱恨从来纠缠难辨，让你欲罢不能、欲语还休。大凡世上事物，最后都是要经过妥协的，或者走的是曲线。人运如此，天命何尝不这样呢？

多年前曾和友人在扬州瘦西湖泪别，记得写下诗句："何年何月瘦西湖，今世今生一梦如。满城烟柳伤春色，几人离别在中途？"生命如寄，身心如萍，一生中能和你生命相缠相磨的那几个人，应是几世几劫同在莲花座下聆听佛音证下的因缘。为免你今生寂寞，或为你父母，或为你配偶，或为你儿女。他们并非同时出现

在你生命中，山一程，水一程，不是他去了，就是你来了。风一更，雪一更，总有份亲情，总有份爱恋，在旅途的驿站等着你。这是芸芸众生人生的常态，到底弱化了生命形态的一份寂寞，却也强化了生命本质的一份孤独。知道没有谁是能够自始至终相伴你一生的，所以才有了执著，也并有了悲哀。

青涩年少时，有父母的呵护陪伴，阅世渐深，人在中途，父母注定会撒手西归，悄然退场，多数人能够拥有的，便是枕边人那敏感亲昵渐变为麻木疏离的身影，在你身边晃动，也晃动于琐碎生活的背景深处，是你劳烦之因，亦是你慰藉之果。婚姻便是因为偶然、因了天定，用体温与心疼互相取暖。或者是于光景明灭、花枝低压的小路，搀扶着，或仔细或马虎地踱完一生。这一路的旅程有时热闹，有时安静，时有依恋，时有疲惫。时而反目，时而和好，七年之痒、十年相扶，彷徨进退有之，左右打量有之。

然后，是生命另一种撕裂的疼痛到来。那团来自你血脉谷地的生命，将曾经的肉身脐带，幻化为风筝的银线，留下一缕青春叛逆的眼神，高飞远举。只有你，在即将来临的秋冬夜晚，把他从小到大一路走来的影像，用母性无尽的温柔，将那稚弱天真，那笑靥，那眉眼，细细抚摸检视。

有谁，愿意在人生的单程旅途上，不停经受直击身心的离别呢？然而，生活的意味，生命的厚重，不也就在这些离合悲喜之中？

或者，聚也未必好，散也未必不好。人生最苦是离别。人生最难是相守。苦里却有牵挂、也有渴望，生命因而是鲜活灵动的；而人心总是灯下黑，天际却是玫瑰红，眼前的是一粒蚊子血，远方的

却是朱砂痣。几年、十几年起居厮磨、柴米油盐中若能守得住一份美感、把握住婚姻的空间和分寸，这样的团聚和相守是有福的了。它是大道无术，属于爱的一份天赋，不见得人人都有；也需要爱的能力，需要超越人之惰性的勇气。在寂寞热闹生活的拐弯处，愿意和你厮守，凭的是爱，和对自己生命的承诺。等茶凉意冷，心变神迁，离开的，也是命中注定。那穿过我的黑发你的手，便是穿过我的生命你的神，于茫茫宇宙中，是一刹那阴阳的交合，于我生命的一路风景中，是那心瓣里一丝永恒的悸动。这已经足够。

当年民谣歌手冈林信康的一首歌,总是记得：

如果一切从此崩溃
那么我曾是你的谁
如果一切从此消失
那么你又曾是我的谁

而今十几年后重新忆起，少了年少轻狂的无奈和不撞南墙不回头的执拗，我只会点头叹息，独自微笑：那苦苦诘问、多愁善感的女子，多年一路走来，可以不忧不惧了吗？那能够手拂六弦、目送归鸿的岁月，又该需要几多修炼得来？我不追问，只愿拥有眼前的日子，在日子中，温柔思念、淡定相守，如此罢了。

下　厨

其实喜欢下厨。尤其在干净明亮的厨房，目送手挥，踌躇满志，眼前五颜六色，油盐酱醋，手持菜刀锅铲，宛如运筹帷幄、指挥若定的将军。那些各样菜蔬、肉类、调料就是我的兵，又如音色高低错落的乐符。待我一番打理安排拼接，兵士将齐整上场，乐符将闪亮演绎成美妙的华章。

一个女人，如果不会厨艺，犹如丹顶鹤失却了头顶的那一抹红，将会沦落为与鹅鸭等量齐观。优雅而智慧的女子绝不是仅在客厅如众星捧月，成为沙龙的中心，比如林徽因的三十年代。其实林徽因也是乐于下厨，为先生梁思成打点洁净精美的菜肴的。现在80后的小资女，好像并不以会做饭作为妻子的本分，也不以精心营造一份家的温馨为乐事，每天下班后，即满足于和老公在外吃馆子，逛商场，看电影，所谓家只是一个睡觉的窝。女主人也不喜在家接待客人，拉出去在酒馆吃喝一顿了事。

怀念以前的时光，母亲在家招待亲朋眷属，在厨房打理丝毫不乱。每每一个菜上桌，尽显个性和巧思，惹来我辈的大嚼和客人的称赞。那应该是我母亲最满足的时刻了。或许我继承了母亲的这种喜好，自己的快乐之一，就是见到爱人和儿子在我调理的菜肴面

前，两眼放光、大叫好吃。有心情时，我常会对各样菜蔬出奇翻新，而且能赢得赞誉。暑假去天津，每每几盘普通菜蔬在我的组合装点下，被那馋鼠吃得碟光盘空，看着胖鼠摸着肥肥的鼠肚，连连咂嘴，一脸幸福的神情，不禁心生怜悯。可见他平日里吃得多么没有艺术。有次在家请朋友吃饭，精心做了砂锅鳝鱼，朋友大快朵颐的模样成了我的得意之源。我想，热爱厨艺其实是爱家人爱朋友的表现、富于爱心的表现吧？人为彼此而存在，甚至因责任而快乐，因为有所为而快乐，因他人而快乐。做一顿或精致或丰盛的菜肴让亲友获得快乐，何乐而不为？

有个闺中密友，以前我和她都单身时，每周我必去她单位玩耍，两人必要买两尾小鱼，或鲫鱼，或翘嘴白，个头都很袖珍，两人齐心下厨，一番煎烹伺弄，宛如老子所言“治大国若烹小鲜”一样的耐心细心，等两条小鱼酱醋葱蒜齐备金黄上桌，每人各执一条，吃得只剩个溜溜干净的秀气鱼骨。唉。那样的有味。那样的日子。那样的青春岁月。

喜欢会做菜的女性。另一个闺蜜，善烹饪的是家乡风味。每次回老家，到她家感受一下黄花木耳荸荠滑肉汤是一绝。这是我家乡特有的佳肴，别地硬是没有。就像白花菜出了家乡三十里，就成绝响一样。滑肉和白花菜是我童年少年时光特有的气息，也是现在特有的怀念。以至而今想到家乡，首先唤起的是味觉，那种酸甜香嫩的感觉，勾起心头无比的怅惘。人们对故乡的思念，往往思念的是小时候吃的食品、小时候印象中的山水风物，从来没有抽象架空的家乡啊。

在山东时，思乡欲绝，一到过年，思乡之情便借助制作年货猛

烈发作。记得那年三十晚上，一人在阳台改制成厨房的方寸之地，顶着油毡缝里吹进的、砭人肌骨的北风，炸滑肉、做蛋饺、抟豆腐丸子……一样样全是家乡过年的吃食特色。又冻又累做到新年钟声敲响，大功告成后，第二天初一却病倒了，去医院挂点滴。那样的漂泊情怀，那样在漂泊中的一份执着，想来还是一份千磨不悔的生活深情。

听夏天去澳洲的同事说：西方人不注重吃也不注重穿。每顿两片薄而冷的面包，一杯冷牛奶，晚饭至多一碗混合着牛肉丁、土豆丁等乱七八糟各类食物的肉汤，在电磁炉一转上桌，那就是佳肴了。每天如此，吃得人面黄肌瘦，叫苦不迭。说的满脸无奈，听的一脸同情。孔子言，人之于味，有同嗜焉，老外吃我们中国的十大菜系，还不是吃得满脸放光？那为何不在烹饪上为力？一如他们在歌剧上哲学上为力一样？一言以蔽之，缺乏东方人感受生活细小滋味的情怀与乐趣也。

老杜说："江上形容吾独老，天涯风俗自相亲。"这个风俗，离不了中国人的一份烹饪情怀。酒有优劣，菜有精粗，无论是北国异乡旷野的秋虫唧唧，还是故土华堂的琴声如诉，是闺蜜亲爱笑弯的眼角，还是情人深情不语的凝视，是杯觥交错，还是苦雨孤灯，到此席前，人生况味能不微醺？所以我怎能不喜席前准备的花样翻新？人生百味，比此间更有意味的，好像还不太多。

深秋里的眺望

这样的深秋的夜。窗外是机器轰鸣。是那一片曾经为握手楼、而今是建筑工地的打桩机在没日没夜地闷吼。没有了秋虫悄吟，没有了秋风低诉。这对于我简直是不可忍耐的。所谓“鸟鸣春、雷鸣夏、虫鸣秋、风鸣冬”的四季牧歌，又到哪儿去寻觅呢？于是只剩下怅惘与回想。好在还有回想，是时时能激发我的诗情的。于是无来由地想起了家乡。

也许，是因了国庆中学同学的聚会，曾经青涩年少的同学音容，隔了三十年漫漫的时光，渐渐走近了来，放大了来，慢镜头般，向我睇视和张望，带着生疏与犹疑的笑意。那样的岁月啊！伴随着家乡的一切裹挟了我，想起了家乡的冬天，想起了每次回家乡的情景，想起了二十年前，每次回家乡，都必要坐火车。火车每次都是要极意气风发地经过一个山口。经过那座山口，是必要踌躇满志嘶吼几声汽笛。于是，一听到汽笛的提示，我就按捺不住，欠起身子朝窗外眺望，带着不可思议的急迫和紧张：过了这个渐渐高碧的山口，口外的一切，田野平畴、瓦舍楼房，展现在我面前的，将是家乡的姿影。

每年冬末，放春假，过年前夕，我就打点行李回家乡。那远远

的一片青黑的屋檐下，有一个属于我的小家，妈妈在那样温暖朴实的家里，做着我爱吃的煎鱼和白花菜煎蛋等着我，等着她唯一的女儿。而车窗里的我知道，等车窗外的雪愈白，愈厚，愈加不可化解，那就是家乡就要到了，过了那座高高的、不可仰视的山口，那边，将是熟悉的、鳞次栉比的屋脊和高楼，出现在一片柔缓的丘陵上。

啊，想想看，那个长满石头和野草、遍生荆棘和矮树的山口于我是多么温暖与亲切：有一个小女孩，野得天真，野得孤独，她的少年和青年时代，曾无数次来到火车站外，爬上那高高的山口，眺望远在西部的那道河流，那曾是无比青碧柔曼的河流——汉江涢水，那是她家乡的水脉；眺望西方更其远的影如一发的山峦，那是李白曾隐居十年的白兆山，那是她家乡的山魂。许多年前，她带着儿时和少年的梦想，爬过那座高高的山坡，向山谷俯视，俯视云遮雾绕的历史的渊源和家世传说的渊薮，她看见徐徐鸣叫的火车从山口那边蠕动前行，那蒸汽机头冒出的滚滚白汽顷刻淹没了她的所有视线；她曾对着它唱歌，拍手，嬉笑，对着它扔石块做鬼脸，望着它远去的尾巴忽而大叫，忽而默想。那样的童年寂寞而又动人蚀骨，而我也曾是那样调皮却又端然的少女。

我曾经无拘无束、爬树翻墙、自话自跳的童年，现在是被我弄丢了，丢在了我放达的、执意前行的脚步后面，丢在了漫漶的岁月后面。而我的童年与少年时光，却犹如一条忠实主人的狗，仍不停追赶那已然青春不再的身影。这样的生命，它就像从山谷芊芊流出的一脉水流,在不可阻挡地向前奔去之时，会九曲十八弯地回头留恋它的出生之地，但无论怎样回转，水流的发源地是永远无法抵达

的了。它势必愈加浩荡、愈加恣肆地扩展为一条大河，当然也会愈加沧桑地回想当初它的明净羞涩，直到抵达它永远的归宿之地。

七号是立冬的日子，冬天又即将来临。常常没来由凌晨醒转，在厚厚的窗帘外，打桩机还在沉闷轰响的最黑暗的时辰，这座杂乱庞大的城市无法入睡的夜里，我都会那么真切地感到几百里外的家乡的气息。那样的气息也在渐渐地丧失、不可避免地消失。我想再一次捕捉在家乡、在童年丢失的一切。而那一切，在天灵守望的后半夜，依稀就在我的眼前，以它的明眸和红唇，以它的一颦一笑，向自己密密地耳语。

冬天到了，翻身又将是一个新的轮回。

阔别与初遇

去合肥，缘于阔别十五载的故友热情的邀约。她从温哥华回国探亲，携夫君欲回母校中科大缅怀读书恋爱时的旧日时光，因逗留时间匆促，且得知合肥距汉仅两个半小时车程，便想我去合肥一聚。

岁月茫茫，女友音容却一直出离于如水光阴之上，不曾褪色。而令我怦然心动的另一缘故，是她携带着异国出生的双胞胎女儿，而今已七岁，长得粉妆玉琢，如花骨朵一般。我见过照片，一见犹怜，很想有机会亲亲可爱的宝贝们。在这个草长莺飞的清明节气，便欣然赴约前往。

合肥于我却是初遇。以前顺江东下数次，路过芜湖、安庆等安徽沿江城市，却始终无缘一睹古庐州的真容。人间情怀往往远兜近转，终有抵首相逢的一日。我与合肥——这个养育过黑脸包公，又哺育了盖棺难定的晚清大臣李鸿章和抗日名将张治中将军的古庐州，竟因欲与故友重逢，而有了一面之缘。

生活的魅力之一，是人与人动人的缘分。我与山东女友隔着十五年漫漶尘光的拥抱，让我百感交集。那晚我们抵足长谈至凌晨。阔别后的重逢有这样的好处，就是滔滔岁月可重新淘洗一遍，让彼

此更深知生命中那些最珍贵的点滴。 她千辛万苦养育长大的双胞胎千金，就在一旁沉沉酣睡。看着两个可爱的女儿，我真是羡慕女友这样的福分。

女友和她老公第二天回母校重游恋爱之旅，为了免当灯泡之嫌，第二天我便独游，想亲自感受古庐州的人文地理气息。去了五大淡水湖之一的巢湖，却令我多少有点丧气。在东湖边生活多年的我，好像对一切水都有点不放在眼里。眼前的巢湖，在五大淡水湖中它最小，名头也最弱——不过去年它最大，因洞庭湖等湖泊干涸萎缩之故。现在它只一味黄黄地、单调地阔大着，没有想象中的所谓碧波与旖旎。没有碧波荡漾也罢——现如今国内所有的湖泊，所谓碧波只在诗里荡漾吧？却也无太湖白帆的点缀，也无洞庭湖水鸟的野趣。不过清代修建的中庙屹立湖边，和湖中的姥山遥遥呼应，平添了些湖面气势。

江淮大地的历史掌故还是惹人神往的，但很多只是一个名头罢了。比如逍遥津。当年三国风云际会，那里曾是张辽大战孙权、三千打败十万兵的著名古战场。可惜而今只有张辽的衣冠冢，芳草萋萋，古战场已成儿童游乐场，彩球簇簇，和游乐场大门的题额倒相映成趣。

让我留恋的，是芳草逶迤的护城河，这河又名包河，建有包公祠、包公墓的包公园就坐落于此。一路徐行于江南春岸，春水荡漾，柳丝依依，柳荫深处，笙歌婉转。想及我们的古人曾也目睹此景此情，唱出“良辰美景奈何天，赏心乐事谁家院”让人魂销的诗句，其诗魂灵魄，终都化作雨丝风片，绕成流水浮波。而今我在此凝眸沉吟，自拍自笑，风烟一瞬，不会有任何后人还记得我。但那

有什么关系呢？每个人的人生本来只对自个儿有意义，与世界和他人不相干。若能拥有一颗宁静自足而又充满关切的灵魂，和春天和爱人和艺术有难得的相遇，爱和孤独便都有了着落吧？

春天的合肥，霓虹影里，风中的夜晚宁静沉默。我和女友拥别，此别何止千万里，此情何止数十年。在松手回身的刹那，我终究还是落下泪来。

再见！我念中的故友！再见，我眼中的合肥！

记 梦

又是彻夜无眠。

昨夜十一点就上床，因为头晕心慌，也因为长期失眠，想及古人所谓子时入眠的教诲，故早早准备安寝。

夜风澎湃，没开空调，开窗入睡，但窗外一侧建高楼的工地，灯光透窗而来，运土车半夜运作，轰鸣至丑时两点。胃隐隐作痛，用丝巾做成眼罩，一心闭目塞听，但仍没用，睡意如惊鸿一瞥，来而复去。

好不容易工地的灯光熄了，安静了，二楼平台大妈饲养的小公鸡便开始叫了，一声声，生涩入耳，恍惚生出田园之感，起床看视，已是凌晨寅时四点多了。

重新枕手心于耳，凝神息念，让睡意从脚趾头升起、升起……正蒙眬间，突然感到一阵天摇地动，不好，地震了！本能地飞快起身往儿子房间跑，恍惚见开着窗帘的窗外，景色大变。山岭葱郁，仿若飞来一峰，耸立楼外，清凉的气息伴随凌晨的薄雾吸纳入肺，让我陡然清醒。回头再看另一边窗台，咦？往日熟悉的景色全没了，是一条异国风情味十足的街道。我跑到儿子房间，叫唤儿子赶紧来看。儿子竟然回到六七岁模样，还没变声的嗓音充满了惊喜。

镜头又变了，我们走在路上。我们！我和六七岁的儿子，还有爱人，我的爱人也出现了，我牵着儿子的手，爱人陪伴着我，一起出门，往一家餐馆吃饭。原来异国风情的街道，是意大利的佛罗伦萨。一看时间，时钟指向下午四点多，日子觉得是两天以后。我们穿越了吗？活生生实现了爱因斯坦的时空弯曲理论？

我看视路人，大家都在欣喜，也都在惶惑，说“会变回去的”，“会变回去的”。葱郁的山峰还在，街道是碎石子铺地，拜占庭风格的建筑比比皆是，斜坡而上的石子街道尽头，一座哥特式风格的小教堂远远伫立，钟声悠悠传来。我身心一阵放松，牵着爱人和儿子的手，欣喜地走进一家意大利面馆。

我们点了甜汤，还有鳕鱼排，还有水果点心，还有意大利面，儿子憨态可掬，头埋在水果点心间大吃。一位我从没见过的中国老头，面目慈爱地看着我六七岁的儿子。从面馆出来，我们坐小巴士回家——佛罗伦萨有小巴士吗？车行至中途，我忽然远远瞅见我最好的女友在前面走，高兴地喊她，一边跳下车，招呼儿子和爱人下车。儿子和爱人竟然不理，仿佛没听见，车继续开走了。我和女友呆在原地，回头一看，咦，我们竟然就在自家门前。山峰笼翠，还是刚才的景致。

“大梦谁先觉，平生我自知”。我睁开眼，天光入室，鸡鸣不断，曙光已照床而来。原来是南柯一梦。时间指向清晨六点半。我睡了一个多小时。

呆呆地回想梦境，深觉这怪异的梦境是愿望的满足和达成，也是现实的逃避：

平生厌烦城市，向往山林，故而出现飞来峰；

喜欢西方艺术，喜爱佛罗伦萨这西方文艺复兴著名的发祥地，所以竟身处其间；

儿子在梦中，永远六七岁，那时他还没被学校万恶的食堂菜汤烫伤，这是我潜意识中最隐秘的痛。所以在梦中，我愿意他永远停留在烫伤前。他没长大，没到青春叛逆期，所以不会带给我如许多的心痛和焦虑；

爱人出现在梦里，是我最深的渴盼，然而他和儿子终究不属于我，他们有他们的世界和逻辑；

女友出现，是昨天接到她的电话，她要来汉，明天就可见面；

至于在梦中吃东西，是因为我太饿啊。昨天晚饭没吃，睡眠更是不好。俗语说：胃不和，寝难安。我是这条俗语的忠实实践者。鳕鱼排是我儿子最爱吃的我做的菜之一，冰箱还有，准备明天做给他吃。而各种水果，当然是我爱吃的。

人生如梦，梦如人生。怕岁月漫漶，忘记了这新鲜有趣的梦境，故聊为记之。

失眠和石榴的关系

这两天秋雨绵延，两天一夜的雨，在窗外淅沥不休。江城从立秋那一刻始，万物仿佛听到号令，按下秋的按钮，跑步进入秋天。秋阴匝地，西风弄凉，加上接连的秋雨骤袭，让人心头顿生秋意，我两天对儿子说了三遍：夏天过去了，秋天真的来了。不是自己啰嗦，而是实在惊异于江城今年天气的亲善，也实在惆怅于时日的迁延。而病痛又时时造访。

和一个老友的感叹一样，近半年来常常被头疼困扰，这种后脑勺紧紧生疼的感觉，像是孙悟空戴上紧箍咒，频率在十天之内两三日不等，它就像蜷伏在小区树丛底下的花猫，有时待人从径前走过，冷不丁就绵软的一声叫唤，缠上来蹭你的腿。花猫蹭腿还能带给我预料中的惊喜，有温软爱怜，头疼却是贝多芬的命运敲门，噔噔噔——噔，它一出现，你难得的一点好心情便被打破，只想将脑袋卸下来。有朋友说这是颈椎病所致，而且长期手臂手指发麻都和此类病有关。本以为颈椎病是职业病，没什么大不了，今天偶然打开电视，正放一个医疗访谈节目，刚巧听到医生的一句：颈椎病是百病之源，正想听个究竟，却被来家小住几日的侄女将频道切换掉了。也懒得再换过来，但那句话却打到心坎去了。

头疼于我，只是那突然冒出的花猫，而失眠症，却恰是常日常时要伺候的主，像儿子，离不开我的照顾，每天去超市或菜场时，就要用心想今天做什么菜，怎样让儿子吃得欢心。我的失眠症和我同样亲近，每到上床之际，就后怕，就要想到是否要吃安眠药，是上床前半小时吃药，还是抱着侥幸心理不吃，也许今晚不失眠呢？但每每拗不过失眠的狠劲，半夜两点爬起来，带着悻悻然的挫败感，起床倒一杯水，吃下安眠药，这一夜折腾过半，才算终于有个善终。

于是灰心就兜头上来，感到生活实在是难熬和没有意思。怎么比喻呢？灰心就像一把长了霉毛的月亮，从西窗的帘下懒懒照过来，或者更像一把生锈的钝箭，灰扑扑插入自己苦日流年、生满虱子的长袍里。也像袭人被宝玉无意踹了一个窝心脚，夜半心口一疼，一口血吐了出来，把她平日争强好胜的心灰了大半。我从来不争强好胜，一向慵懒散漫，但长年累月的失眠，还是让我的心灰了大半，有段时间，哈姆雷特著名的自问就时常冒上心来。今年同学聚会，一次偶尔和女同学说到两夜天堂寨两夜失眠，同学大声讶怪说：你显得最年轻，你还失眠？还每夜睡不着？仿佛我是在撒一个弥天大谎。我只有苦笑无言。失眠真正是我最温柔的情人，无论我内心有什么心思，他当是第一个知道，且每夜殷殷陪护，挥之不去，不离不弃。甜腻得让我只想避之唯恐不及，并感叹人活着是多么的辛苦。

当然去看了医生，医生见惯不惊地和善着胖脸给我开药，说到了更年期啊，都这样，你体质过于敏感，估计所有症候都明显些。我大惊：我长期睡眠不好，是不是从四十多岁就跑步进入更年期？

医生正色道：现在女性压力大，更年期提前，从45岁到55岁都属于更年期。我弱弱地一想，觉得或有点道理，以前是更年期的预备阶段，现在正是更年期的巅峰状态，只有垂头丧气做好让这位情人长期与自己耳鬓厮磨的心理准备。

我现在隔一两天就要吃一颗安眠药，侄女用年轻的声音告诉我：安眠药吃久了有依赖性，还有副作用。我岂能不知？杨绛先生在《我们仨》中还说自己是吃安眠药睡觉呢。但杨先生现在104岁了，还精神矍铄得很。这样一想，心里不觉自我麻醉一如阿Q，我说服侄女也是说服自己：长寿的人都曾一直吃安眠药，何况两害相权取其轻。现在只要能每夜好好睡几个小时，我就觉得很幸福了。

幸福是什么？多少文章谆谆教诲或殷殷探讨幸福是什么。我想幸福其实并不高大上，并非神秘玄奥，幸福就是生活中愿望的达成。人生当然是有愿望的，若一个人能凭借自己的努力，达成内心的每一个愿望或大部分愿望，那他就是一个幸福的人。无论这个愿望是大是小，比如大到和一个好男人相爱，大到孩子能独立自信地生存，大到每年可以到世界旅行，小到每天能做可口的饭菜看儿子狼吞虎咽，小到温煦的下午听到自己喜爱的音乐，小到夜里能睡个囫囵觉。

容易喜庆的人也容易丧气，容易激动的人也容易灰心。美国著名喜剧大师、也是我喜爱的演员罗宾自杀于寓所的消息传来，媒体宣告说罗宾长期被忧郁症失眠症折磨，我心下黯然，并更同情那些连每夜安眠的愿望都无法达成的人。据说很多名人都有程度不同的忧郁症失眠症。葛优每次和崔永元见面都交流治疗忧郁症的新药。我写下这些，不是说自己连病都要效仿名人，而是深深觉得人艰不

拆，红尘扰扰，凡人有很多痛苦烦忧岂止是无法安眠？即使无法达成生活的愿望，人生还得平和，就像平和地剥开一颗石榴。每个热爱水果的吃货都知道：剥石榴和切西瓜不同，动词的安设就说明其间的玄妙。怎么不说切石榴呢？石榴是必须耐心平和地剥开来的，就像李师师面对宋徽宗，优雅的“纤手破新橙”那样，尽量不损伤一粒柔嫩的种子。

生活，需要吃石榴的智慧。其实说到底，生活哪来那么多智慧，用平和的心态过好每一天就是智慧，比如失眠，我必须忍受它、接受它、等待它过去。过日子就是剥石榴，要耐心，要平和。勿灰心，勿丧气，有一份不以物喜不以己悲的耐烦与从容，这说说容易，做起来难。人生大的磨难，常常并不很多，多的是如何对待琐细难言的烦扰。对待烦扰，就看是否能拥有一颗平常心，苦才是人生，静才能菩提，有一颗安静泰然的心，才能渡筏，才能剥好石榴，才能吃到石榴饱满晶莹的颗粒。

旧居琐忆

前些日子，徐东旧居的租户因工作变动退租，去交接打扫房屋。一进门我就僵住了，半天回不过神来。我滴个神啊！我住了十七年的旧屋，实在是被那对小夫妻糟蹋得不成样子。椅垮锁坏沙发陷不说，满屋子灰生土压不说，卫生间和厨房脏得仿佛是地狱，瓷砖灶台便池洗菜盆，无一不污垢重重，脏黑不堪，像非洲难民的脸，而且仿佛在讪笑：看你怎么收拾？我怎么收拾啊！我无奈地问你，我的旧居。

那对90后租户夫妻，女的看上去秀气干净，说话清晰得体，怎么内里如此邋遢不讲究？交给他们一所干净井然的住所，半年后就被糟践得不成体统，真是让人骇怕。估计他们自住进去，就从来没有打扫过房子，动过抹布拖把，惊骇之余，我又佩服莫名。能在如此脏污的环境下生活，做饭做爱，他们淡定无物的情怀，视若等闲的生活态度，真让我膜拜。膜拜发呆了半个小时，然后开始一鼓作气打扫，到晚上八点多，总算大致收拾得像个样子，原本是没打算住下的，但二十几个电话打进来，有些租户和房屋中介明天要来看房，时间也太晚，回不了藏龙岛，只得下楼去吃东西，去买过夜的洗漱用品。夜色下，还是市井人生如常的岁月，还是古玩城人流

繁华的霓虹灯影，还是小区门口那家小卖部熟悉的老板，小区小径内，还是树影婆娑，灯光朦胧，暗香浮动，宁静的夜晚如此熟悉的一切，让我突生悲哀，一下午的劳累和委屈没让我这样心伤，却被夜色下兜头回来的过往时光不期然击倒。我几乎要落下泪来！

睡在收拾干净的儿子房间，我大睁着双眼，对面窗外是依然亲切熟悉的灯影树痕。对这所旧居，我充满了感情。十七年了，儿子就在这所房子里长大成人。他从两岁半回到武汉，除了高一到他父亲所在的青岛生活了半年，从未离开过这个家。而我，作为母亲，在这屋檐下辛苦抚育儿子的一幕幕，那日升月落的似水流年，早已铭刻在房里每一面无言的墙上，每一块瓷砖缝里。小区小道旁每年初夏盛开的广玉兰，记住了我阳台前日日的凝望，东窗一隅秋夜的半月，映照过我华年孤寂的背影。第一缕白发的悄然滋生，第一道皱纹的决然出现，这所旧居都看在眼里。儿子房间墙上那个练习投掷的箭靶还在，箭镞还停在靶心，那是儿子投掷的，厨房那个桃木巫脸装饰还端然挂在墙上，还是那年和 Y 一起在汉口江边店铺买回的。几幅装饰画，还寂寞凝定于壁，默然欢迎主人的回来，我的书柜，还存放着两排旧书，不忍丢弃，那串曾挂于阳台窗户过道的蓝色玲珑风铃，被租户摘下，丢掷在书柜的一角。他们虽然正当青春，却远没有我的天真与浪漫。这是个体个别的差异，还是六十年代生人和九十年代生人两代人的差异？

对这旧居的回忆，许多是和儿子有关。因回汉后要接课上班，儿子不到三岁，即送他上幼儿园，每次都骑自行车送他，小区管理不严，我的自行车放一楼楼梯拐角，一年之内被偷四辆，只得每回将自行车搬至二楼平台里的楼角。记得每次到了楼栋门下，我抱下

儿子，他就乖觉地将我的提包挂在自己脖子上，包重，儿子低着头在一旁卖力地跟着爬楼，见我吭哧吭哧搬自行车，便奶声奶气地说：妈妈，今后长大了我替你搬。说着还举起了一个小拳头，我顿时有了力气。儿子小时很黏我，年虽幼小，却能揣摩出妈妈的特点，知道我常一心二用，容易走神，便极怕我出门被车撞，小小年纪总莫名为我担忧。有时候他在家，我必须出门办事，若时间较长，就将他放在隔壁王大爷家托管半日。到了我该回返时间，他或早早在门口张望迎候，或拉着王大爷的衣角不停地问：妈妈什么时候回来？妈妈怎么还不回来呀？几次我还没上三楼，五楼的他远远听见我熟悉的脚步，便从王大爷家欢快奔出迎我，那小小的身影映衬着身后的天光，叠现在那些流逝的岁月里，让我每每想起就惆怅不已。

旧居坐落在徐东古玩城旁。徐东大道前伫立着一个高大的古玩城牌坊，它和我一道经历了风雨流年。古玩城临街和背街有一些卖字画古玩玉石的店铺，有一些来自天南地北奇奇怪怪的店铺老板。儿子上学，我也没课的日子里，便时常逛逛那些老古玩店，和店主攀谈几句，欣赏一些细碎玩件。记得一次偶然的机会，我听了算命先生的话，说儿子的贵人生肖属猴，我便在古玩城那些店铺寻寻觅觅，终于寻得一个上好的玻璃种的（上等玉的一种）猴生肖挂件，仔细寻了一条红绳，亲自给儿子戴在脖子上。他一直佩戴着，青春发育脖子长粗了，就放放带子。可惜那年他去青岛半年，回来说弄丢了。我没动声色，心里却怅然好久。儿子属猪，春天的猪。

有一个店铺老板，就在我住的楼栋一楼面向外街的店铺里卖一些古旧家具，是一个沉默微胖、长着一脸络腮胡子的中年男人。没

见他说一句话，代替他说话的，是一把擦得铮亮的小号。每天上午十点左右，和下午四点左右，他必吹奏小号。我住了十七年，听他的小号声也有七八年了吧？那小号声生涩犹豫，透着一点忧郁，总是那几首曲子，技巧多年来总没有任何长进。有时午后，天光煌煌，日影移墙，我在客厅沙发上看书累了，若有所待，如有所盼，那熟悉的小号声若有默契，一念想便逶迤而来，恍惚间仿佛隔了千山万水。号声虽然踉跄疏离，但也清脆醒耳，给我欢喜和安慰。每次我走后门去生鲜市场买菜，必经他的店铺，有时就停下脚步，探头悄悄看他吹奏小号的模样。见他低眉侧身、凝神注目于小号，仿佛那是一管神器，倾注着他全部的寄托和热爱，忽然间我便有种感动，为他多年来技艺毫无长进却依然不弃不馁的精神感动。那真是一种境界，一般人达不到。

这次重回旧居，第二天上午十点后，正和来看房的人说话，突然本能地停下来，侧耳倾听：那小号声如约而来：一样的生涩，一样的犹豫，一样的透着一点忧郁。我若有所悟：小号声年年如旧，犹如神示，是否在暗示我的某种命运呢？

这栋老楼的邻居和我相伴十七年。邻居们上下下下，大都认识我这个“清高不爱说话”的老师，也都看着我儿子一年年长大，邻居们常对我惊呼：你儿子又长高了！我却不爱和他（她）们打交道，除了同楼层的王大爷和三楼一个爱莳弄花草的李大爷。

李大爷是北方人，一口道地的北方普通话，脸黑心善，二楼平台上盈眼的娇红嫩绿就是他的天地，也引得我常常驻足流连。他知道我爱花，曾送我两盆养，我也常向他讨教。但我和同楼层的王大爷更为亲近。王大爷今年八十多岁，如一棵枯瘦蟠曲的老松，精神

矍铄，双目深炯，乐呵健谈，古道热肠。他是黄埔军校第22期学员，武汉政协委员，家里墙壁镜框里放满了他戴大盖帽的戎装照片，那是老人最乐于让人参观的。前些年被政府组织去了一趟台湾，回来后嘴边就常念叨那趟光荣旅程。他时常戴着一顶极为有趣的礼帽，背着手在小区各处转悠，或坐在门口拿张报纸一看半天。我有空就和他攀谈几句，喜欢这个可爱的老爷子。而他逢人就称赞我，说陈老师不简单、不容易，心好，长得好看，还比他家小妹能干,就是不爱联系群众。每每和大爷说话我总笑口常开。这多年，我和儿子少不了王大爷一家的照应，曾有两次在学校办公室门口，我发现钥匙不在，给王大爷家里电话，一会就听见王大爷大声对着话筒嚷：钥匙还在，挂在门上，你是贵人多忘事啊！平日急忙间，或有时找他家借两个鸡蛋，一袋盐，一块姜，也是有的。而我每次从家乡回来，也总不忘给王大爷送两瓶白花菜，或家乡特产，过年包饺子，也给老人送去热腾腾的一盘。

前些年，王大爷黑瘦木讷的四川籍老伴和李大爷白胖开朗的老伴先后走了，我看着办的丧事，丧事就在楼前热闹半夜，天微亮的薄明时分，吹打手吹出悲哀的乐律，渐行渐远，蓦地惊醒的我再难入睡。初冬窗子没关，微风轻飏起落地的窗帘，寒凉如梦，又像一个寂寞的告别的手势。上下左右的邻居知道，死去的人，魂魄还没走远，所以一夜之间，楼栋邻居的门口贴了红纸，有的还挂了镜子。十几年里，上下楼层总有些送往迎来，有几家的老人也先后离去，一次小区里另一楼栋一家老人死了，花圈放在小径路边，后来，Y说每次上班天没亮从小径穿过，左腕上带的佛珠突然一紧，他便绕道走，我很长一段时间也绕道而过。他是个迷信的人，而我

敏感，这话就在心里生了根。

旧居的结构十分奇特，我所在的这栋楼，除了自身在二楼有个大平台外，和相邻的一栋楼仿佛连体婴儿，也有个平台将两栋连接一体。家里客厅窗户和卧室一边的窗户正对着这个大教室般的大平台。二楼几户人家就在平台上养花搭棚，瓜蔓蜿蜒，新绿可喜。春雨如雾飘洒，平台阒无人迹，经常有麻雀于平台伶仃跳跃，走走停住，剥啄有声。而春秋明媚之日，平台阳光烁金，人声欲流，孩子叫嚷，猫狗嬉闹，老人搬张桌子坐在阳光下打牌，日子过得悠然，不惊不扰。也有扰的时候。有两年，夏天酷热，那栋楼几家人忽生奇想，将电线从屋里牵出来，在晾衣竿上挂颗百瓦灯泡，然后开始方城夜战，鏖战至转钟一两点是常事。深夜平台的灯影投射入户，声影幢幢，让室内人辗转不安。忽然间就硝烟突起，因输赢毁牌，牌友间的口角大战平地爆发，毫无隔阂地传到我的卧室。在凉风渐起的深宵，那声浪犹如一部汉腔歌剧，主人公倾全力投入。前两年我曾在一篇“打牌”的文章中，描述过这种方城鏖战的酷烈。那汉腔歌剧往往鼓之以雷霆，煞之以风雨，印象最深的一次，是一男一女二重唱，男声好似“一八一二序曲”中的“马赛曲”，启动激昂雄伟，终究灰飞烟灭；而女声则如“伏尔塔瓦河”简单涤荡的旋律，因不屈不挠，由开端的涓涓溪流而至奔腾澎湃，最后统领一切。武汉女人的所向披靡，由此可见一端。

而今我居于岛上。风物养眼，湖光接天。小区环境比旧居小区大好几倍，西式楼房错落有致，各色花树前后掩映。浓夏绿色弥眼，初秋虫声盈耳，我将在这里安放自己的身心，我相信岛上的光阴不会再有过往的惊涛骇浪，不会再充满旧居岁月的悲欢离合。我

的日子将逐渐趋于平静，也到了该安详的年龄。我会欢喜新居满眼的宁谧开阔，我也会怀念旧居风物的市井人生，那样的一份烟火热闹，是贴近自然的湖边岁月无法感受的。

无数的昨天在回望中悲喜而来，它们从未渐行渐远以致完全消失，它们总会用一种不期然的形式，与你相逢，比如重回旧居。人的昨天总和无数的物事相连，旧居便是最大的一件物。而所有的旧居，都应隔开时空的距离去回望，才意蕴方显，那些和旧居紧密相连的岁月方回味无穷。人心总是喜得不喜失，人心也总是对失去的无比珍爱。我相信，我那留在繁华市廛的旧居，一定会在某个微雪初霁的月下，将我怀念，那随光阴永逝的悲喜过往，一定也会在某个清宵梦回，将我等待。

流年如瓷

一向喜欢瓷，喜欢瓷器。

谁都知道china是什么意思，人们也大凡明白，大写的叫中国，小写的是“瓷器”，但很少人知道，这个词是从中国汉代江西昌南镇——即今天的景德镇演化而来。东汉时期，人们发现昌南特有的高岭土，能烧制出精美绝伦的瓷器，于是开始大量建造窑坊，烧制陶瓷。唐代后，景德镇的瓷器出口欧洲，中国昌南的瓷器成为欧洲贵族极为珍爱的高档物品，均以获得一件昌南镇瓷器为荣。久而久之，欧洲人就以来自中国“昌南”这种稀有的宝贝作为瓷器（china）和生产瓷器的“中国”（China）的代称了。

初中时学英文，最早学的单词就有China，中国，china，瓷器。每每朗声一读，觉得一种清脆婉转之美，于口齿间玲珑生韵，像极了瓷器的品质，抚摸之温润如玉，叩敲之清脆如乐，便油然而生对瓷的欢喜。还有一个原因，因我皮肤生得白皙光洁，大学时有男生给取了一个绰号：瓷娃娃，故而更是对瓷这种宝贝，怀有一点点私心与爱赏。

我对某种物事的喜爱往往简单却持久，就像森林里深潜的泉流，恒定而温和，伴随我一路前行。林深路转，岁月悠悠，无论鸟

鸣枝头的春天，还是木叶飘零的深秋，那些我挚爱的事物从未与我远离。有时它深深潜入地底，仿佛杳然不见，忽而又因某一个机缘，欣然而出，给我一份期待已久的喜悦。它们其实早已成为我生活的一份永在，时时给我安宁与慰藉。我对它们的喜欢从不会撕心裂肺，不会魂销肠断，这和去爱一个人完全不一样。这世上最不可捉摸的生物便是人，所以对物投入情感远比对人投入情感要轻松惬意得多。比如爱花草自然，旗袍丝绸，音乐摄影，蔬果甜点，甚或文字诗文，当然还有陶瓷玩件……这些生活中给你带来快乐的物事，总是单纯而温馨的，散发出历久而深的芳香，它们不会变。不会“等闲变却故人心”，不会如命运般诡谲，我的热爱便也安心，便也散淡，也不会在沉浮的波涛中相互失散。

对瓷的喜爱，当然如此。一以贯之，从未变易丝毫。而且，对瓷的品种，我是照单全收，没有偏爱。青花，白瓷，彩瓷，粉彩，只要对了眼缘，和我撞个正着，我都会越看越爱，欢喜莫名。在我心里，也无论贵贱、形制、高仿或真货之分，喜欢就全部地包容接纳，没有来由。

记忆深处有关瓷的最初印象，来自久远的童年，我大概四五岁，那时随父母住县税务局，那是一个典型的南方院落，一次院子里动土，挖出无数瓷碗瓷瓶的碎片，白花花地，散布到处，好奇的我，跟着不停地摩挲翻弄。那些年代久远的瓷片，在天光下，其温润如玉的光泽依然熠熠生辉。我看中一块白瓷上绕着青花藤蔓的瓷碗底部，捡回家洗干净，放在自己的八宝箱里作为宝贝珍藏。那个木质红底掉漆的小八宝箱，放满了我儿时心爱的物件。有从老屋淘来的小铜镲，有各色玻璃弹球，有粉色小布娃，也有隔壁小男孩巴

结送我的各样鹅卵石，林林总总不一而足。当然后来这个八宝箱随着不停搬迁最后不知所终，连同那件青花瓷片。

还有一只白色泛青透光的小瓷碗，印象尤深。一只玲珑的小碗，用来盛饭或者装腌菜或豆腐乳，硕桃般大，白色，碗身有青花条纹，扣之如玉琴，最让我惊喜莫名的是，稍稍对着光线一看，碗身上下，分布着排列整齐的小圆点，透着莹莹微光，胎质如蝉翼轻薄。我不知道它是如何烧制出来的，摸上去一般无二，没有凹凸。那奇妙的小光晕启动着我的想象和好奇之翅，犹如草灰蛇线，埋下我对瓷最初钟情的种子，发芽长叶，婉转伸展至人生的中年。

人此生与某种喜爱物事的遇合，往往是可遇不可求的，这和爱情一样。我从不刻意寻求一份缘，是你的终归是你的。这些年来自己喜爱的物件，往往都是无意而得，也终将伴随一生。

一次逛街，偶遇一只白莹莹的瓷制玉掌插花小件，女性的手掌婀娜，五指如莲微微绽开，底座是玉腕纤纤，手掌中空连接底座，用于插花。我喜爱它的秀润雅致，喜爱那份端然静止的拈花无言，买来置于书柜，或有时插花置于案头，而今已悠悠二十余载。

还有一个陶瓷盒，于地摊上偶尔遇见，米白色，盒身上下雕镂着花草鸟兽虫鱼，盒盖镂空，上起花簇，一见欢喜地买下，用来置放自己的各样首饰，虽说不值钱，但却敝帚自珍，珍爱无比，搬家都小心包裹，生怕有所磕碰。但去年搬家岛上，打开包裹一看，瓷盒盖终还是破损了一点花叶，心疼半晌。这些物件都蕴蓄着一己生命的波光云影，暗藏着对生活细部的欢喜珍重，怎舍得扔呢？还是让它照拂着心魂为好。

多年居住在江城古玩城，有时无事闲逛，一拐脚就进到古玩店

铺，聊以排遣时日。或遇到自己真心喜爱的宝贝，就是人与物的缘分。那年在一家古玩店，对一角婷婷而立的粉彩六棱大花瓶一见倾心：豆青釉，六瓣敞口，瓶颈小龙绕蝉，花枝点点，清润可掬，天真可喜。瓶底座有竖排“大清乾隆年制”字样。和店家一番讨价还价，几百元买回。我知是高仿，我也非收藏家，但凭着一份真心的喜欢，我与这件豆青釉的瓷花瓶便结了俗缘。我想：生活中，有些制造出来的意义原本虚空，有时无端的人事恩怨纠缠其实大多实属自扰，还不如珍视人与物之间的小乐趣来得单纯自在。

去年小区附近景德镇陶瓷展，巴巴跑去，买下莹润可喜的一套碗碟，逡巡半晌，看中一尊挺肚细颈花瓶，玉白底色上烧制嵌有各色小花朵，花叶袅娜间，竟上下环绕着六只红顶仙鹤，腾跃顾盼，翩翩起舞。我摩挲半日，徘徊不忍离去，卖家说，这件瓷器的好，倒不是形制与花色，而是夜里泛光。你拿回去，晚上不开灯，一看就知道了。我终于心动买下。回家后便大上心事，巴巴等天黑入夜，一个人虔诚坐于花瓶对面沙发上，不开灯。我看见了什么？我看见了对对仙鹤的双翅宛若轻烟，透着玉色玲珑的光芒，在暗夜里袅袅飞升。我欣然大乐。遍查资料，除了得知这属于艺术瓷器的一种，究竟为何透光，仍旧是不明所以。在此也可求教于方家。

去年和今年，两次路过景德镇。唐宋年间清冷的浮梁古镇，而今人头熙攘，各色瓷器的商业门面鳞次栉比，让人眼花缭乱。虽因时间匆遽，无法盘桓逗留，我还是淘得了喜爱的一尊青花瓶，买回家与夜光花瓶双双而立，和我作伴。今年在景德镇，我买回一件豆青团花瓷罐，还有一件鼓肚三足瓷香炉，可以和家里的紫砂莲叶香托作伴。这件陶瓷香炉胎质细滑，一枝雪梅凸出逸然。香炉小巧，

蜜色可喜，炉盖嵌有铜扣。每每案前写诗听曲，我便喜欢打开香炉，点上香塔，立时，缕缕轻烟自炉盖上的八格椭圆小孔如精灵般袅绕逸出，闻之尘虑尽消。

喜爱归根结底是一种对人生的选择和态度，除了喜爱本身，别无目的。那些用于奇货可居牟取利益的，应该不是发自灵魂的真正热爱。真正的欢喜是始于欢喜，终于欢喜。而喜爱和能力无关。我喜欢茶却不精其艺，也因常失眠不能多加眷顾；我喜欢与爱酒的人做朋友但自己却不胜酒力，同样，我喜欢瓷器却不能拥有真正的珍宝，故而每每止步于登堂入室之前，在门外流连忘返，以窥得龙鳞凤爪自娱自乐，获得一份心魂的满足，如此而已。

若说到心魂，我喜爱瓷的另一个深层缘由，是因为瓷的品德。和各色人等一样，天下物事也是各有品德的。瓷的品德是在深埋中孕育，于百般揉捏中打磨，于万般温柔中脱胎、于水浇火淬中成型，后经一千二百多度以上高温烧制，终究得成正果。它历经难以想象的轮回锻造，泥里来，火里去，然而，呈现给世人的，却是无与伦比的光润与高贵。它承载以火的锻造，却奉送以冰的清和，它裹挟以泥浆的混沌污浊，却呈现以极致的冰魂玉魄。这世上，有什么物件，有这样美丽的凤凰涅槃呢？

不曾历经地狱之火的焚烧，何来云霞如镜的明丽洒然？无论最终玲珑高古，无论最终粗笨稚拙，我的瓷，在你淡然如水的静凝安详之后，有谁知你前世的水深火热、无悔无惧？

所以，我珍爱瓷。珍爱它焚烧历练的每一缕皱纹，珍爱它今生过尽千帆、清凉自足的容颜。

第四辑　观棋有语

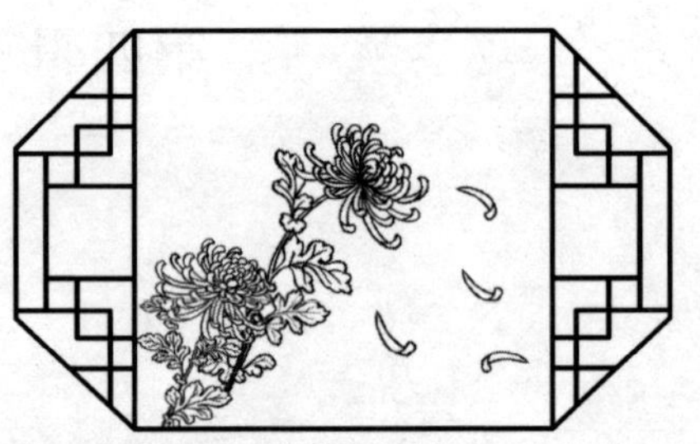

爱情歌吹

这人世，说不尽道不完理不清的，是什么？古往今来，最恼人最缠人最磨人的关系，什么又拔得头筹？数来数去，还是男女之间的一个“情”字。

平日很喜欢乐府诗里的南朝《四时子夜歌》。非常清晰地记得老版《三国演义》电视剧中刘备招亲那一集，花团锦簇的场面演绎人生最风光的盛事，而盛事过后往往是欲说还休的悲凉。那是迎亲镜头的最前面，刘备和披着盖头的孙夫人被大红长缎牵引着，紧随其后的，是一群衣袂飘飘的歌女载歌载舞而行，她们忧伤甜蜜地唱到：

> 春林花多媚，春鸟意多哀。春风复多情，吹我罗裳开。
> 朝登凉台上，夕宿兰池里。趁月采芙蓉，夜夜得莲子。
> 仰头看桐树，桐花特可怜。愿天无霜雪，梧子结千年。
> 渊冰厚三尺，素雪覆千里。我心如松柏，君情何复似？

那是我听了就再也无法忘记的歌声，用越语唱的，至今我都会唱这一段。那歌声如水，丝丝缕缕，渗透进来，在沁凉的欢乐中潜

生莫名的悲感。那歌声若云，飘渺轻柔，却又仿佛于浩大的人生天幕上，投射下直透人心的光照，问人世劳劳，最牵扯人心的，不就是爱情的欲说还休和千回百转？仅凭导演在这一场景中对红尘闹热又寂寞的情事这份出色的演绎，我也要护卫老版的《三国》。

还有刘禹锡的《竹枝词》，听过“大唐华章”演绎的一首，迷离回环的曲声，反复的吟唱，也为我所喜：

> 山桃红花满上头，蜀江春水拍山流。花红易衰似郎意，水流无限似侬愁。
>
> 杨柳青青江水平，闻郎江上唱歌声。东边日出西边雨，道是无晴却有晴。
>
> 瞿塘嘈嘈十二滩，此中道路古来难。长恨人心不如水，等闲平地起波澜。

人间男女的情思被动人质朴地描摹，人心的缺憾、情爱的难测被诗句、被歌声放大，那转瞬即逝的情意，旷古皆然的迷惘、有情无情的困扰，以及反复无常的人心，都被银针般的乐声千丝万缕地绣出，凹凸出男女情爱令人魅惑的光泽。

当今流行歌坛写情爱的圣手，应该首推华人音乐界第一作词人林夕。他的许多著名情歌被张国荣、梅艳芳、杨千嬅、王菲、陈奕迅演唱，堪称经典。林才子可谓将情爱里的暗涌潜流与滚滚红尘中男女幽微隐秘的悲喜都唱尽了。当今时代，万象喧嚣，而爱情沉沦，林夕的歌词，通过歌者的演绎，让听众深深体味着情之美、之伤、之莫测、之如火如荼、之万劫不复。有时行走市廛，这些情歌

情曲，穿过霓虹和人脸，一路摇曳而来，我会没来由地停下脚步，会无端生发一丝恍惚。从那些既清丽绝俗又低回苍凉的歌声中，谁能不深深玩味人世情爱的一份妖娆、一番憾恨、一种残缺和一点惆怅之美？人世间，没有一件爱情是平淡的，真正平淡的不过是岁月，也没有一首爱情歌吹不是残缺的，因为我们的灵魂本是残缺。

听，这是梅艳芳在唱《似是故人来》：

何日再在何地相聚,说今夜真暖,
无分有缘回忆不断,生命却苦短。

这是王菲在唱《匆匆那年》：

如果再见不能红着眼,是否还能红着脸,
如果过去还值得眷恋,别太快冰释前嫌。

这是陈洁仪在唱《心动》：

有多久没见你,
以为你在哪里。
原来就住在我心底,
陪伴着我的呼吸。

爱听林忆莲唱的《至少还有你》：

我怕时间太快，
不够将你看仔细，
我怕时间太慢，
日夜担心失去你。
恨不得一夜之间白头，
永不分离。

林夕的歌词，说尽情爱沧桑，歌手的演绎，也唱彻时间的无奈。一直爱着那些让我过目不忘的词句：

“谁能告诉我，要有多坚强，才敢念念不忘。”——《当时的月亮》

“相聚离开，都有时候，没有什么会永垂不朽，等风景都看透，也许你会陪我细水长流。”——《红豆》

“十年之后，我们是朋友，还可以问候，只是那种温柔，再也找不到拥抱的理由。”——《十年》

前不久看赵宝刚导演的电影《触不可及》，林夕作词的《爱不可及》，是电影的主题曲，由天后王菲演唱：

几步之遥　一生距离
风欲静　而心不息
后会有期　却无爱可纪
相濡以沫　空留一口气
一辈子三个字听来熟悉
没说然后就在一起

来不及也走不及
死而有憾因得一知己

一辈子三个字听来熟悉
没说然后就在一起
来不及也走不及
死而有憾　因得一知己
反正死别　不如生离
命在这　运在哪里
灵魂有意　而肉身麻痹
唇离齿太远　触不可及
可爱　可爱　不可及
命和运太远　爱不可及

当听到“反正死别，不如生离，命在这，运在哪里”这句，王菲洁净之极的声音透尽苍凉，我的眼泪不由就落下来。无论迷离，无论清浅，爱情的歌吹总是最能击中众生的软肋，让我们在流年里，在夜半，不由自主攀住那一点点温存。温存若远在天边，咀嚼含香的情爱歌吹，便有了穿越时空的能量，让你支撑着一步步走向不可知的命运。

呼啸的尘光中，风花雪月的情爱，一场场地来，一轮轮地去，有谁记得前世今生，那场守候、那份心动、那种心伤？唯有寂寞的絮说和歌声，在不经意的夜半梦回，一代代在耳畔吟唱。

男女故事

前日，回家的班车上，同事一路都在和我谈她的丈夫，他的顾家他的体贴他的成熟，他以前的状态，他现在的情形，他正逢其时的魅力。舌尖温柔流转的，全是一个个“他”。看着同事一脸沉醉的样子，我微笑着倾听，并且真诚地表示羡慕和感叹。后来她下车了。我靠窗坐过去，车正经过东湖，窗外随波荡漾的湖水，一望灰蓝的湖波，微澜起伏，无有停歇。这时便又听见后座两女同事在谈话，谈的还是男人。其中一个离婚五六年了吧？正听她侃侃而谈，在说她的前夫某某，必在前面缀以“我的某某”，口气好像不但没离婚五六年，更是尚未离婚，仿佛她的某某，今早还从家里的婚床上爬起来，还在和她怄气。其实我知道：她的某某早已再婚，且已离开江城了。听着女人一路或嗔怨、或兴奋地谈着那早已不属于她的男人，我心下蓦地感到悲哀。

这人世间最奥秘难测的莫过于命运，而命运中最惆怅难遣的，莫过于爱情。对人类而言，最伟大的关系，应该就是男女之间的关系了。而世上红尘男女的关系，怕也像这永远变化不歇的湖水吧？有谁想给男女之间的关系贴上标签，使其维持现状，那是多么愚蠢的事。情爱是不可能维持一个既定的现状不变的，它不是朝着这个

方向发展，就是朝着那个方向变化。在变化和发展中，人间的悲剧或喜剧就产生了。而女人，就是这个悲剧或喜剧中最卖力的主角。丝绒大幕已经落下，她却会兀自沉浸在戏中，或许一辈子都走不出来。旁人或以为她是不幸的，但或者她并不以为苦呢？或者她就是不愿面对人走场空的实相，而以沉醉于独自的狂欢为乐呢？比如饰演林黛玉的陈晓旭，甚或比如女性化的张国荣，他们是走不出戏，而终以生命祭奠曾有的辉煌。其实，在男女故事中，有多少男女，尤其是女人，也是走不出那份曾属于彼此的剧情，用幻象来丰满生活，去完成生命的创造。

你非鱼，你又焉知鱼不乐？

想起张爱玲所说：女人，一辈子谈的是男人，怨的是男人，爱的是男人，等的还是男人。时隔大半个世纪，红尘变幻，但不变的永远是男女情事的纠缠痴怨。无论千年前的古典时光，还是而今日渐堕落的世风，女人，你命运的圆心从来是绕着男人旋转，有几个出色而另类的女子能逃离这种造化的设计呢？武则天，一个将乾坤大挪移的女帝王，起码在五十年间，颠覆了中国的阴阳格局，让所有的堂堂须眉绕她而动，仿若众星拱北斗，其实，是因了她的才能、胆识、气概，和胸中的丘壑气象，早已超越了男人，所以那些七尺须眉只有匍匐听命的份。而滚滚红尘中，爱恨情仇，悲欢离合，所有的凡夫俗子离不了的主题，每天就在你我的身边、在报刊上，日日上演，天天叫座。如果还有永远的话，那么男女之间的纠缠恩怨，永远不会完，完不了。

纵深蜿蜒的杉树林道，散发着初夏葱茏的气息，而湖水就在杉

树林的两边向天边荡漾，温柔地变幻着光与影的光芒。浮世所有的情执，就宛如这光与影的交织，无时无刻不是刹那阴阳、缘起缘灭。但恰如湖水的形色变幻会带来自然生动的美感，男女故事也正因了流转生灭，才充满了永恒的诱惑，和美丽。

看得见摸得着的爱

看《人间正道是沧桑》，其中有段戏让我发了半天呆，回不过神来：剧中人瞿霞对她选择的新婚丈夫穆震方流泪说了一段话，大致意思是：她在狱中八年，又失去哥哥，历尽孤独苦痛，所以，她要一份平安的日子，她要找的丈夫是一个“看得见、摸得着”的人。就是这一句“看得见、摸得着”，这样一句在战火离乱中淬炼出来的爱的理解，也是烟火人间至朴至常、爱的大实话，我却觉得胜过古往今来所有至高至伟的爱的理论，也胜过许多才子佳人缠绵美丽的爱的倾诉。

瞿霞曾深爱剧中主人公杨立青，但杨立青天生是个战将，转战不定，生死两端，不能给历经痛苦孤独的瞿霞一份相对和平的人生，不能让她安稳，所以她理智选择了在延安后方工作的穆震方。一份相对宁和、温煦的生活，是曾在血与泪中煎熬、在分离与死亡中挣扎、在黑暗与孤独中撕裂的瞿霞，最自然最深切的生命渴求。

剧中有这样几个反复出现的镜头，让我印象深刻：瞿霞出狱，她的整张凝注的脸、悲喜莫名的脸；沐浴着强劲天风的短发纷扬；还有麦浪，颗粒饱满的、金黄的麦穗，瞿霞的手、女人的手指，纤纤拂过那金色的、令人玄幻的麦浪。这是经历莫大痛苦后，人对最

深切的自由和简单生活的动人诠释。那是灵魂最质朴的向往与念想。这一份念想让她放弃了那么深爱着的、也深爱她的杨立青。后来，同样经历失去人生至爱的两个人——杨立青和曾是他师母的林娥，最终也令人信服地走到了一起。我不得不为剧本这样深谙人性的安排叫好。它当然增加了戏的好看和戏份，但我想，它更好在于熟稔人性的逻辑、符合命运的深意。比起一些为迎合观众哗众取宠、弄巧成拙的电视剧情，这一部大片，对人性的深刻解读、对爱的诠释，都有非常深刻的地方。因而它非常耐看耐嚼。

由剧中两位出色女性的命运而想到：女人天生是爱的动物。爱情是她生命中最强烈的渴望，是她生活里最主要、有时甚至是唯一的动力。为爱，她可以死去活来、她可以绕指柔化为百炼钢，或者相反，她也可以九死不悔、蹈火不顾。但再深切的爱抵不过生活本身，抵不过深切、广大、脆弱的人性。张爱玲与胡兰成的婚约写着“愿岁月静好，现世安稳”，这样一个平凡夫妻的愿望，也是所有曾轰轰烈烈的爱情的最好归宿。当然，所有传奇伟大人物的爱情，最终也还是柴米油盐酱醋茶，离不了一份绚烂归于平淡的相守相扶。女人最终将自己交付的，必然是那个能包容她的身心苦痛、明了和心疼她所有坚强外表下的一份柔弱、并在朝暮相守里给她始终如一呵护的男人。

磨盘一样的日子、流水一般的岁月，孤独宿命的人类，总是在渴盼一份看得见、摸得着的温暖，需求一种琐碎但温情的生活本身——无论是女人还是男人，无论是血与火煎熬下的战争年代，还是喧哗躁动充斥生活各个层面的当今社会，我想，都是如此，这是人的本性所自、是人类最根本的需求啊。

也许，爱也好、婚姻也罢，都不是、也不能靠互相惦念来支撑的，爱是需要相守的，需要用彼此的体温来取暖。爱就是愿意每天看到他，对他哭对他笑，和他一起度过每个平淡的日子。人一辈子，相知相守，才珍贵。一个人，在你的生活中出现，拉着你的手，和你同行，懂得你的需要，才不会让你寂寞。这样的人，茫茫人世，千万人之中，其实有许多，普通平凡如微粒，如草芥，但你是他今生的挚爱，他愿意给你一份普通平凡、却温馨踏实的日子，和你相争相合，和你相伴相守，无论穷达贵贱，无论苦乐病好，和你不离不弃，相守到老，这样的今生情缘，是人前生后世，历经几劫，才得以修来的缘分？

不言苦痛的诗人

昨天无意翻到许多年前随意抄在一张纸上的小诗。是黑色的钢笔写的，许多年前的笔迹已呈现岁月的痕迹，纸张也已泛黄了。想来一定是在多年前一个下雨的春夜抄下的吧。为什么感觉是个雨夜而不是其他，我不知道。但就是有了这样的感觉。我熟悉这诗是法国象征诗王保尔·福尔的名作：

我有几朵小青花，
我有几朵比你的眼睛更灿烂的小青花。
——给我吧！——她们是属于我的，
她们是不属于任何人的。
在山顶上，爱人啊，在山顶上。

我有几粒红水晶，
我有几粒比你嘴唇更鲜艳的红水晶。
——给我吧！——她们是属于我的，
她们是不属于任何人的。
在我家里炉灰底下，爱人啊，在我家里炉灰底下。

……

那伤感而又清浅的旋律让我在时隔多年后又一次动容。诗的力量是不可思议的。她能让你重回青春烂漫而又多情的时光，可以让时间之河倒流，可以让枯涩的心灵重新饱满欣悦，晦暗的眼睛重新明亮滋润，可使渐渐寂寞萎缩的生命之树发出欣喜的幼芽、悄然歌唱。我想起这个疼痛门槛很低的保尔·福尔，他还有一首戴望舒翻译的、因而具有明显现代诗派象征风格的诗歌，那就是《晓歌》：

我的苦痛在哪里?我已没有苦痛了。
我的爱人在哪里?我不去顾虑。
在柔温的海滩上,
在晴爽的时辰,
在无邪的清晨,
哦,辽远的海啊!

我的苦痛在哪里?我已没有苦痛了。
我的爱人在哪里?我不去顾虑。
海上的微风,
你的飘带的波浪啊,
你在我洁白的指间的飘带的波浪啊!

我的爱人在哪里?我已没有苦痛了。
我的爱人在哪里?我不去顾虑。

在珠母色的天上，
我的眼光追随过那闪耀着露珠的，
灰色的海鸥。

我已没有苦痛了。我的爱人在哪里？
我的苦痛在哪里？我已没有爱人了。
在无邪的清晨。
哦，辽远的海啊！
这不过是日边的低语。
我的苦痛在哪里？我已没有苦痛了。
这不过是日边的低语。

好的诗歌总能唤起人近乎圣洁的感伤情绪。诗人不言苦痛。多年后的我，也习惯不再随便使用“痛苦”的字眼了。人生有如许的苦痛和烦劳，有许多的不快乐和黯然神伤的时刻，事情十有八九不可能恰如人意，或者根本就和你的愿望背道而驰，但这还远不是“痛苦”。

“痛苦”的体会，必须经历深刻巨大的事件。比如灾难：汶川地震、玉树地震活着的人刻骨铭心的惨烈记忆；比如人祸：那些在一个普通平淡的早晨，突然遭暴力患者袭杀的福建南平儿童的母亲，她们今生的深创巨痛如何能够忘却？还有就是离婚。而今许多人士见到许久未见的熟人或者朋友，调侃的、稀松平常的问候语是：“离了吗？”然而，只有曾经沧海的人才明白：是需要怎样的坚强和忍耐，才能遥遥涉过荒原的泥泞和苦雨？熬过人生怎样的炼

狱，才能透析尽那一份不幸与孤独？无人理解、无人领会！而你，还是走过来了。所有不幸的人们，你们是有福了。我知道一切的痛苦必将成为琥珀，在你秘密心灵的花园深处熠熠闪光，成为你独有的那一抹眼神中的骄傲。是你独有的，那样一种无言的气质。

然而，我现在确乎不爱说这个字眼了。呵呵。痛苦。长长的时光与我些许，漫漫的宇宙与我们些许，何况世间庸人俗人鸟人千千万万，哪儿有那么多深刻巨大的事件在我们中间发生？

一切都不足以言痛苦。

> 我有几粒红水晶，
> 我有几粒比你嘴唇更鲜艳的红水晶。
> ——给我吧!——她们是属于我的，
> 她们是不属于任何人的。
> 在我家里炉灰底下,爱人啊,在我家里炉灰底下。

这样的诗句无言地和你的生命交流，她像梦境一样虚幻而又美丽，比所有无病呻吟的倾诉都更高尚，比任何凄美无望的爱情都更持久。我要吟咏她们。她会是我永恒的光明。

就像希腊人总在永恒的光明中发现神秘一样，我在诗歌中发现宁静和美、发现命运。一贯宁愿听从感情的引领、而不大相信思想的加减乘除法的我知道：美的感知，永远将超越机械的思想。这样裸露着神经的诗句一定永将让我心痛。是这样的心痛！我明白：这样的疼痛一定会持续到那注定命运的尽头。这也是无可救药的事！

“一个注视着酒杯、万物的反光和自身的灵魂，一个在河岸上

注视着血液、思想、情感的灵魂，一个永远醒着微笑而痛苦的灵魂！”这是顾城的话吧？

不言痛苦。

不言痛苦的诗人，是保尔，是海子，是顾城，还是你，是他，是我。

爱与情

前日看了张艺谋根据轰动一时的小说改编的电影《山楂树之恋》，然而却有些失望。电影比小说平淡单薄多了。很多细节和当年特定状态下的性压抑表现不出来。有些“文革”的事物也仅仅停留在非常肤浅的层面，那只能理解成张艺谋的肤浅。而文本中很多混沌但却非常厚重感人的情绪与细节却无法表现。走出电影院，我只有怅惘。

记得前年看了艾米的小说《山楂树之恋》，看了两遍，今年又拿出来看了一遍。每次都看得泪流满面、不忍释卷。有一个评论家说，泪是检验文学的唯一标准。我非常认可这句话。任何优秀的直指人心的作品，都是会让人情难自禁、心感泪下的。在一个物质极度缺乏、人性极度压抑、生活极度不完满的时代，爱情，却恰恰显现了她至真至纯的光辉。在这本书中，我们看见了因纯洁而格外完美的肉体，看见了因极度压抑而格外欲火焚身的激情，也看见了把这一切精神和肉体的吸引层层叠加起来，而产生的空前的温柔与无奈。

然而，这些，我们在电影中却感受不到。电影只表现了“世上最干净的爱情”，仅仅如此而已。

《山楂树之恋》这部小说，反映的是“文革”时期爱情的普遍状态，极其真切的状态。不但空前，相信也会绝后。中国人早已丢在脑后的几十年时光刹那间被唤醒、被激活，向我们奔涌而来，洪水一样将我们的灵魂浸透，从而产生了一种不可思议的恍惚感和历史感。这就是时光的永恒的力量。读完这本书的人，年轻或不再年轻的人，心都会疼痛，灵魂却在甦醒中感受温柔的清凉。在今天，在这个校园各处可以随便取用保险套的年代，爱情比以往任何时代都唱得响亮赤裸，却前所未有地受到污染、变了味道。掩卷独坐，我们为老三哭泣，为静秋而哭泣，为我们自己的命运而哭泣。为我们从未拥有过的爱情而哭泣，也为我们即使拥有也终将失去的爱情哭泣。

真正的心疼是什么？真爱是什么？

什么是透彻心肺照彻人生的爱情？

还有，什么才是平凡人生永恒不变的追寻？

读了小说，也许我们会有自己的一份认可，也会祈祷那样变态的时代那样压抑的爱情，不要再出现在我们的生活里。

然而，不压抑以后呢？以后的人间故事、爱情消长呢？

如果静秋、老三他们不是处在那样一个政治被无穷放大、人欲被无穷压抑的年代，而是生活在今天——情侣之间可以在大街上随兴拥抱亲吻，甚至可以有媒体组织情侣进行接吻大赛，只要有欲就可上床，也许那种灼伤人心的疼痛就少得多了。再假设老三不死，和静秋结婚生子过上平凡日子，也许静秋的原型也写不出这本《山楂树之恋》的母体。他们的爱情就会像所有人一样，沦于平凡和平淡。

和一个老友讨论，他说很多事情，发展下去，最终的结局很可能与现实的结局不一样。他竟设想，比如老三没死，和静秋结了婚，改革开放了，由于家庭的背景，开公司经商发了财，然后会怎样呢？很可能在灯红酒绿、金钱美色面前，先出轨，再背叛，然后二人离婚。这样的结局才是真正的悲剧吧。

不禁想到人世间的其他故事，想到一些伟大的中外名著。比如《红楼梦》。林妹妹和宝哥哥的爱情，如若不是处在那样一个不能自由恋爱、只能眉目传情的时代，而是交织着酣畅淋漓的性爱，生活在渴了就饮，一想就上床的今天，他们的爱情也许就不会让人唏嘘三生，林妹妹也绝不会泪尽而亡。在那样一个爱情遭受种种禁锢的封建时代，宝钗也只有通过每天吃“冷香丸”来压抑自己内心的热望与真情。所以我有时想，林妹妹和宝姐姐，其实都是先后死于性压抑。——按曹雪芹的原稿，宝钗和宝玉结婚后实际上是无性婚姻，宝钗最终的结局是郁郁而死。曹公当然写不出“性压抑”这三个字，然而就是通过宝黛钗三人的婚恋悲剧，表现出这种绝大的人性摧残。所谓“演出这怀金悼玉的红楼梦”，曹公不仅悼亡黛玉，也怀念宝钗，还有大观园中所有那些被人性摧残的出色女子。这应该是这部伟大的人性人情小说的主旨之一。

那么我们要问：“是否伟大的、纯洁的、刻骨铭心的爱情，都是阶段性的？在那个阶段因生命结束或者因无缘分离而定格了，就是伟大纯洁的爱情典范？如果继续下去，要么归于平淡，要么走向变心和背叛？”《山楂树之恋》是否给我们这样的启示？友人激烈诘问：古今中外的大文豪、大艺术家，其爱情以轰轰烈烈、刻骨铭心始，以喜新厌旧、移情别恋终。这样的例子是否太多了？

我想告诉他：爱情本身就是烟花绽放，在晨梦朝霞之间，显现她蚀骨的魅力和能量。谁也捉不住爱情的精灵至永恒。谁又能留住刹那的电光石火于寂寞的人世？人世间，爱情是短暂的，爱的咏叹却是永恒。感天动地的浪涛最终会栖伏于平静的大海，惊心动魄的瀑布归宿竟是波澜不惊的深潭。轰轰烈烈的情爱渐变为平平淡淡的相守，这也许不符合人性，但却是人生的本来。

姑且不论变心和背叛，设想静秋和老三渡过劫波，最终平淡相守，我也真心为之欢喜祝福，因为这恰恰是命运对他们的眷顾。爱情可以轰轰烈烈，生活却只能平平淡淡，唯有平淡才能永久，才能细水长流。平淡才是人生的常态。平淡中散发着温情、亲情、友情。没什么不好。

我想，爱或许短暂，但情却永久。爱需要舞出浪花时时创新，情却静水流深回头就在。爱情是燃烧的火焰，说不定会灼伤彼此，温情却是温暖的橘红色灯光，给孤单的人生以踏实。爱是酒，情是茶，大醉大醒容易伤身，细细品茗却可养生。曾经沧海的我们或许更渴望的是平淡而真情的相守，人到中年也才能真正做到不惑。持久而温柔的情爱，不是花前月下情人节的巧克力和鲜花，而是平常无数琐碎日子里的一饭一蔬，是每晚的一杯清茶和茶几上洗净的苹果，是于幽暗的命运中，平和安宁地彼此携手，仔细踱完属于两人的小路。

马上又是中秋，月轮又满，年华似水。但月不能长满，水不会长盈，爱不可长烈。“此生此夜不长好，明月明年何处看”？这是我非常喜爱的诗句。所以我们唯有珍惜。我们是会沉湎圆满浓烈时的美好，但也更珍惜生活虚持常在的过程。

这样一想，类似《山楂树之恋》的故事或回忆，只能就是心底深处那最初的生命印证与爱情感伤，是你、是我、是他，是我们青春年少时光的纯洁与梦幻。写出来的有此一部，没有写出来的，也许多着呢。

河流　生命　爱情

——乐声与记忆　我心中的《伏尔塔瓦河》

多年以前，一次偶然的机会，我从朋友处邂逅了它——《伏尔塔瓦河》，从此就爱上了它。

我喜爱的音乐大都局限于古典，然而古典音乐种类繁多，各有风情，浪漫的、整饬的、诗意的、辉煌的……我的喜好犹如瓶中之水，随物赋形，婉转随意，不会死板苛刻。捷克斯洛伐克著名作曲家斯梅塔那的交响乐曲《伏尔塔瓦河》，以它优美壮阔的画面，光明律动一如生命行进的旋律，以其饱含生活与土地芳香的激情，让我一听就铭记不忘。这部交响诗，一直和许多经典的古典音乐一起，伴随着我起伏跌宕的命运，在我忧伤孤单的时候，给我慰藉和清凉。前两年看火爆大陆的电视剧《金婚》，突然被一段熟悉而又遥远的旋律惊动。凝神细听，果然是它——在我梦中深潜的斯梅塔那的交响乐曲《伏尔塔瓦河》。

《伏尔塔瓦河》是斯美塔那的代表作、交响诗套曲《我的祖国》中的第二首交响诗。《我的祖国》在音乐史上有着极高的地位，历来被认为是捷克民族交响音乐的起点。作品充满了爱国的激情，乐曲结构宏伟绚丽，音乐形象绚烂而富有诗意。而就是这样一

部载入音乐史册的作品，却是在作者耳聋后精神失常的状态下完成的。斯美塔那这个天才式的人物遭遇了和贝多芬更加不幸的命运，他的耳聋引发精神病最终住进疯人院，《我的祖国》即创作于此时。当我喜欢上这首名曲进而了解到作者身受的巨大不幸，不禁惊叹人的生命巨大的潜能与伟力，感慨人类命运和人的生命百折不挠和最终的奇迹——就像他笔下的母亲河——伏尔塔瓦河，历经曲折、回旋，终至奔腾壮阔一样！

《我的祖国》套曲中最动人最著名的就是第二首《伏尔塔瓦河》。伏尔塔瓦河是捷克民族的摇篮，在捷克民族的地位，一如我们中国的黄河。这条母亲河由南向北纵贯美丽富饶的国土，沿途无尽的风光和人类壮美的生活，在我凝神闭目的聆听与遐想中，宛若一幅长轴画，无比鲜活妩媚地展开。

交响诗的引子采用长笛和单簧管的柔美音色，描绘出伏尔塔瓦河源头的两支潺湲的山泉，流淌汇合、渐渐奔腾壮大的情形。小提琴的拨弦，竖琴的泛音，那是溪水卷起漩涡，溪流冲击着卵石哗哗作响，浪花在阳光下陶醉着闪闪发光。弦乐声渐渐宽广，小溪已从高山流淌下来，两岸一派田园风光，河风清新，森林茂密。猎人在山间奔跑，召唤野兽的号角在岸边激荡；大河流过蓊郁的山峦，大河流过鲜花芬芳的草岸。这时便出现了最为著名的、河流回旋、奔腾、向前的主题。每每听到这里，我心下有莫可言状的喜悦。是那样庄严端丽的节律，是那样光明从容的生命。村庄、劳作、人们的歌舞，还有婚礼，你都可以尽情地一一想象；天真而明丽的青春容颜，爱与生命所有的激情和欢乐，你都可以在大河的奔涌中，看见她们！渐渐的，乐声渐小，夜色四合，河水婉转奔流，月光下一群

水仙女唱着歌，在水面嬉戏……

柔和的长笛导引出朝霞，河流迎来崭新的一天，木管乐轮番奏鸣，大河必须要穿过峡谷，穿过最为湍急的海滩，那是生命中最凶险逼窄的境遇，激流冲击着石坎和峭壁，浪涛在峡谷中掀起巨浪，发出雷鸣般的轰响。伏尔塔瓦河动荡着、回旋着、奔腾着、宣泄着，终于它冲破阻遏的一切力量，冲过痛苦的漩涡，进入宽广的浩荡的河面，而终至宁静浩瀚！我看见它重又获得生命的喜悦，那样从容，后浪推着前浪，如此大气如此安详，流向无尽的远方……

这样的河流难道不是人的生命历程的缩影？比如斯美塔那，他一己的命运其实不就是他笔下的大河吗？他经受了巨大的痛苦和身心折磨，最后却奉献给我们诗一样辉煌的精神食粮。而所有的芸芸众生不都是这样？我们的生命初生，一如溪流，明净弱小，我们度过了少年芳草萋萋的河岸，猎人的号角和仙女的歌声曾缠绕我们青春多梦的岁月，我们迎向丰盈壮大的成长，那儿，河流激情四溢，向前奔腾，那是五月鲜花盛开的时光，我们欢乐我们歌唱。然而人生的瓶颈来临，大多数人的命运，注定要经历过逼窄的险滩峡谷，勇敢而坚定的心，就此历练而生，丰富而博大的灵魂，也就此锻造而成。顺应它或者搏击它，就会迎来生命从容而宽广的境界。

这样的河流难道不是主宰我们一生的爱的过程的写照？爱情的命运又是什么呢？不就是一条大河流经的岁月和历史吗？她的初生、婉转、欢乐、奔腾，她的痛苦、呐喊，挣扎、回旋、搏击，她最终的宁静、安详、宽广与谦卑，多像一条河的命运啊，多像伏尔塔瓦河那令人陶醉的节律！

我爱《伏尔塔瓦河》，因为它像我奔腾跌宕、从未停歇的命运，像我一生拥有的悲喜莫名的爱情！

追梦人

——乐声与记忆

刚开年，从传媒中得知台湾帽子歌后凤飞飞走了，不由想起多年前与她歌声的一次刻骨铭心的相遇。其实人的成长和人生的历练，就是一次次相遇的过程：或是人和书的相遇，人和艺术的相遇，人和思想的相遇，人和美的相遇，当然，还有人和人的相遇……

记得那是1991年，我路过一个破败冷落的陌生城市，在霓虹灯点缀的初夏夜晚，人来人往的车站街边店铺口，正热播着台湾电视剧伍宇娟版的《雪山飞狐》，一个忧伤中尽含婉转的女声歌喉飘到我的耳边。要唱出人生的追怀不难，难得是唱到那般细致，似不动声色却声色满怀。我一下子停住了匆匆的脚步，凝神听着，不由呆住了。那素朴辽远的旋律和宽柔寂凉的声音，还有尘世无处不在的忧伤，生命孤旷悠久的滋味，将我深深裹住，从此不得忘怀。

因为这次相遇，我就此喜爱上这位音质自然柔美的一代歌后，也让我从此永远记住了一个名字：罗大佑。这是一首让人一听难忘的歌，《雪山飞狐》的主题歌《追梦人》：

让青春吹动了你的长发让它牵引你的梦
不知不觉这城市的历史已记取了你的笑容
红红心中蓝蓝的天是个生命的开始
春雨不眠隔夜的你曾独眠的日子

让青春娇艳的花朵绽开了深藏的红颜
飞去飞来的满天的飞絮是幻想你的笑颜
秋来春去红尘中谁在宿命里安排
冰雪不语寒夜的你那难隐藏的光彩

看我看一眼吧莫让红颜守空枕
青春无悔不死永远的爱人

让流浪的足迹在荒漠里写下永久的回忆
飘去飘来的笔迹是深藏的激情你的心语
前尘后世轮回中谁在声音里徘徊
痴情笑我凡俗的人世终难解的关怀

《追梦人》的旋律和歌声，是我关于《雪山飞狐》的青春记忆，这歌声也从此如梦随形，和我不离不弃。后来我知道了，它也是罗大佑对刚离世的好友——同样是追梦人的传奇女性三毛的深情纪念。这些年，我不断买来罗大佑的磁带，喜爱他的《恋曲1990》、《海上花》、《痴痴地等》还有《思念》、《是否》、《歌》、《滚滚红尘》等歌曲，当然还有凤飞飞演绎的《追梦人》。它们曾被

我狂热习听，每听都会久久陶醉，心意缠绵。罗大佑这位身兼作词，作曲甚至主唱的乐坛奇才，他特有的打破汉语语法的歌词韵味，他特有的略带沙哑与沧桑的歌声，被我长时间细细抚摸迷恋。我想，他也是一个活在自己独有世界的追梦人吧？他的许多作品，于音乐旋律和词句天衣无缝的婉转结合里，是爱情的执著沉沦和忧伤徘徊，是都市红尘怪诞迷离的荒凉，是遗失精神家园现代人的孤独挣扎，是现实与梦想的错位碰撞，是无情世界与有情人性之间的痛苦抉择。他的作品，有批判，有质疑，有控诉，更有一个艺术家的思索与良知。肖复兴在他的《音乐笔记》中曾这样评论罗大佑，他写出了“商业社会中人们的得到与失去，物质与精神的反差，心灵的干涸与渴求，写得平易却让人感喟，让人面对一些东西，思索一些东西。而不只是被流行淹没或在流行之中找不着自己”。

所谓流行又是什么呢？在当今，一切的艺术都被娱乐化和庸俗化的沉沦年代，音乐的风尘沦落几乎是不可避免的事。不是么？有一天，你走在大街上漫天价都放着“你是我的情人”，过一阵子变成了“两只蝴蝶”漫天飞，又过了一阵子化成了“老鼠”和“大米”之间的缠绵。所有的人生感喟都是那么的浅薄粗粝，一切的抒情意象又都是那么苍白乏味。这些所谓的情歌铺天盖地充斥在城市的每一个角落，然后又以最快的速度被替代被遗忘。我们千年前的宋人也写“流行歌曲”，那些歌台舞榭里浅吟低唱的清丽小词，脱掉了音乐的套衫，词句仍能千古独步，让后人低眉倾心，让我们咏怀叹息。而今天，我们能给后人留下什么呢？这样一个快餐文化的时代，什么都像倾倒垃圾一样的消费，各领风骚三五年，然后迅疾消失在迷离的流行大潮中，无影无息。

只有二十世纪七八十年代，一些港台音乐人，他们纯粹执着，固守一份良知，营造高于生活的梦境又直面现实的沉沦，为我们留下了流行乐坛难得的上乘作品。比如已故的黄霑，生性豪放加上深厚的古典文学的造诣，给流行乐声打造了至今都难以企及的经典。还有李宗盛，林夕，当然还有我挚爱的罗大佑。而凤飞飞、徐小凤、邓丽君、蔡琴这样独守情怀的女艺人，也为我们平淡庸碌的生活，添上了做梦和追梦的一抹亮色、一点红晕。

我们都在像沙漠一样浩瀚的都市求生，挣扎在尘世的海洋里。凤飞飞的离去，宣告了一个让人怀念的经典流行音乐时代的终结。罗大佑也沧桑向老，成都的个唱，只能唤起人们久远的依稀的感动。二十年过去了！我忘不了那个沉淀在记忆深处的陌生城市，那个既喧阗闹热又寂寞冷清的街市拐角，我和追梦人相遇，我和我心中如狂的哀伤相遇。从此这样清醒又这样甘愿沉溺。这多年，我和罗大佑、凤飞飞，还有那个流浪沙漠的三毛，骨子里是一样的吧？也是自己的追梦人，浸淫红尘，看透一切，又执着一切，虽这样卑微、却又这样端然。春花秋月，烟视媚行，华发虽生，仍坚守内心的一份挚爱。这样的人是干净入骨的，这样的音乐也是干净入骨的。我于是写下一点点的心伤，这心伤也必将随风而逝。就是这样的一点点：

“这样的眼睛这样的身影到底在说些什么？这样的想念这样的真情像梦境的传说。是你的阳光是你的包容紧紧地扣住了我，是你的拥抱是你的甘霖像古老的传说。”（罗大佑《传说》）

圣　泉

——乐声与记忆

从小生长在一个热爱音乐的家庭。母亲爱唱歌，会唱歌，她在职时曾当过音乐教师。父亲京剧唱得极好，二哥二胡拉得极好，大哥也吹笛子，我就学小提琴。那样清寒的家庭却从不乏乐声和快乐。

记得儿时在庭院乘凉，躺在睡成枣红色的竹床上看星星，妈就在一侧的藤椅上教我唱歌。这样的记忆犹如珊瑚深藏海底，沧海月明之夜，便会泛出令人神迷的光泽。

她唱《花好月圆》，音韵顿挫，声调柔软飘逸得像头顶星空的银河；她唱《我家在江南》，二十世纪三十年代曾风靡一时的老歌，我不仅会唱，还让母亲一句句将歌词读来我记，写在笔记本中。因为我爱极了它的旋律和优美的词句。这首老歌伴随我上学离乡后的许多年。后来辗转飘泊，那本记载我许多心思断片的笔记本弄丢了，已记不全歌词，现在百度一搜，竟然被我搜到完整的歌词，据说是蒋介石先生写的。看着那些如此熟悉的歌词，如对多年未见的故人，悲喜莫名，白日煌煌，却如处梦中。为纪念这段音乐因缘，将歌词特录于此：

我家在江南，
门前的小河绕着青山。
在那繁花绿叶的城池，
我懂得怎样笑，怎样歌唱。

啊，我江南！
春二三月，莺飞草长，
牧女的春恋，在草原荡漾。
啊，我江南！
麦田的微风，
吹醒了夏夜梦，
明媚的星星，点缀着蓝天。

啊，我江南！
秋水哟，共长天一色，
晓风残月，轻拂着杨柳岸。

啊，我江南！
寒鸦点点，带来了鹅毛雪，
殷红的渔火，
独照着江滩。

啊，我江南！
水样的柔情，

露样的清香，
梦样的温存，
云样的迷惘。
啊，我江南。
千遍万遍唱不尽我的怀想，
啊，我江南，
别离时，我们都还青春年少，
再见时又将是何等模样……

母亲还喜唱李叔同的《送别》，我一听难忘，一下子就学会了。它的旋律和母亲的音容，成为我少女记忆中最温柔迷离的影像之一。夏夜的熏风、庭院一侧的古樟窸窣摇曳，广大又透明的夜色，充满动荡不安和阴凉的气息，恰好和这样凄迷阴柔、忧伤克制的词句匹配。在我十二三岁深夏的夜晚，我和李叔同相遇，我对李叔同的微妙兴趣，便是从这首歌开始，便是在这样的情境下开始。漫天星斗垂似露，一钩弦月去无声，少女的心只有莫名的沉醉。这种对美的境遇的沉醉以致成为一种心性，至今不变。

长亭外，古道边，芳草碧连天
晚风拂柳笛声残，夕阳山外山
天之涯，地之角，知交半零落
人生难得是欢聚，唯有别离多

长亭外，古道边，芳草碧连天

问君此去几时还，来时莫徘徊
天之涯，地之角，知交半零落
一壶浊酒尽余欢，今宵别梦寒。

后来上大学，临近毕业即将和母校和同学分离，便常哼唱起这歌，我明白了我为什么爱它——那极其舒缓优雅的旋律与意蕴，很难不使它成为中国的名曲——尤其是在新旧交替、道术裂灭的二十世纪。这首歌已经成了新的“阳关三叠”，“四千余年古国古”的二十世纪中国人，已经用这首歌“送别”了太多的东西。

我想说的是，一首歌或一阙音乐，打动你并让你记忆终生，影响你的心性和人生，不仅取决于音乐本身的魅力，也取决于当时的生活与自然的情境，是否能天意般诗意地和音乐契合无间。

一次秋日周末清早，穿着睡衣的我，闲步至阳台，一束清晨柔和之极的阳光，从深秋斑斓的梧桐叶间斜切下来，投射到我的身上，有几片梧桐叶仿佛被明亮的光线感动，旋转着悄然落到地面。当时我正戴着耳机听音乐，是芭芭拉·史翠珊独唱的巴赫《圣母颂》，那天籁般的声音浸染得细腻哀伤，盘旋而上，却难掩无比的温柔和慈悲，就像一束温暖的光从圣母的天庭照彻到我的头顶。音乐动人的意蕴和我面对的自然如此吻合、吻合得如此美妙，若神祇降临，将我全身笼罩。那是我听到的最好的《圣母颂》，那是我最神奇的心灵体验。多年过去，我仍然难以忘怀。

《二泉映月》的旋律是从小伴我长大的。我二哥最喜爱拉的曲子就是它。然而真正将它铭刻在心魂深处的，是一次身心苦痛孤独的体验。大学毕业两年后的深冬，我独自在医院准备动甲状腺手

术，固执任性的我，竟然不想通知任何亲人，是怕父母为我担心，也是从小养成的怪癖使然。上手术台的前夜，我失眠了。那是我平生的第一次手术。我很孤单，也很害怕，独自带着耳机一遍遍听《二泉映月》。窗外是冬日料峭无叶的银杏树枝，在清冷的月色下闪着银灰般的光，犹如命运之手触摸着寒冬，也触摸着我孤独的心。磁带效果极好，耳机也非常有共鸣感，音乐的节奏充盈着我的身心，又仿佛充盈于暗夜的天地间，一遍遍轮回的旋律，尤其是二胡最后的齐奏，无比的哀伤又无比的矜持，哀而不伤，放而有节，那样的深情、温柔、从容与尊严。我从中领悟到一种生命的力量，一种命运的慈悲。先前的害怕孤独感慢慢消失了。我从音乐中获得了平静与自足，也让我和半个世纪前的瞎子阿炳有了一次心灵的相遇。

唉！还有多少这样的记忆呢？我心目中的音乐？《乘着歌声的翅膀》、莫扎特的《安魂曲》，还有曾是我最爱练习的小提琴曲——舒曼的《梦幻曲》，马斯诺的《沉思》、萨拉萨蒂的《流浪者之歌》、维瓦尔第的《四季》中《春》之乐章等等，每一首让我终生难忘的音乐往往和当时生命的情境、和自然的情境紧密相关，唯其如此，音乐深藏的泉眼才能被有缘人惊喜地相遇和发现。

人这一辈子，这样和美、和自然、和艺术相遇多了，她的生命自然会富足，会坚韧，就会深懂生命中深藏的神秘力量，她的心灵就不会像一颗久藏的苹果，干枯变质，就不会被人生一次次的磨难击倒、不被凌厉深重的爱恨吞噬。

我感谢音乐的圣泉，我愿终生接受她的沐浴，她的眷顾将比所有的情爱更持久，也更温柔。

执迷者悟

佛招弟子，应试者有三人，一个太监，一个嫖客，一个疯子。

佛首先考问太监："诸色皆空，你知道么？"

太监跪答："知道。学生从不近女色。"

佛一摆手："不近诸色，怎知色空？"

佛又考问嫖客："悟者不迷，你知道么？"

嫖客嬉皮笑脸答："知道，学生享尽天下女色，可对哪个都不迷恋。"

佛一皱眉："没有迷恋，哪来觉悟？"

最后轮到疯子了。佛微睁慧眼，并不发问，只是慈祥地看着他。

疯子捶胸顿足，凄声哭喊："我爱！我爱！"

佛双手合十："善哉，善哉。"

佛收留疯子做弟子，开启他的佛性，终于使他成了正果。

以上是周国平的一段文字，标题是"执迷者悟"。文字经得起一读再读。哲理经得起一品再品三品。

一品：

先执迷，后超脱；

大执迷，大超脱；

不执迷，不超脱；

大执迷，大悲苦；

大悲苦，大觉悟。

佛陀如是，老托尔斯泰如是，苏子如是，宝玉如是，李叔同如是……

天下一切痴迷而具夙慧者莫不如是。

再品：

人们大多死于他热爱的事物。悟透此理，方能得道。

多情必至寡情，勇于爱者必勇于决绝。

油滑世故者难有慧根，疯子痴者心有净土。

悬崖撒手的大多是性情中人。

三品：

执迷者悟，唯执迷者才能悟。

唯遍历红尘万象，才后知虚妄，

唯深陷爱欲之苦，方后得了悟。

不垢不净，无色无空。

曾经绚烂，方能平淡，

曾经沧海，方悟一勺。

悬崖撒手，必须人到悬崖；

回头是岸，必须尝尽苦海。

上帝的窗子

朋友向我推介看了一部叫《贝拉的魔法》的电影，被故事的温情和美好所感动。欣赏摩根·弗里曼主演的残疾作家老头，更喜欢那个善感精灵的小姑娘。一向推崇人与人之间细腻情感刻画的作品，整个故事洋溢着我喜欢的氛围，温情总出现在最适宜的时候：

“不要停止寻找不存在的东西”！

“人最大的享受，就是寻找相爱的人”！

这是里面最经典的两句台词。也是揭示影片主旨的点睛之笔。

这部影片莫名让我想到上帝的窗子。残疾老头的窗子就是那小姑娘。没有小姑娘的出现和她的“魔法”，摩根·弗里曼还将在酗酒里挣扎消沉下去，没有这扇窗子，他也遇不到拯救自己灵魂的温情的爱。人在困厄时，上帝其实都关注着，为你一直打开着一扇窗子，但狡黠的上帝不会轻易让你发现，神知道人的需要，也知道在最合适的时候，为你打开你需要的窗子：

它潜藏于你本有的慧心和不屈之中，就看你是否有心蓦然回首，在那灯火阑珊处，有照彻你灵魂的温柔光芒，让你新生，让你有了活下去的理由和力量。

有时候，上帝的窗子以残酷的方式出现，你要是能走过去，前

面就是蓝天；

有时候，上帝的窗子以痛苦出现，事实上，痛苦比一千次欢乐对你更重要，给你的启示更大；

有时候，上帝的窗子化身为爱情，终生不渝的爱与激情是最动人的上帝之窗，它是苦痛之源，但也是创造和生命之源。化痛苦为欢乐在于个人的造化和创造的潜力。

摩西带领以色列人出埃及，前有红海后有追兵面临绝境，他的窗子就是东风起，红海开，陆路现。那是上帝的神助；

诸葛的窗子同样是东风，还有空城琴音，他的窗子是他的智慧和神算；诸葛亮就是刘备山穷水尽时的窗子；

孙膑髌刑，就是他的窗子，《孙子兵法》由此诞生；

宫刑就是司马迁的窗子；

屈原放逐就是他的窗子，《离骚》以此成为千古绝唱；

贬谪黄州就是苏轼的窗子。黄州四年，他平生最著名的篇章几乎都写于此，东坡居士的别号也起于黄州，黄州是东坡人生境界的转折点，是他生命里最伟大的窗子；

李白的窗子是酒；

杜甫的窗子是战乱；

王维的窗子是佛；

李商隐的窗子是爱，“无题”的爱成就了他；

南唐后主李煜的窗子是国破家亡，不然怎有“问君能有几多愁，恰似一江春水向东流”的千古绝唱？

李清照的窗子是生死离别，家国愁恨；

纳兰性德的窗子是他早逝的妻子，他便“辛苦最怜天上月，一

夕如环，夕夕长如玦！但似月轮终皎洁，不辞冰雪为卿热！”呕心沥血，使他成为李后主之后又一至情血泪词人；

蒲松龄的窗子是终生科举失意的块垒“孤愤”；

曹雪芹的窗子便是繁华一梦到绳床瓦灶生活的沧桑巨变：

三界洞开，红尘一窗，让他痴狂十载，未尽而亡；

一代情僧仓央嘉措的窗子就是他心中永恒的情人玛吉阿米。他用毕生的经历和唱给情人的情歌，在藏传佛教史上留下重要一笔，让我们红尘众生明白佛教的教义之一：那就是一个“情”字。

贝多芬的窗子就是耳聋，是他永不停歇的激情；

柏辽兹的窗子是史密逊这个让他一辈子魂牵梦绕的女人，《幻想》交响曲因此诞生；

卢梭的窗子就是聪慧富有的华伦夫人，没有华伦夫人，就没有《忏悔录》；

疯狂就是梵高的窗子，也是尼采的窗子；

歌德就是席勒的窗子，两位天才互为窗子；

勃拉姆斯对他师母克拉拉终生不渝而又隐忍克制的爱，是他一生巨大成就的窗子，这个一生未婚的人为她创作了几乎所有著名的作品；

罗丹的情人卡米尔就是他的窗子，伟大的天才背后，才情卓绝、甘于奉献的女人就是他的窗子；

上帝之子耶稣，也有他伟大的窗子，那就是众生现世无穷无尽的黑暗苦难和漂泊呻吟！

乃至佛祖也有窗子，他的窗子就是王子时目睹生老病死的巨大震撼，一颗慧心对生命的颢悟、对生命的慈悲由此而生；

……

看到一幅画：一个酮体绝美的裸体女子背向一个年轻俊秀的僧人跪坐着，她深深低垂着头，瀑布般的长发遮蔽了她羞愧的容颜。僧人盘腿合十打坐，也背向女子，他紧闭双眼，稳如磐石。这幅画让我心思难平：这个背向而跪的裸体女人，就是背对的合十打坐僧人的窗子！他们互为窗子。裸体女这个窗子，历练僧人的灵魂，锻造他的佛心！证悟他的菩提！

但佛的终极意义不是慈悲吗？普渡众生的慈悲！那合十打坐的僧人，也是裸体女人的窗子。她在痛苦羞惭中低下头来！生命最奇妙神圣的，莫过于动人的人体。文艺复兴的伟大，即肇始于对人体、人性本身的发现和弘扬。无视最洁净的人体和人性，无视洁净生命中最精致细腻的人性，我不知道佛的本意是否如此？

“在约束中能够自如，就是自由”，在痛苦中能够自得，就是佛心，在隐忍中能够慈悲，就是境界！这是我能想到的。

人世间奔波劳碌、为情所困、为生活所困、为名利所困的芸芸众生啊！我们每人的窗子在哪里？人生至美至善至真的精灵之光在哪里？那圣洁伟大的生命之光，是在上帝的窗子那儿吗？抑或是在每人的心里？在我心里吗？在你心里吗？多少人，终其一生没有发现那来自心灵天堂的窗子，在混沌、黑暗和麻木中度其一生，在无聊、无奈和挣扎中消磨了生命。

我是谁？谁是我？我来自何方？又将去往何处？我的使命是什么？我为什么而活？什么才能让我安宁？这些永恒的困惑徘徊在多少善感的、孤独的人心田。

那么，你的窗子在哪儿呢？我的窗子在哪儿呢？

第五辑　萍踪浪影

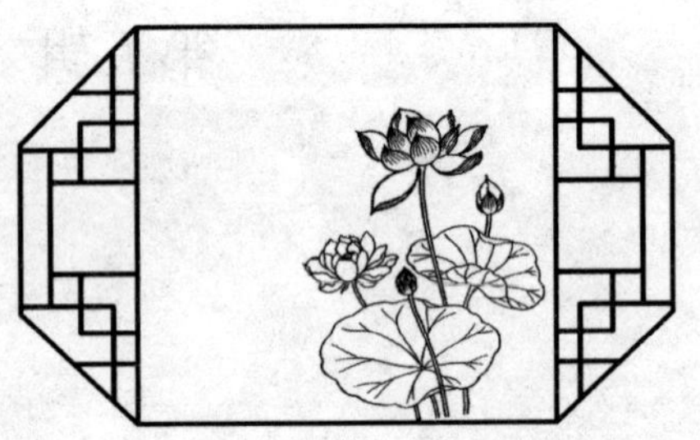

港游记快

曾在各种媒体中频繁露脸的香港，其实对我们并不陌生。然而真正踏上这块神奇的弹丸之地，人还是容易迷惑。一周的行程下来，我对朋友总结了一句话，香港，这个历尽繁华和蜕变的东方明珠，不愧为集风光、购物、游乐一体的人性之城。

香港极擅山水之胜。这块风水宝地，有几个特点：

一是山多平地少，所以城市道路回环往复，犹如迷宫上下，却尽显巧思。连所有大学都不以广阔轩敞取胜，却以玲珑有致、迂回深密见长。我们参观的香港理工大学就是如此。在这块翡翠般的岛屿上，树木蓊郁，视野葱绿，到处绿意盎然，看不见有黄土地裸露于外。因为出色的城市规划和人文管理，虽说车流如过江之鲤，但井然有序、寂静无声，令人难忘。和灰扑扑的内地城市车流堵塞、喇叭刺耳大为异趣。

二是海岸线蜿蜒曲折、琅然深秀、岛屿点缀、散布有致。但凡一个地方，山水必是佳偶，山水定要相依才能明媚深秀、蔚为壮观。山依水则灵动轻扬，水环山则深幽秀丽。而香港的水更是一望无际的海水，与或葱绿、或深黛的远近岛屿相缠相连，故而山环水绕、气象万千。

登上香港太平山和海洋公园的山顶，极目四望，海风扑面，香港风光之美尽收眼底，令人叹为观止。蓝天白云在上、碧蓝大海在下，光线变幻、视野无穷，碧波如镜的海水、曲折蜿蜒的浅水湾和动人的海岸曲线，我的相机随处拍下的都是妙境丽景。仰望头顶湛蓝透亮的天空，你会想到雨果名言：世界上最广阔的是大海，比大海更广阔的是天空，比天空更广阔是人的胸怀。在这样的大海蓝天的背景下，人的心胸是会尘虑尽消的。

我曾去过内地许多著名的海滨城市，大连、三亚、上海、烟台等等，还在青岛呆过两三年，只有海南三亚的海水可与香港一比，但却缺少了香港那么湛蓝明丽的天空、缺少了那一团团温柔变幻的洁白云朵点缀。细想想：也许这一切都要尊环保之功、拜环保所赐。香港没有工厂没有重工业，没有污染的天空和水源，就像西欧一样，到处干净、清净、宁静。西欧一些发达国家也好，美国也罢，加拿大也好，澳大利亚也罢，政府将许多足以污染环境的工业工厂都移到中国来了，这也是周瑜打黄盖的事，我们中国要图发展，当然需要引进外资了。然而，更重要的是：确实要归功于人家强烈的环保意识。

那一周看惯了香港的蓝天白云，一回到珠海，就觉得天灰暗了，地上也见到亲切的纸屑、垃圾了。厕所也嗅到了熟悉的味道了，大街两旁的树木也恢复照常的灰头土脸的模样了。就不必再说北京几乎看不见蓝天白云，“白日依山尽”中美丽的太阳变成咸蛋黄状、太湖的水臭不可闻这些大家已见怪不怪的事情了。比起国外晴天碧海还天天大叫保护环境的人们，国人的环保意识差得太远了。在国内“环保”基本上就是个符号，是社会流行使用的一个词

汇而已。从国外人人自危的环保意识，从抵制塑胶袋改用布袋购物的积极举动，对比中国塑胶袋满天飞，垃圾到处堆，凸显出中国环保教育的巨大差距。

说到底，风光之美一半天然、一半人文。我想到了香港维多利亚海港的夜色，称其为璀璨夺目的东方明珠真是一点不为过。我们乘坐豪华游轮在港湾徐行，落日已尽，余晖尚在。毗邻海湾的港岛和九龙两岛寸土寸钻的无量大厦便灯火齐放，随着夜色加深，各色灯光、灯柱、灯花倒映海面，流光溢彩、上下辉映，海上灯，灯中海，四维火树银花，香港这时简直成了绮丽妖娆的海妖魔境，成了色相万端的万花筒构筑的五色世界。香港之美也便达到登峰造极的地步。去了香港，没欣赏维多利亚港令人目摇神迷的夜色灯火，等于没去香港。老子说："五色令人目眩，五味令人耳聋，五味令人口爽（不合）"。他认为声、色、味是人生的三大欲，都是要敬而远之的。我估计老子若不幸去了香港，再不幸领略了维多利亚港令人惝恍迷离的夜色，那万家灯火的变幻与绽放，一定会让这个主张清静无欲的哲人大喊头疼。但我们是现代人，可以从容而沉醉地享受这美妙的一刻，我们还是要在这样的美面前目瞪口呆。

美有许多种形式，这种和现代文明齐生的繁华绚烂，呈现的是人类文明无与伦比的创造之美和人文伟力。就像在真正宁静和谐、大美无言的大自然面前一样，面对人类文明的高度繁荣，面对那无量璀璨中无声的狂欢、无言的喧嚣，人们也只能俯首赞叹。

平时，我们每个人总是无暇过问自己的灵魂。每天忙忙碌碌，为各种欲望驱使，而让自己目昏耳聋、心灵蒙垢。你能看见自己的灵魂吗？你能感受他人的灵魂吗？少有的时刻。当你因思念亲人而

落泪，因遇见故友而开怀，因同情他人而慷慨，因丑恶无聊而愤怒，因良辰美景而激扬，你就见到了灵魂之光，绚烂而珍贵。当你低头忙碌日常琐事时，灵魂是沉默无声的，虽然它无时无处不与你同在，你仍然麻木不知，只有真真切切感受到灵魂之光带来的畅快时，你才会抬起低沉的头，睁大迷茫的眼，如饥似渴地追寻灵魂的踪迹。

我想：一个拥有灵魂后花园的人，在生活的某一时刻，会因某种契机，感受到来自灵魂的召唤，更加向往一种尊严而充实的生活。这样的生活，才是人所应该拥有的。

香港之行，就是这种契机吧？

此心便与此山盟

多年来浪迹天涯，从西北的戈壁到海南的海角，但却没上过庐山。总觉得离我很近，抬脚就可去的，却没料到一直延宕了这多年，直到今日，方才如愿。犹如私慕半生的情人，却无缘贴身感受其气息，那滋味是百转千回的总在那儿，清宵白夜的不离不弃。不管你信不信，反正有人是信的。

庐山等着我的赤脚亲吻，等着我的明眸抚摸。我是真的陶醉了。这座近在咫尺的人文圣山，以她的缠绵多变的云雾，以她的幽深葱茏的山谷，以她顾盼神飞的飞瀑，以她的忽晴忽雨的生动，还有那风情摇曳的欧美情调的小镇，征服了一颗容易感动痴迷的心。山行数日，总情不自禁面向群山高喊：庐山，我来了！庐山，我要走了！好像是对我梦中情人的轻唤一般热情！难道真的是轻轻地挥一挥衣袖，不带走一片云彩？不是啊！我带走了庐山阴晴变幻的云彩，气象万千的秀丽，还有那方水土里深厚诡谲的历史烟云。

在我的照片里，在我的记忆深处，那是不会褪色的温柔。

最先一定是要去含鄱口。含鄱口是庐山最负盛名的胜地，在那儿可以远眺中国第一大淡水湖鄱阳湖，可以纵览庐山最高峰五老峰，尤其是同伴一再渲染二十多年前含鄱口带给她的震撼，这些铺

垫和暗示对我起了作用。故而我们第一个直奔的景点就是含鄱口。

入夜下榻牯岭镇的翌晨，我们一睁眼，没有犹疑就向那儿进发。然而庐山仿佛是故意捉弄你的情人，第一次抵死要弄些花样不让你轻易得见。只见一片幕天席地的茫茫云雾，迎接着我们欢喜雀跃的身姿。含鄱口在雾中深藏，偶尔一片稀薄的阳光乍现，更显得周天迷蒙，天地宛若混沌不开的洪荒。我的同伴唉声叹气，捶胸顿足。而我貌似非常达观地开导她，一边悄悄对自己说：哼，我一定能看得见你的真容，我就不信自己没有这样的福气！因我偷听到那些拿着小旗子的导游的话，说庐山一年365天有一大半的时间是云雾天，很难见到含鄱口的真面目。除非他是个有福气的人。我相信自己的直觉，有心人，天不负，庐山能负我么？

果然，对我们的痴心，老天还是怜悯的。第二天下午朝拜了五老峰后，我们决意再探含鄱口，这次我没有那么镇静了，临近口界的一大段上坡弯路，我几乎是小跑过去，全然忘却自己头天舍命爬三叠泉双腿的疼痛沉重。当气象万千、视野宏阔的含鄱口崭露在我面前时，我简直要惊呼了：太美了！鄱阳湖晶莹如带的身姿在辽阔清明的天地视界婉约呈现，而厚重博大的五老峰于夕照中崭露出浓淡瑰丽的容颜。面对大自然的神奇之美，我只能俯首息念，大气儿不敢出一声。庄子所说的天地有大美而无言，我面对大自然的美也只能是无言！唉！我的摄影技巧的拙劣和器材的简陋不能表现美的山水于万一，只能从各个角度狂按镜头，死缠乱打地不走，黏糊了两个多小时，拼命下死劲地记忆，妄图将眼前的美景囫囵吞枣般嵌入自己的大脑皮层深处，痴心想与时间抗衡。这种痴心的痛苦，与邂逅磅礴无比的三叠泉时的感觉，是一模一样的。

三叠泉，即使从没去过庐山的人也知道她的盛名。但很少有人知道，若想一睹三叠泉的凌空飞跃的美景，需要从山顶下到山谷深处，共有一千多级石阶，相当于一百多层高楼！然后又得原路攀爬返回。即使坐缆车上下，也只能在半山腰却步不前，最陡峭的三分之一山路，近乎75度角，必须用脚一步步攀爬一千多级。那是真正的心意凝注，朝拜圣地般的匍匐前行。

我们不知道深浅，一头撞了进去。适逢一场滂沱的大雨，电闪雷鸣，山鸣谷应，下了一个多小时，将我们堵截在进山口“毛泽东家世馆”门前，得以和伟人亲近了个把小时。雨稍停，上得路来，只见涧溪奔涌，满山苍翠，乍雨还晴，灿阳明灭。我在万壑奔流的山涧大喊：“竹杖芒鞋轻胜马，一蓑烟雨任平生”，真是快莫大焉！那些坐缆车入谷的旅客哪有我们的眼福？等我们一步步顽强下到谷底，无与伦比的三叠泉，声色形全方位跃动而来，将我们全体怔住，摄魂夺魄！这场大雨来得真是及时啊！我简直要感谢上天对我的惠顾，经这番大雨的助威，即使是走遍全国，所有的瀑布，也无法望三叠泉的项背（当然，除了和黄果树瀑布的宽度没法比之外）。我从中悟出一个道理，这个道理是老子两千多年前就告诫了的：祸兮福所倚，那场看似给进山带来诸多不便的滂沱大雨，却一手创造了恢弘壮观的瀑布。而无限美妙的人生盛宴，一定要付出艰辛的代价才能获得。

在三叠泉盘桓留恋不去至黄昏，泉耀斜阳，我们才万般依恋，一步三回头，不得不离开了。上近乎垂直的一千多级石阶，比下去更需要体力和勇气。这是四天游程中最艰难的一段。一千多级湿滑窄小的石阶考验着我们这等弱女子的毅力。一路上，有庐山的挑

夫，大多是衣冠整齐、眉清目秀的小伙，甚至还有个挑夫戴着眼镜，让我大开眼界。但看见有游客支撑不下去了，然后一脸傲然，坐了轿子，两名轿夫弓身屈腰地挪步抬轿，心下还是多有不忍。有轿夫见我们咬牙切齿的狼狈样，喊出价来，才知按体重论价，一斤八元。乖乖里格隆，那我要近八百元才能上轿了？吓得我们埋头攀爬，不再理睬轿夫的吆喝。幸亏我进山前福至心灵买了一根拐杖，出了大力。这拐杖公现在就静立在我的书桌一侧，让我心生虔诚，也让我时时重归三叠泉。

庐山行来都是妙境不胜情。除了二探含鄱口，雨中观名瀑，五老峰的云烟也让我目眩神迷，如入仙境。庐山之雾说来就来，不容半点商量。我们赤脚朝拜五老峰的大半过程，是在云雾飘渺中的仙境轻舞飞扬，在海拔一千三百米的高山云海中升腾。云中漫步的体验铭心刻骨。眼前的茫茫云海，其实下临深渊，若你经不住诱惑，欲踏云归去，那就恭喜你了。那不知是天还是云毯的所在，真的是传说中的九天仙境么？赤着双脚的我，远眺云雾中时隐时现的群山逶迤，真的想归去来兮，同归大化，于此才深知庐山为何是历代隐逸胜地的原因了。

今生未了今生缘，此心便与此山盟。返程的路上，我数次和同伴说：我今生还会再上庐山。是的，我还将践约而去。

庐山，你这座风情万种的名山，让我们再见。

小镇风情

牯岭镇，坐落在海拔一千三百多米的庐山山顶一段长冲之中。举全国名山胜地，山顶上盘卧着一方风情绮丽、红尘闹热的优雅小镇，庐山独一无二。这座闻名遐迩的人文圣山由此奠基。

牯岭镇是由一百多年前一个叫李德立的英国人，向清政府租借四千八百亩地的基础上不断发展衍生而形成的。小镇随处散落着大小八百余座各具特色的小洋楼，使这座风情万种的山顶镇落有了别具一格的欧美风味。这座俨然欧式的山林城市后来被蒋介石宋美龄看中，更有后来居上的毛泽东，都与庐山解下不解之缘。国共双方对庐山牯岭此间的风水均深信不疑，由此形成了牯岭人文和建筑的历史规模。那一幢藤蔓攀爬的别墅洋楼都诉说着、平添着这座山镇深邃又明丽的人文气息，这种气息随着你对庐山的迷恋而变得醇厚甘甜。庐山因而有了人文圣山一说。这也是庐山不同于其他风景名山而让我喜欢的原因之一。

我们是七月卅一日夜晚八点多进驻牯岭，随着黄昏褪去，夏夜温柔的纱幔将群山轻裹，山风逐渐变得清爽宜人，我们在云雾中时隐时现的深蓝色山路盘旋而上，中巴将我们抬举向不可知的地方，而牯岭就在大山之顶。蓦地一派浩大的明丽红尘随山形汹涌而来，

所有的人群街市、小店，还有灯光树影仿佛一下子从天庭浮现，灯火喧阗，光色万丈，我们恍若来到了四维空间，绮丽繁华的人间气息在我惊讶的目光中优柔流动，那一刹那我几乎不相信这是在海拔一千多米的山巅了。

第一夜我和同伴入住家庭旅馆。那是我从没有经历的无比的寂静，大山之上，红尘边缘，所有的生灵仿佛遁逃，只有你面对着无穷无尽的时空。我有择床的毛病，在陌生环境第一夜几乎总要失眠，而牯岭初夜的我，只能聆听着大山海一样深沉的呼吸，不可救药地向无底的黑暗沉沦。但第一缕曙光从窗外逼窄的天庭慢慢滋生之时，我突然听到奇异美妙的声音：不缓不慢，不温不火，那声音仿佛在唱：冰——冰——冰——冰——冰——冰——耶——，记忆中弹棉花的声音差可仿佛，又恍若北方晴天丽日下的鸽哨，让我惊动回味。

后来在庐山逗留的几日，从身旁树林与远处的山峦里，随处都有这种美妙如琴的声音飘逸流布，我方得知那是知了！是知了的叫声，那才是蝉的和鸣啊，和平原山下暑热烦躁的蝉嘶迥异其趣。这种声音带来的清凉韵律，不间断地传递着洞天福地的微妙气息。过几日我们下山寻踪白鹿洞，一到山下充耳即是惯常的蝉嘶不绝，尽管我用力张开耳郭，却再也无法听到那仙境般的纶音了。

庐山的绿化非常迷人，绿意葱茏。牯岭镇另一个让我惊异深爱的，是她大街小巷遍植的法国梧桐。这仿佛和武汉江城的街道绿化相似，但又别具味道。牯岭的法国梧桐全都不高，但粗大无比，两旁树干虬曲盘旋，树枝和浓密的树叶在头顶互相交织张罗，形成美妙的树荫甬道，人流车影穿行其间，经阳光渲染，绿影斑驳，光色

氤氲，如梦似幻。我深爱其美，但无法捕捉那人间世声与自然绿色的交响，只能任其沉湎记忆的一角，无事闲来向时光深处打捞罢了。

在牯岭，庐山的阳光和雨水几乎每天轮流冲洗着这座山顶小镇，小镇便有了一份清静和洁净，每天的光线和云雾都是新的，都能给我惊喜。哪怕再多闹腾的游人和各色导游的小旗子，也无法冲淡那份新鲜出尘的恬然。牯岭除了那一条主街，其余街道多呈“之”字行，上下街面的人影车声透过绿树的枝蔓流淌，交相映现，别有韵味。忽而云雾袭来，缭绕在迂回的小街、树影间，踅进宾馆和窗台；忽而山空湖静，阳光寂寥。随便往哪个街角站立，时间悠然，岁月仿佛就在你的眉间悄悄流走了。

小镇的风情是一杯下午茶，它的芬芳和氤氲之气，让所有的慧心者与有情人倾倒。我想，能够领略自然人世风情的诸多美妙，那才叫真正有福呢！

浅游北海

元曲中有“朝苍梧而夕北海”的句子，可见北海的名字很早就有。它位于中国版图中的最西南端，大公鸡的腹部最底下，却名之为北海，很有意思。南国风光一向旖旎多姿，西南一带尤多喀斯特地形，山水奇美，每每观赏，必叹为观止。南国的大海更是海蓝沙白，风光尤胜。一向喜欢大海，喜欢它的辽阔浩渺，大浪淘沙；喜欢它的波诡云谲，气象万千。北海的银滩，没有让我失望。

北海作为著名休闲海滨城市，人文历史乏善可陈，男女人物也不能养眼。中国两广稀缺俊男美女，北海亦然，人物多身形矮小、面目黝黑。导游告诉我们，北海女子有小龙虾之称。小龙虾者：瘦小、耸肩、勾腰之谓。我仔细观察北海街边的男男女女，确实不敢恭维。几乎没有让人眼睛一亮的本地美女俊男，肤色也多黧黑。想及当年八十年代末，本女子身着黑衣，面色如瓷，游走广州，在马路上，回头率颇高，记得甚至有好事者前来相询，问小女子为何这么亮白？客从何来？确实，在一片颧骨高耸、面色焦黑的两广人群中，本女子一看就是外来客。

北海虽不以人文人物著称，但花果满树，植物花果遍地流蜜，惹得素喜水果的我口水直流。芒果、山竹、龙眼、荔枝，还有火龙

果等等，都比内陆城市便宜许多。南宁街道两旁遍植扁桃树、龙眼树，而北海却以不结果的椰子树和榕树著名。我们乘坐的大巴从榕树大街穿过，两旁粗壮的榕树浓荫密布，须蔓垂挂，犹如百岁老人。其枝两两交柯，形成榕树走廊。凡是有浓荫遮蔽的街道，往往沉郁幽谧，犹如巴赫的“G弦之歌”，惹人遐思低回。可惜大巴一路畅行，没有红绿灯干扰，来不及留下刹那光影。而北海的椰树却也奇怪，它不结果，树干光滑，中部突出，有横行纹路，形若导弹，煞是一景。

我们的游程是银滩和涠洲岛。然而这次北海之行，涠洲岛无缘一睹。涠洲岛是广西最大的海岛，也是我国最大的死火山岛。前些年中国国家地理杂志评选中国“最美的地方”，涠洲岛就被评为“中国最美的十大海岛”，排名第二。然而，人事往往如此，你最想得到的，却常常不能如愿，你万念归一向往的事物，每每不轻易让你满足。但得不到的总是好的。涠洲岛对于我们千里而来的仰慕，干脆给了一个拒客的手势。这手势带有调笑和傲慢，也充满台风的烈性。据导游称，因涠洲岛接连四天台风袭击，已经停航，本次的涠洲岛之旅取消，改作别的旅游项目。我们只得自叹运气不好。天公不作美，只能徒唤奈何。同事中有一人去年也来北海，欲上涠洲岛，同样被台风堵在门外，由此可见涠洲岛之难登了。

在北海的五天，海边确实常常凝聚着乌云，乌云下、暴雨中的大海阴郁而壮观。见惯了晴天丽日下的大海，我倒很欣赏这种天气下的大海气势。它充满了令人悚然动容的崇高美，不由令我想起法国十九世纪绘画大师籍里柯的《梅杜萨之筏》。那种人在自然面前的敬畏与无力，被淋漓展现在画布上。在大海命运般的节律面前，

除了畏服，人还能胜天吗？

我们住宿的酒店离银滩不远，十分钟就可走到海边，我便常常不守纪律，一个人溜出去独游，或者怂恿一二相投的同事伴游，海边的清晨和黄昏，银滩的晴好海浪和阴郁乌云，深深印刻在我的脑海。

站在清晨寥落少人的海滨，浪花轰鸣，寥廓无际的大海，向我呈现出它悲慨苍凉的大气与悲壮，这才是一代枭雄曹操笔下的大海。现在虽不是秋天，但乌云下的海水，那隐含的肃杀之气，还是铮铮作响："秋风萧瑟，洪波涌起。日月之行，若出其中；星汉灿烂，若出其里"。无论煌煌星空还有大海，面对境界阔大的自然，我们常常容易感到生命渺小，人生短暂，如梦似露，让人心生敬畏，也心生悲凉。

浪花奔腾而至，潮涌潮退，旋生旋灭。生命从海洋而来，将归于何处？我是乘桴而浮于海？还是自崖而返？还是渡则弃筏？面对大海变幻的云色与浪花，一切是该执着，还是该放弃？是苦海无边，还是横渡沧海？我想也想不透，说也说不出。我想大叫，也想高歌，还想悲泣！记起以前爱唱的日本歌曲《海滨之歌》：

清晨我独自一人　在这海边彷徨
心中不禁回想起　往日的时光
啊,看那阵阵清风　吹动着白云
波涛拍打岸边　那贝壳闪银光

黄昏我独自一人　在这海边徘徊

故人难忘的身影　涌现在我心上
起伏的波涛　翻滚的浪花
清淡的月色　冷漠的星光
……

然而忧愁幽思不能常驻心头，那是独自一人面对大海，面对自己。在众人面前，若也如此，会被视作矫情。我也有非常尽兴的时候。最让我开怀的，是黄昏后、夜色里、大风下，银滩别样的面目。大海奔腾澎湃，潮涨汹涌，我和一男同事携手一头冲进大海——本女子不敢独冲也——在靠近黄色警戒内，尽情跳浪冲浪。有自然而生的畏惧，也有高端酣畅的刺激。大浪袭顶，浪头将我高高托起，又轻柔放下，眩晕和飘忽，犹如醉酒，犹如高潮，让人形神俱散，百忧全消。那个夜晚，我冲浪跳浪两个多小时，直至夜色已深，涛声澎湃，弄潮儿纷纷退去，尚且意犹未尽。

北海多人力三轮车接送客，武汉人俗称“麻木”，前些年还有，后来政府以影响市容为由给取缔了。然而在北海却看见了。我们几个人，乘坐麻木一路高歌飚回，海腥味阵阵传来，涛声犹在耳边，路边海鲜夜市刚刚开张，这才是海滨城市的味道呀！麻木车拐进酒店一角将停，灯光探视处，照见一对情侣正抱头狂啃，我连呼“不好，扯呼！扯呼”，意思是快跑快躲避。众人笑声中，麻木大哥大声诙谐：“正常！神舟九号一切正常！”便绝尘而去，留下我们数人尽皆笑倒了。

北海不仅美在海的风光，更美在南国海滨风味的综合。听说北海是中国黄赌毒最盛的城市，我当然无缘见识，却让我见识到了海

洋另一面的壮观，感受到这座海滨城市的迷人之处，领略到在大海的壮阔景色面前，哪怕最无奈的情境，人也有活在当下的心态和能力。

那日清晨，在海边偶遇一七十岁老妪，其实看上去不老，精瘦干练。她告诉我，她喜欢北海，每年在这儿租住四五个月，月租几百元而已。自己买菜做饭，清晨黄昏便来海边游泳。望着眼前这个神态爽朗的老妈妈，我心生敬慕！还有惭愧。若干年后，我老了该当如何？我老了，就约上二三老闺蜜，到海边租套房子，住上二三月，每天黄昏冲浪，清晨看海：

“面向大海,春暖花开!”

灵秀恩施行

恩施出美女，几乎已成公论。当年大学中文系几个皮肤水灵灵、眼睛水汪汪的幺妹都是来自恩施。一方水土真能养一方人。恩施的山水灵秀绝妙，让人流连忘返。人们称灵秀湖北，其实这“灵秀”二字，更多来自湖北西部、西南和西北山水风光的力鼎。利川、鹤峰、建始、咸丰、宣恩、来凤、长阳、巴东等地，溶洞、峡谷、巨崖、森林之间，清江水盘绕而过。天地灵气，挥洒其间。

灵秀的恩施，让我感受到自然的绝妙与伟力，即使在时下地球惨遭涂炭、生态环境急剧恶化的今天，大自然对人类的厚爱和馈赠，仍旧是我们人类最大的福祉。

这次恩施之行，因有恩施同学全程陪游，我们游玩得尽兴随意，同学情谊让人感佩难忘之余，我们忘情于山水之间，脱略形骸、抛却烦恼，真正是一次亲近自然之旅。

恩施的美，概括来说，就是水美、洞奇、谷秀、风俗淳厚。

水美：以清江为例。清江，古称夷水，因“水色清明十丈，人见其清澄”，故名清江。它发源于利川齐岳山，流域山明水秀，号称八百里清江画廊。我们从恩施住宿的酒店乘坐公司安排的中巴长驱两个小时，到达利川，九点多乘坐游轮顺江而下，五个多小时饱

览清江秀色，让人怎一个“爽”字了得！

江面晨雾先是缭绕不散，山水犹如水墨画氤氲迷离。渐渐天风高爽，阳光透雾而来。青眼而望：风烟俱净，山色明朗，水色清绝，山水犹如画廊，堆锦簇秀迤逦而来。私下以为清江亲水之旅，最适宜在山水间发呆发癫，是身心真正的放松和享受。登大峡谷，可不能发呆，后面的游客会赶你推你，更不能发癫发狂，因为狂来不是轻世界，而是轻生了，脚底就是万丈深谷，怎能轻狂任性？而清江畅游，真当得起一个“畅”字。你有足够的时间面对轻柔而去的碧流浪花，发呆，面对迤逦而来的山屏玉柱，发癫。最让我迷恋的，恰是那水。至柔至软，至清至绿，像翡翠、似宝石，是绸缎，像起伏流淌的旋律，像沉醉迷恋的深爱。看不够、爱不够，只恨不能从游轮高高的白色栏杆伸长手臂，去轻抚那柔那软那清那亮。除非一跃而下，蹈身以水，但又怕这一身红尘俗气，玷污了清江的绝世清洁啊。

洞奇：这次我们游历了恩施有名的两洞：腾龙洞和水帘洞。腾龙洞包括旱洞和水洞。旱洞是我生平所见最为巨大的喀斯特溶洞。目测有三十多层楼房的高度，可以升降数架大型战斗机，在洞内坐电瓶车就要近十分钟。洞内暗无天日，石崖上一路全部安置有昏黄的灯泡，犹如鬼火闪烁。人在洞内穿行，犹如行走地府，寒气逼人，神秘森冷。洞内常年温度在7度和18度之间，冬暖夏凉，适合高人练武、大德辟谷。洞口有租外套的，嫌脏，也不知几多人穿过，就只穿了薄毛衣外衫，仍旧冷气透背。旱洞深处安排了大型激光和土家族歌舞表演，演绎的都是巴人祖先廪君带领族人来鄂西居住的故事。其中廪君和盐水女神的爱情故事让我玩味不已。廪君和

女神彼此深爱，但廪君为了自己的远大目标、事业追求——带领族人寻找最适合居住的土地，一意西去，盐水女神痴心纠缠，阻拦廪君西进。廪君无奈之下，射杀深爱他的女神，负疚悔恨，让自己化身为白虎，也永久保护族人世代安乐。男人和女人的区别概在于此。爱是女人的生命，却只是男人的一部分。女人通过男人征服世界，而男人要征服的恰是世界本身。这样的爱情悲剧从古至今、从人到神，从来花样翻不到哪儿去。

而腾龙水洞，让我们领略到水的另一面烈性。你难以想象，这个腾龙洞咆哮而出、烈性难驯的水龙，就是清江的发源之一。水性至烈至刚，和至柔至软交融，这才是水的本性，也是水的大德。我们一行站在磊磊森严的石壁旁，石壁上常年生长绿苔和藤蔓，水汽弥漫，洞险石滑，瞩目水势若巨龙，奔腾飞泻，白色的浪花腾起巨大的吼声，烟雾氤氲中，人影绰约，很是惊心动魄。

最奇的溶洞还是水帘洞。它实际上是一条溶洞地下暗河。我们乘坐小筏静悄悄随暗河泻入，四十分钟的地府之行，还有海妖的歌声，让人印象深刻。洞内暗河深邃神奇，两旁的溶洞石壁，造型奇特诡谲，大自然的造化伟力于此极尽鬼斧神工之妙。更让人叹为观止的，是暗河幽深邃密，石壁逼仄处只能容一舸行进，我们坐在小筏上，伸手就可触摸那造型各异、常年滴水的嶙峋石崖石柱。为了避免小筏对面相撞，故每次都按规定时间，一次只能放一只小筏进入暗河，在地府最深幽处，只听见每人的鼻息声和静谧的划水声，两壁暗淡灯光探射的石笋石洞，仿佛具有魔力，在窃窃私语，在永恒召唤我们迷失的心魂。这时导游幺妹和艄公会唱起土家山歌，唱“龙船调”，唱“六杯茶”，给远处另一只迎面而返的小筏打信

号，歌声在深深的暗河石壁回荡，真有如海妖诱惑的歌声。但我们可不像希腊神话里的奥德修斯，拼命堵上耳朵，拒绝诱惑，我们要尽情跟进，大声齐唱，这样的土家幺妹歌声的诱惑，平生经历一次也是值得的。

谷秀：恩施的大峡谷据说可与美国科罗拉多大峡谷媲美。我们恩施之行的首要目标就是大峡谷。它果然没有让我失望。其中2006年才开始修建，几年才完工的垂直绝壁上凿出的栈道，宽仅一丈，全长近500米，一百多个台阶，修筑在青灰色玄武岩的小楼门绝壁上，位于海拔1700余米，净高差300余米的绝壁山腰间。顺山壁蜿蜒，目下就是万丈悬崖。行走其上，山下景物状如观微型盆景，几乎与飞机上视野一致，稍有失足便致粉身碎骨的危机感如影随形，有恐高症心脏病的恐怕要慎行。

大峡谷最奇的还有“一炷香”，见过下粗上细的山峰，见过下细上粗形若棒槌的棒槌山，但真没见过中间细、形若竹节石笋的山峰。满目青山烟岚中，它拔地而起，细若无骨，但又坚韧孤绝，屹立万年，任流岚轻抚，翠枝息肩。无论哪个角度，它都是大峡谷的骄子，是大自然的神来之笔，是我们心魂所系之所。

大峡谷一步一景，步步皆境。尤其是山雨无端，刚才还晴天白云，刹那烟霭腾起，雨声如笛，漫山遍野而来。等人买来五元一件的雨衣刚穿上，雨收天晴，留下更为丰沛的白云烟岚与你戏弄缠绵。山水间有雨有晴本是常事，反而更添兴致。东坡的“竹杖芒鞋轻胜马，一蓑烟雨任平生”的诗意大概就是这样生发的吧？

人们作乐山水间，其实山水之美也在一己之心。我听见大叹过瘾的，比如我们一行，也听见游客中有大摇其头，一迭连声大呼

“被忽悠了，光爬山累死了，也没看头”的。我听后暗自叹气，真是何妨举世嫌迂阔，山水须与解人谈。我爱山水，是因山水懂我，我懂山水；你不爱山水，是你心中必没山水，也更不懂身心与山水交融的妙处。这样的妙处不亚于爱情的身心交融，有时更甚于两性之爱的陶醉。我看见有人留恋山水平躺地面仰头看云，我也看见城市妖娆美眉脚蹬三寸高跟，坐竹轿上，全然不看山不看水，目不转睛玩弄掌上的手机。真是不明白她们来山水间干吗？这样与山水间的音符太不和谐了。我还是少看为妙也。

土家人生性豪爽，喜唱山歌，这次我们跟着就学唱了“六杯茶”等情歌。更让我开眼的，是在恩施酒楼吃饭，喝酒用碗，是最便宜的泥巴烧制的敞口浅碗，喝一碗酒，摔一只碗，在酒楼，只听见此起彼伏的摔碗声，地下一片狼藉，大家在摔碗喝酒的痛快中，体会到一种打破桎梏的发泄快感。我们都入乡随俗摔碗了，我也摔了，摔了十个，双手高高扬起，起落之间，一声脆响，很过瘾，很开心。看着满地丢弃的碎片，仿佛丢弃了生活中那些各色的烦恼忧伤，在清脆的瓦解中获得片刻的逍遥。逍遥哪怕片刻，也是人生的乐事。汤显祖说：“良辰美景奈何天，赏心乐事谁家院？”良辰美景四时皆有，山水皆宜，而赏心乐事全在我心。心有，不乐亦乐，心无，乐也不乐。

喜欢恩施的山水，也全在一己之心。其实哪儿的山水都美，是山水就美，只要人有珍惜向往孺慕之心。

风景与人情

——宝岛纪行之一

台湾的美是在骨子里的风情，是传统文化没被摧折过的朴质自然和蕴藉风流。

八天环游宝岛台湾，不像是真实的感觉，倒似在梦境。台湾，这块形似橄榄的土地，自然之美，在于东部海岸和椰子树漫长的缠绵，人文之美，是红尘间，从容人性洒脱的活。自然和人文的渗透，便是一份清凉、随喜和自在，为我所喜。终于明白台湾为何养育出李敖、余光中、龙应台、席慕蓉、林清玄、三毛等一批追寻自由与美的俊哲了。

第一日：2月3日

本来已买下飞海南的机票，朋友为我弄到去台湾的秒杀亲友价：八天行程，才2200元，毫不犹疑赔了几百元退了海南票，才有了这次不期而遇的台湾之旅。

下午5点25分，从天河起飞，正值夕阳烁金时分，太空之华美变幻，之宁静壮阔，让有点晕机的我，安静下来。晚上8：10

分，飞抵高雄小港机场。一下飞机，便感受到台湾管理细节上的人性化，机舱和候机大厅全程无缝对接，乘客顺着甬道，直接方便就出了候机大厅，离台同样如此，无须像武汉那样，从机舱下来，还得在凌晨的寒风中转一趟摆渡。台湾的很多细微的地方充满了人情味，让我感叹。

同团一行32人，多是夫妻两人，或是父子或母女，或是朋友结伴出行。只我是独自一人，所以七天住宿我便和大陆全陪导游一起住。这是一位学旅游管理刚毕业一年的小姑娘，姓曹。个性时尚活泼，但缺乏领队经验。

高雄的夜晚行人稀少，路灯就显得异常明亮。商铺招牌全写的是繁体汉字，这一特色陪伴我们八天之久，环游宝岛，到处都是这些亲切的繁体汉字，在城市，在乡村、在海边、在椰树下，鲜明夺目。同行和母亲出游的十岁小女孩非常搞笑，不认识那些繁体字，总读得让人捧腹。而我十余岁就开始读竖排繁体书籍，故而看到那些闪闪发亮的繁体汉字招牌，就感到亲切，有一种时光倒流的感觉，仿佛自己曾在民国生活过似的。

高雄的建筑很朴实随意，不追求高、大、炫，街道两旁多是南粤特有的骑楼。白天看去就有些破旧沧桑。这种建筑风格广州、海口多是，二十多年前我就在这两地见识过，但却没见过骑楼侧到处停满锃亮的摩托，第二天才明白了究竟。

当晚入住高雄“河堤美学商旅”。酒店不像内地那么豪华阔大，但极其雅致干净。逃生渠道、休息环境考虑得非常熨帖细心。而且所有人行楼梯拐角的空档，全用绳网拦住，以免小孩跌下发生意外。这种管理上的人性细节，在大陆从未见过。第二天离开酒

店，我甚至注意到楼外的下水管道接地处，都用细网纱兜住，以免污秽渣滓流入下水道。想想每到梅雨季节江城或成泽国的另类景致，深觉一个城市的下水道是否畅通，确能见出政府的责任感和良心。这一点很值得我们相关职能部门借鉴。

第二日：2月4日

来到台湾的第一夜，照例失眠了。我有择床的毛病，体质敏感的人大多如此。好在早有准备，随身携带有德国产的安神药，每天早晨吃一粒，夜晚睡觉就好得多。这次环岛游，我们的第二个家就是大巴——台湾特有的漂亮双层大巴。我们几乎多半时间都是在车内度过。行前有同学告诉我，说台湾只有湖北的十堰那么大，却没料到这蕞尔之地，一个目的地到另一个目的地之间，行程几乎总是三四个小时，甚至是一个半天。当然我明白有些线路是迂回的。后来在台湾东部，从北贯南的苏花公路，一整天都是在漫长的海岸线奔驰，太平洋沿岸的风光让我看个餍足。台湾虽小，但小中见大，山川清丽隽永。所以便觉得八天的宝地环游，我们只是走马观花、浅尝辄止而已。只有自由行，才能真正深入到台湾的肌理和灵魂。

登上跟随我们八天的大巴新家，离开高雄前往嘉义。第一次在明亮和煦的阳光下打量这座城市。正是上班时间，见马路通衢上，随处可见几十匹摩托一路闪闪发光风驰电掣而过，蔚为壮观，堪称一绝。原来台湾整岛，尤其是高雄，摩托是人们出行的主要工具。连环卫工人都是骑摩托工作的。我甚至看到主人携带宠物狗，摩托车上人坐狗立，双双直视，一路飙风的奇观。

第一个景点是嘉义的阿里山森林游乐区。阿里山被大陆人几乎神化，尤其是那首《高山情》，“阿里山的姑娘美如水，阿里山的少年壮如山”的歌声更是深入人心。但这次很遗憾，既没看到美如水的姑娘，也没看到壮如山的少年，而且估计一直也不会看到。这是叶小胖告诉我的。叶小胖是全程跟随我们的台湾导游，一个像弥勒佛那么胖又情绪化的30岁的小伙，姓叶，自称叶小胖，所以我们一路上就自然亲切地叫他小胖。小胖告诉我们，歌里唱的阿里山的美姑娘壮小伙，是指邹人部落。其实我们平日以为的台湾高山族，是这座宝岛二十多个少数民族的总称。而邹族主要分布在阿里山山脉，目前共有人口约五千人。“阿里山的姑娘美如水，阿里山的少年壮如山”唱的就是邹人风情。

平心而论，见识过祖国雄伟壮美的高山大川的我，乃至我们，阿里山、日月潭的风光有点无足挂齿。相较黄山之奇、泰山之雄、华山之险、峨眉之秀，阿里山实在是小菜一碟。号称有日出、云海、晚霞、森林与高山铁路五奇的阿里山，我只感受到了后二者，并且私下觉得也只有后二者可当此誉。任何事物都有它的独特之处。阿里山一是美在树古，二是因为季候带的垂直变化，气候瞬息万变，三是拥有一个令人称奇的高山森林小火车站。

整个山区，遍布树老根深的巨大红桧树。有“阿里山神木”之称的红桧巨木，超出三千年以上的遍布山区。山区天气说变就变，比女人心还难测，一会碧空丽日，阳光透林，一会就是大雾缠绕，云烟满眼。气候阴晴变幻之际，那些千年红桧巨木仿若电影“指环王”中的树精树怪，森然或立或卧，给人无数惊叹和惊悚。而阿里山铁路有七十多年历史，是世界上仅存的三条高山铁路之一，途经

热、暖、温、寒四带，景致迥异，搭乘火车如置身自然博物馆。据说三次螺旋环绕及第一分道的Z字形爬升，是难忘的经验。然而当我们踏上小火车铁门的瞬间，云烟刹那弥漫，五尺之外的景致全都消失在乳白的烟雾之中，故而很难体会螺旋环绕的感觉。但我还是很满足。云烟腾起缠绕中，只有五节车厢的鲜红小火车在其间蛇般盘绕崎行，虽只有短短的八分钟，但那种感觉平生未历，现在想来如风烟过眼，已成昨日。

阿里山的邮局、阿里山的寺庙和唯一一座高山学校也值得一记。阿里山邮局是全台湾地区海拔最高的建筑。海拔两千米以上，建于清朝。清朝时即成立邮政代办所，已有一百年的历史。现代修缮成宫殿式建筑。我在邮局前留下一影，真无法想象百年前的古人如何从邮局前的邮筒郑重投下简札，心随云俱远，念念归去迟的情景。

阿里山的受镇宫是山区唯一一座道教寺庙，被小胖隆重推出，你不听他讲解还真不高兴。原来受镇宫祭拜的是玄天上帝，它规模不大，建筑独具风格，与大陆寺庙大相径庭。一眼看去热闹非凡，色彩炫目。飞檐斗角，众神相聚，画栋雕柱，龙舞凤飞，工艺极为繁杂，却不为我所喜。据小胖说自1969年改建以来，每年农历三月初三玄天上帝诞辰前后，都会飞来一批“神蝶”停驻在神像上，不食不飞，三十多年来，从未间断，令人称奇。这种“神迹”广被信徒喻为“神蝶朝拜”。其实，蝶非蝶，而是蛾类，属夜行性昆虫，它在阿里山广大的森林间繁殖，每年三四月间正是它的繁殖期，被寺庙里的灯光所吸引，此时刚好是玄天上帝诞辰日前后，因此形成所谓的“神蝶朝拜”。但凡一件事物或一个人物被推崇，往

往就会附丽上许多神圣的光环加以神化，以便人们仰视朝拜，古今中外概莫如此。这也是人性中的奴性使然吧？

我独留意到山路上一座清凉寂寞的建筑——一座红檐白壁的寺庙：慈云寺。山门前种满了洁白的马蹄莲。这座不属导游带领我们参观的景点，让我留恋逗留。问寺内一二香客，原来这是一座尼姑庵，有几个年老尼姑坐守，为国人推行健康净心活动，做一些善事。我有点瞎想：何时厌倦红尘糗事，托钵入山，此慈云寺倒是个可以考虑的清修之地。

阿里山最高学府——国民小学坐落在山上一个寂静的角落。正是放假期间，校舍紧闭，楼宇寂寞。据说这座学校学生只有三十多名，老师却有六十多个，比一对一还多一倍。大家听得瞠目结舌。台湾对教育的重视可见一斑啊。

晚饭有一道菜名为“棺材板”，取升官发财之意，为台湾名吃之一。入口类似糯米夹肉馅，口感一般。晚上入住台中“香城大酒店”。酒店气派典雅，侍者彬彬有礼，国语尤其好听。逛入夜的台中街肆。见台湾水果店，琳琅满目，甚喜。尤其是内地没有的两种水果，一种名为“释迦”，一种名叫“莲雾”（又名黑珍珠），各买了几个尝鲜。释迦因形状类似佛祖头部而得名，中有椭圆蚕豆大小黑籽，味道甜腻。据说吃一个释迦可获得释迦牟尼三十万分之一智慧，吃十万个释迦就能成佛。我两天共吃了两个，确切地说吃了一个半，因为太甜腻吃不下了。本人数学奇差，用心算了半天，难道是四十五万分之一？那不是越来越少哇？究竟多少，终究没算出自己获得了佛祖多少分之一的智慧。

礼佛与游湖

——宝岛纪行之二

第三天我们要去游玩的是南投的中台禅寺和日月潭。

在奔驰的大巴上，我不爱像别人那样总说话，或昏昏欲睡，或不停吃食物果点，最爱做的事，就是侧头眺望窗外，窗外有我感兴趣的一切：无论是闹热市廛还是清凉乡村，无论是云山盘旋还是大海逶迤。我渐渐有一个发现：台湾的庙宇可真多啊！环岛旅行，到处可见庙宇飞檐，从树丛中、从山脊处或是从城市的街衢冒出一角来。台湾人有浓郁的信佛礼禅情结。在这块弹丸之地上，据说宗教庙宇就多达一万五千多座。佛教在这块风水宝地有很深的影响力，有将近五百万信徒，相对于台湾的人口而言，这是一个极其庞大的数字。而且我听到一个有趣的事实：在三万多名出家的僧尼中，百分之七十五是尼姑。在中台禅寺我所见闻的，可印证这一点。

我有点恍然：为何一踏上这片土地，就感受到一丝别样：那是空气中流淌的平和清凉而又任运自在的气息。这是在大陆的现时代，很难体会到的。我见惯了国内城市里从你身边匆匆而过的陌生人，那脸上流露出来的压抑、欲望、焦虑和浮躁。而在台湾的八天里，我经常领受到的是人们一种发自内心的安然自在，无论是在夜

市摊位上劳作的小贩，还是路边闲谈的普通人。那种安静谦和，都浮现在他们的脸上，和他们待人接物的态度上。那是对生命的善意和对人性的尊重。我想不见得每人都是佛教徒，而是一种文化气息的流播使然。

团里一名黄老太太，随老伴一起来的，极其富态，很娇气任性——我找不出别的形容词。不要以为七十岁的老太太就不能娇气。她很爱和我说话接近，今后几天内我会无数次地感受她对老伴的撒娇。

头天晚上进酒店后，大家纷纷在前台服务员处领取房间钥匙和早餐卡，黄阿姨挤在一边一迭连声地要。因人太多服务员一时应酬不过来，没有听见或者暂时疏忽了她，黄阿姨最终拿到卡后，气不过将餐卡一下子甩到地上，冲老伴发脾气，也对那前台服务员叫嚷。那个打扮规矩清秀的女服务员连忙走出台子，向黄阿姨鞠躬道歉，事情也就过去了。二十分钟后，我拿着相机从房间下来准备到外面逛逛，竟又碰见了黄阿姨，她竟还要找服务员理论，不依不饶要投诉。我见那服务员脸上自始至终带着谦让温和的笑，在柜台内笔直地站着，用眼神安静歉意地看着黄阿姨，任对方宣泄不满和牢骚。这要是在大陆，服务员修养再好，最终肯定还得吵起来。那服务员给我留下深刻印象，这当然与酒店服务所必须拥有的职业修养有关，但也是台湾人遇事反躬自问、尊重体谅他人的整体文明的体现。这种文明素质，不是一朝一夕可以养成，而是中国传统文化从无间断地细水长流、润物无声的结果。

还是说中台禅寺。中台禅寺确实非同一般。我见识过国内数不清的庙宇，确实没见过如此气派庄严的法堂庙宇。它是台湾著名建

筑师李祖原的杰作，除了规模庞大外，更吸引人的是它那中西合璧的佛院，很有点“另类”！我一走近它，抬头仰视，首先就被它那法相巍峨的建筑所震撼。简直要惊呼这是五星级庙宇了！几乎当场就有了出家的念头。为了摆脱这个念想，便开玩笑说了一句：时代不同了，佛陀也“与时俱进”啊。这是一座非同凡响的建筑，外观就像一架蓄势待发的喷气式飞机，隐含着“顿悟自心，直了成佛”的佛理。听小胖说：这中台禅寺，由惟觉禅师创建，主道场就在南投县，一向积极推动佛法“学术化、教育化、艺术化、科学化、生活化”。而最让我瞩目的是天王殿内分镇殿堂四角落的四大天王造像。他们手中的法器象征风调、雨顺、国泰、民安。每尊天王像高约十二公尺，重达一百余吨，黑色大理石雕成，规模雄伟，世所罕见。最匠心独运的是，四大天王与柱子合而为一，每尊天王均造成四面像，使得一尊天王具足四尊天王的功力，又极具震撼人心的效果。

我看到一个让我兴味十足的情景：在殿堂内熙攘的人群看客中，有几股由孩子组成的小队伍，都被一光头尼姑所带领。尼姑都很年轻，很有书卷气，几乎都戴眼镜，很清秀。我不由自主跟随其中一个队伍，听女讲师讲解壁上的书画经文。那声音柔和好听，那表情温柔慈悲，让我几乎再一次有了出家的念头。阿弥陀佛！我忍不住偷偷拿出相机抢拍了一张，被她温和礼貌地制止，我就连忙走开了。心下却还是一味留恋。

在禅寺大院，见到一株老树，枝干裂开处，新生娇媚鲜艳的花朵，都被细心地用网纱兜住保护，在那一刹那间，我心生感动，一草一木，都见人心的慈悲和善意。天生万物，都是一份因缘，都是

要自持都是要善待的。

天气好像阴沉欲雨，这对我们游日月潭不是很有利。日月潭也在南投，南投是台湾唯一不靠海的县，于是上天就造了个天然淡水湖给他们，算是补偿。跟大家一样，我当然很小就知道日月潭，她跟阿里山一起，成为台湾旅游的代名词。前往景区的路上，心里一直犯嘀咕，传说中的日月潭究竟会是怎么样呢？很多期待，很多想象，急于想揭开谜底，又唯恐谜底揭开了会大失所望。此时，天下起极细微的小雨，但很快就又停了，并且出了稀薄的太阳。“冬季到台北来看雨”是一首都知道的歌，这次我很幸运，环岛游的八天，虽说中间几天都天气阴晦，在第五天北回归线还下了点雨，但总体而言老天很照顾，应该说台湾已是春天了。我在日月潭湖边就看到了盛开的红梅，给碧绿的湖水一份明丽的温柔。啊呀！四季温和、鲜花盛开的宝岛，真应该是佛祖眷顾的一块风水宝地啊。

生活在拥有城市最大湖泊的江城，见惯了水的美丽妖娆，日月潭较之国内的西湖和江城的东湖，没给我留下特别的印象，但是那水！你看那水，无比的碧绿清澈，我只在恩施的清江，五官和魂魄感受到那翡翠般的美，入骨清凉的美。而现在，我在日月潭再一次领略了。所谓日月潭，是湖中还有个树木茂密的圆形小岛，将大湖分为两半：一半圆如太阳，其水赤色；一半曲如新月，其水澄碧。于是居住在日月村的台湾邵族人将这片湖泊称为“日月潭”。刚好旁边有几位身着当地少数民族服装的民间艺人在表演，正是邵族的。邵族主要聚居在日月潭畔的日月村。“九二一”大地震后，族群人数由数千锐减至300人左右，成为台湾地区人口最少的民族。

湖中有山，山上隐约可见慈恩塔，是蒋介石先生为纪念母亲而

建的，据说站在慈恩塔上能看到杭州西湖的六和塔。这当然是心念所致。蒋先生一生思乡思母，千秋功罪，还是留待后人评说。

许多年前有个小姑娘，应该是邵族的，在湖边摆摊卖茶叶蛋，从青葱少女到耄耋老妇，卖蛋数十年，以致成为日月潭景点一道胜景。游客必买她煮的香菇茶叶蛋。一颗十元台币，我买了一个尝尝，确实入味，但有点咸了。

日月潭可记的还有玄光寺。寺规模不大，是二十世纪五十年代的建筑，但意义非凡，因为其供奉着唐玄奘的舍利子。这颗舍利子，日军侵华时从南京盗走，1952 年被台湾方面讨回，因此特意在此建了玄光寺供奉。转到一侧，见有“千秋苦旅”四字大碑，就拍了一张。中华民族的脊梁，陈氏玄奘应该算顶天立地的一个！

大海与乡村

——宝岛纪行之三

平生喜水爱海。台湾的海给我留下极深印象。

台北的野柳风景区，海景之奇特诡谲，台湾东部太平洋海岸沿线，海景风光之旖旎壮阔，都让人心境顿开，尘虑尽消。

从花莲直到台湾最南端——垦丁的猫鼻头、鹅銮鼻——一天再加半天的行程，向南、向南，再越过中央山脉，折向西，直眺巴士海峡与台湾海峡。一路上，晴晦之间，海风劲吹，海水变幻，别人因为时间太长，慢慢感到了审美疲劳的平淡，我却丝毫不觉得。海天一线之际，我眷恋的眼神片刻不愿移开视线。若说台湾人心美在一份禅意的平和自在，台湾风物美在文化的浸润风流，那么，台湾的自然，即是美在宁静壮美的海岸一线。

国父纪念馆礼仪兵威武庄严的交接仪式不说也罢了，台湾故宫博物院我中华文物的含蕴吐华不说也罢了，蒋介石先生的士林官邸那独自盛开的美龄玫瑰不留恋也罢了。我无法不诉说对台湾东部海岸风光的留恋，无法不一遍遍回忆那宁静的乡间，田园牧歌般的诗意。那是庄奴笔下清凉的歌声，那是三毛笔下孤独的流浪，那是席慕蓉笔下寂寞的爱恋，那是蔡志忠笔下无言的禅意。

大巴已从花莲出发，沿太平洋海岸奔驰了一天，饱览潮涌潮退之余，感受了太鲁阁国家公园的雄浑，体尝了北回归线的云烟，终于在台东乡村的一个温泉山庄歇下脚步。这个木质结构的温泉山庄，宽敞的一楼，除了一整块几十米长的花梨木平铺让我咋舌，那几排摆满书籍的书架也让我逗留半晌。发现百分之八十的书，多是关于禅境、佛学的书籍或者随笔。这样的书架放置在一个偏远的东部乡村山庄，任凭游客取阅，也便是一份自在随缘。夜晚去泡温泉，露天下异乡的风情，随着温泉的水汽弥漫；回来躺床上看新闻，听台湾各电视评论员痛骂马英九。自然和政治的交汇，也都是一份通透。然而，令我回味难忘的是第二天悄悄起来，独自出外闲逛面对的乡村清晨。

远处青黛的山脉无言，云烟袅荡，风物俱静，田野没有一个人，视线所及，方圆都无人影，只有我和大自然。那样淳朴宁静的自然啊！“和平之乡哟，我的父母之邦，岸草那么青翠，流水这般嫩黄。”这是郭沫若早期的诗作吧？宁静和永恒，是一对孪生姐妹，永远会被诗人向往。我看见长满果树的田野逶迤伸展到远处，偶尔传来的鸟鸣，提醒我这是人间。右后侧是一条寂寞的黄土路通向树木掩映的地方，路中央远远趴着一条黄狗，诠释着家园的含义。右前方便是我们将继续前行之地，一条空荡荡的不宽的沥青路，大巴将从这里继续向南。海岸线应该就在前面不远处。在路上，是一种永不停歇的状态，生命就是在路上盛开或是枯萎。我们每个人的路有怎样让人欢乐又让人神伤的风景呢？

这样充满诗意与禅意的台湾乡村，让我若有所悟，庄奴词、汤尼曲、邓丽君演唱的“原乡人”，是在这样自然的土地上触发的灵

感吧？陶渊明的“归去来兮辞”，是在类似这样的心境下歌唱的吧？“归去来兮，田园将芜胡不归？”蒲松龄的孤愤之书，是在这样乡间的豆棚瓜架雨如丝的情景下完成的吧？对田园牧歌式乡村的热爱，永远将是我魂魄里凝练的琥珀，给我痛、也给我欢喜！

我会怀念你，台湾的人、台湾的风物自然、永远的大海和乡村。大学时代爱唱一首歌：“小时候，妈妈对我讲，大海是我故乡。海风吹，海浪涌，随我漂流四方。”我的故乡永在我心里。那故乡不一定是你生身之处，那是你心灵泉水滋润的后花园，恒常给你一份体悟，尘世烦嚣的阴凉深处，与你中宵对晤，与你素面相见。

清晨或者黄昏

一

清晨或者黄昏，本身就是一个充满诗意的字眼。和早晨、傍晚这样的应用语言表达不同，清晨、黄昏这两个文学词汇的外延具有无限的丰富性，能唤起人的联想和诗意感受。这样的字眼若和同样充满无限丰富性的两座城市联系在一起，就觉韵味悠长。比如，丽江的清晨，大理的黄昏。

我是傍晚时分来到的丽江。下车伊始，未免有些失望，和我想象中的丽江很有些差距。后来我想，为什么自己一开始会有失落感。有两点原因：一是我从火车站坐中巴到丽江下车的地点是在丽江新区，不是古城——古城当然是不可能驱车的；丽江新城和所有的中国城市一样乏善可陈，一样有肯德基、麦当劳和超市商场，一样到处都是购物的人吆喝的人，第一印象当然未免怅然，二是我进入丽江城市腹地的时间不对，正值傍晚。而这正是丽江外地游客倾巢而出的时间。和很多来过丽江的游客的感觉恰恰相反，他们认为丽江最美是掌灯以后，古城的妖娆与繁华便最大限度地展现。而我

却恰恰不以为然。寻找城市的妖娆和繁华我到丽江来干吗？而今古城的清丽和繁华已离我远去，只在我梦里呈现回味，这样的远离，许会让我更好地把握丽江真实的美。

丽江古城真实的、不可复制的美在哪里？在于她的寂寥沧桑，在于她岑寂的沉默。古老的街面和临水而筑的木屋绵延，栉风沐雨踏着时光而来，无人喝彩无人观光，她自顾自做她自己，呈现她自己。这样的美感，唯有特定时间悠悠一刹那，才为发现她的人绽放。

那是什么样的时刻，唯有清晨。或下半夜！而下半夜，除了幽灵，人们不可能还在幽暗的时光之心徘徊。我不愿仿效幽灵，踟蹰古城街头。所以，留给我最美的丽江印象，是她的清晨，是那无比安静又韵味悠长的容颜。这样的容颜之美，远胜于夜晚灯红酒绿的浮华绮丽。

那日和丽江初遇，怅然中来到网上预定的小客栈。客栈正在古城边上，一个小高地上面。站在缓缓上升的沥青路面回望，丽江古城的一角依稀可见。灯火已上，古树遮眼，对古城的石青路面与小桥流水满是期待的我，刚安顿好行李，便被客栈女老板和同住在客栈中的三个湖南妹子、两个浙江小伙邀约出门。不到五分钟，从一个石阶往下，立马就融入古城摩肩接踵的人流。光怪陆离的光、色、味和瞬间逼近又走开的人的海洋，马上将我席卷。举目四顾心茫然的我，几次差点和组织失散。而一旦失散，想再在城里碰头，几乎比登天还难。因为古城岔道太多，人又太多了太多了！多得迈不开步，多得喘不来气，多得不可想象！整个丽江古城，全被水泄不通的人流席卷包裹。古城鳞次栉比的铺面内，是璀璨的灯光，晃

动的人群；古城的石青路面，是花枝招展、吊在树枝上的霓虹灯，是无数晃动的腿，无数披着披肩的女人，那猩红的嘴唇就在你眼皮子底下；古城的天空，喧嚣着震耳欲聋的打击乐和一串串放肆的年轻歌喉，那沸腾的流行音乐伴随着一阵阵狂欢就在你的耳畔……不，我不要这些！丽江啊，你为何让初遇的我，如此的惊慌失措？你以一种过度的热情、浓得化不开的奢靡热闹将我击倒，而在即将倒下的时刻，我的内心有一种强烈的声音：这不是我的丽江！

我有些沮丧，但依然满怀期待。我知道，任何一件你热爱的事物，你要学会耐心和等待。还要有智者的双眼去独特地发现。

我发现属于我的丽江，是在两天后的清晨。绝早的清晨，那日我必须起大早，去赶开往泸沽湖的中巴。我必须穿过古城的一街，去到散客会合的集合地。六点半，平日这个时辰的江城，已是天光大开，而丽江，曙光却像深闺佳人的容颜，欲现还隐。走下玉缘桥，一转角，古城宁静的街面，是那么轻俏又不容置疑地进入我的双眸，让我傻眼呆住。

视线所及，古城尚在沉睡，所有的铺面全都关门闭户，那沉酣在旧时光的黑白气息瞬间就和我交接。从黑龙潭流下的溪水，一路伴随着古城的街面，于柳枝掩映、鲜花扶疏的沟渠间潺湲而来，轻悄而去，曙光中，小桥流水，市肆静立，石板路面呈现特有的光感和宁静，亲吻着我的脚，一路寂寞却又风姿独具地延伸。古城的绝美，在一个完全不经意的时间，向我和盘托出。这样一个旅人还在沉睡、被人忽略的辰光，这样一个时间的古城，才真正恢复了它本有的样子，它原本就该是这个样子。

这是即将立秋的清晨，丽江已经嗅到了秋声。蛋青色的天光闪

现、阒无人迹的一个拐角，丽江古城以她真实的容颜与一个匆匆的旅人邂逅，将她表面的浮华闹热全都脱卸，像一个被世俗、被物欲、被小资和时尚所竭力包装的稀世美人，在动荡一夜、喧嚣一晚的酒会应酬中回到自己的世界，脱下了那一袭盛满无数欲望和虚荣的华丽袍子，什么也不穿，轻灵寂寞、自在自持，无比的美，无比的疏离，又无比的温柔。这才是我心中的丽江啊！

我相信，这也是许多像我一样寻梦而来、为美感魅惑的敏感心灵，他们灵魂深处的丽江。多久了！像许多盛名之下的江南古镇一样，过多的红尘气息和商业炒作，让丽江不堪重负。她累，她也无奈。她亟需真正欣赏她的人们来自心灵的呵护，来自灵魂的陪伴。

时间不容我徜徉多想，更不许我拍照停留。但古城这一刻的风味清韵，却牢牢吸附于我愿意发现独特之美的心，随着时日的流逝，它不愿也不会泯灭于被平淡磨蚀被悲喜浣洗的有限岁月。这样的丽江，与我无意相逢，是我的幸运。然而我想，只要有心，这样的美丽邂逅，却也不难。

二

若必须在丽江和大理两个古城中选择一个最爱，或者选择今后我的居住地，我会选择大理。或许有人听见我这样的话，会大翻白眼，然而我确实要固执地告诉你，相较丽江过分炒作的商业化以及一点小家子气而言，我更喜欢大理的朴质、大气和包容。这是一个神都、佛都和仙都三合一的古城，是一个充满包容和浪漫气息的古城。当我在昆明开往丽江的火车上，途经大理，第一眼从车窗外瞅

见苍山洱海曼妙无比的姿容，我的心就开始为之欢喜，为之荡漾。

就像美女燕瘦环肥，各有千秋一般，若将城市比美女，杭州是大家闺秀，苏州是小家碧玉，而无锡便是蓬头村妇不掩国色。或者另有一比，杭州是薛宝钗，苏州是林黛玉，心头美人，独有偏好，大概是人之常情，不能强求一律。那么大理呢？她在我心中就具有别样之美。

大理的古城没有丽江大，也没有丽江古城过于浓烈和甜腻的气息。丽江若是葡萄酒，大理就是干红，用乐器作比，丽江好比古琴，具有独特的民族传奇气质，但却被好事庸俗的人们贴上过多的标签而招摇，大理一如琵琶，琵琶来自西域，后成为民乐主要的乐器之一，它具有异族的兼容并蓄的风范，又朴质无华，浪漫独具。大理还是唐代南诏古国的中心，独领风骚，其风骨延续至今。应该说，丽江被现代物欲熏天的人们过分开发和炒作之后，有了一点“作”的痕迹，稍为我所不喜。非得你有发现独特之美的耐心和勇气，不然丽江的美很容易混同流俗。而大理的美，却无论何时都能感觉得到。她的美在于含蓄与散淡，在于包容与和谐。在这个古城，你可发现，不同肤色、各样打扮、另类生活和谐共荣，即使你裸奔，都不会有人侧目。你可以长啸于市，也可向隅而歌，这座将各色时令鲜花卖在街头、三角梅盛开在人家墙头的城市绝不会拒绝排斥。这是它的大好处。而尤其让我悠然神往的，是大理被独特的地理局势所环绕，那就是苍山洱海的大背景，平添了大理古城一份雍容和大气，一份变幻与浪漫之气，令我不赞叹都难。

最让我留恋的，当是大理的黄昏。在大理匆匆呆了两天，但两个黄昏，我都独自与大理耳鬓厮磨，难舍难分。黄昏中的大理，具

有一种非同寻常、令人销魂的魔力。

第一个黄昏，我被这个魔力唤到洱海边上。就此一眼，我今生便和这座城市结下缘分。若我今后会再度赴约，一定便是苍山洱海的魔力在召唤我。或有朋友不解，你生活的江城，磨山东湖之美也不弱，为什么苍山洱海就如此让你神魂颠倒？不然。磨山相比苍山，真可谓小丘壑之比泰山，麻雀之比鲲鹏，何况苍山之苍，令人断肠，苍山之云，令人销魂。洱海更是浩荡绵延，风姿绰约，堪称海景，却比海多了一份曼妙迷离，更比湖多了一份浩荡大气。若是这样的山水和特有的时间、物候相遇，比如，黄昏，比如，古城，还有什么样的美感，能超过纯自然的山水和一份古老安详的城堞剪影的交融呢？

那一个黄昏，我在苍山洱海边迷失，又一个黄昏，我在大理雍容的古城墙头，远眺苍山洱海，再一次不舍留恋。海边风云变幻，紫色的晚霞笼罩海面，白鸟翱翔，绿藻荡漾，清凉的黄昏秋意中，身后岸边的桂花树盛开的桂花，香气一阵阵袭来。我听见有人在不远的海边乱石上高歌：“在那遥远的地方”。一抬头，巨大的黄昏阴影伴随着歌声从海面向天空飞升，不禁呆住，不禁傻眼。

那一个黄昏，我在大理恢宏的城堞上徜徉。大理古城的风貌一如张择端的“清明上河图”中的开封古城，一切屋瓦、街衢、三三两两的人群都依稀笼罩在逐渐柔和安然的光线之中。而远处的洱海如带，海边的苍山如黛，我，一个天涯旅人，再一次呆住，再一次傻眼。所有的风物，都沉醉在一种空阔无边特有的气息中。我想，空，或者无，其实蕴含无比的丰富性，这是思想和艺术的家乡。人，只有在一种美得令人忧伤的自然境界中，才能真正询问内心的

所需。我到底需要什么？我需要的不就是这样一种大美无言的境界吗？几乎所有无比绝妙的自然境界，都让人产生一种悲感，就如几乎所有伟大的人，都有其本己的悲剧精神，而悲剧精神就是生命力。坐在古城历经沧桑的城堞石阶上，我突然心有所悟。

“沧浪之水清兮，可以濯我缨；沧浪之水浊兮，可以濯我足。”我想曳尾于泥途，在自己喜欢的地方，与自己喜欢的人，过一种自己喜欢过的日子。比如大理，比如黄昏海边的吹歌。这样的企求，难道非要用一生的时间去追求，还不见得能够实现吗？若果真如此，我也将淡然一笑，因为，毕竟，生活有这样的美感，不容人放弃，自然有这样的神韵，容我留恋、记叙、歌唱！

在山水间发呆

一向不喜“旅游”这两个字，而喜欢“旅行”两字。一字之差，境界高下全出。旅游者，是导游拿个小彩旗，一行人闹闹攘攘，到此一游，眼耳浮光掠影，听着导游机械和极其拙劣的讲解，什么“大家看，这个山头像什么，那个山峰又像什么……”而大家频频点头。真可笑。山水非要像什么吗？像什么非要讲解词说了算吗？

每人心目中应该都有自己的山水，有自己读山读水的感悟。

这次游武夷山，对着同样一个山头景点，我听见两拨游客的导游不同的讲解版本。我队的导游是个小伙子，他的版本是这样的：请看前面那座山头，像不像男人的骄傲？是女人白天不见晚上见的东西……大家一阵哄笑。我实在觉得厌恶，走在后面。刚好后面又来了一拨，是个女导游，同样指着前面这座山峰讲解道：大家看看它像不像一个茶壶？……我不觉莞尔，女导游不敢说黄段子，就用了另一版本。可见所谓山水之美，本就是仁者见仁、智者见智的东西，非要给贴个标签，真是亵渎了山水。而且山水怎么忍受得了这样一拨一拨的红尘喧嚣啊！

其实，任何山水胜景，何尝有什么景点呢？在庐山，别人指着

一块大石头说是陶渊明醉后所卧的“醉石”，其实诗人随性就醉、睡过的石头不知几多，非要是那块吗？白居易说“山寺桃花始盛开”，估计就是随意所见的桃花数丛，我们却非要指着某处认死它为“花径”。武夷山上，朱熹随意游历的山洞不知几许，导游非要指着某处为朱熹洞。凡此种种，只能说当代世人的想象力已贫乏到极点，非要拘泥坐实于一处典故，才觉得有来头有看头。其实，天地本无名，何况一石一洞呢？我嘲讽世人为名所惑，在所谓景点咔嚓拍照留影，却看不见满山无名的山岩幽径，是有真自在真性情的生命，故而当今世道已无陶白之风流。

旅游者心不在山水，仅仅满足于：我来了、我照了、我走了。真是潇洒得不带走一片云彩。至于回来后，问对方看了什么，有什么感悟，却一脸茫然，除了收获疲惫，估计没有任何体会感悟可讲。这样的旅游，哪怕走遍五大洲，有什么益处呢？只是徒增阅历，却不能增加智慧。

而旅行，一定是用心在品山水，用当时一己之心态在读山水，而且，一个人绝不能匆忙，不能听小旗子召唤，最好不要小旗子，一个人，或二三朋友，走走停停，或者坐坐发呆。在山水间发呆实在是妙事，是和你爱的山水肌肤相亲，是恩怨相尔汝，是李白的“相看两不厌，唯有敬亭山”，是陶渊明的“采菊东篱下，悠然见南山”，是王维的“深林人不知，明月来相照”。那才是天地与我合一的境界。我想徐霞客当年漫游武夷山，绝对没有什么小旗子举着亦步亦趋的。他是独游，是啸傲，是静赏，而后才有严谨的科学地质考察。

天下山水，真要领略好处，真要颐养性情，是必要多逗留些日子才行。“悠然见南山”，唯其悠然，才能见识南山之美。其实，任

何山水，心下悠然，便无往而不美。然而，当今所谓的旅游，大多是三五天，除非你有足够的时间和钞票，独自旅行。比如庐山，我以为美在好住，我幻想他日重游，住上一月半旬，细细体会烟岚成紫气，山风吹我心的境界。而这次的山水之旅，却是跟着团队，承包给旅行社，只能随团行动，毫无自由。但本女子生性喜欢自由，故而能在不自由中发现和享受自由。而让我真正觉得放松的，觉得真正有了山水情怀的，恰是我自由散漫、偷偷徜徉山水所得。

武夷山美在丹山碧水，但学者备述多了；武夷山也美在朱熹的人文历史，教科书也絮叨多了。我所重者，恰是学者和教科书没有关照到的普通山水的一丘一壑之间。故我从不愿跟随团队亦步亦趋，偏喜欢寻幽觅奇，去别人冷落忽视的所在。这次武夷山之行，没有安排九曲溪漂流，到武夷山不上竹筏漂流九曲溪，等于没去武夷山。刚好有半天开会时间，我便找着了可以独游发呆的机会。所谓开会，就是几个专家咬文嚼字对着讲稿，发表些自己都不懂的之乎者也，不听也罢。反正不签到，我立意独游九曲溪，最重要的是，可偷得浮生半日闲。我有大把的时间，自己对着山岩流水发呆，想想就偷着乐。

他日若忆及武夷山，最让我难忘的，时光深处那像琥珀闪着幽谧之光的，必定是我独游九曲溪的半日浮生。

那日我起了大早，为赶头班筏，在晨光微露的武夷山市清凉的街头，来不及等开往竹筏码头的中巴，拦下一个摩的，带上车主给我的头盔，一路近半小时的飚车，绝色无人的山水之美，秀峰明溪、丹山绿树，尽随过耳呼啸的晨风扑面迤逦而来。我骑跨在摩的后面，真想松开手臂大叫，仰头高歌，但我忍住了。还是小命要

紧。那真是一个爽啊。后来和同行描述，都在歆羡之余，一致认为我开溜聪明，但也认为我坐摩的忒大胆了。然而，不大胆真就尝不到那山水明媚呼啸而来的奇境了。

等我畅快独游九曲溪一个半小时的山水画廊后，还有几个小时的时间供我驱遣。我可以静静靠在流水畔的树干浓荫下，对唔锦峰秀谷，坐谈碧水丹山，发呆了。

我承认，真正让我认识武夷山之美的，不在那些景点的文字介绍，而在我独自发呆的那两小时。我眼前的一湾流水，远处在夏日炽烈阳光下烟霭蒸腾的层层山色，透明湛蓝、变幻着大团白云的天空，都让我迷恋陶醉。我任由自己的性情浸染其间，庶几可以融入自然大化。

那次游北海，真正难以忘怀的，同样也是那清晨海边独处的半小时！发现大海空无之美，一定要有独自发呆的时辰，在一定时间单元内，最好游人无几，才能领略它单调下的博大伟岸；发现山水大气自得之美，也必须有足够发呆的时辰，面对自然，面对自己，静听时间流逝，静看山水妩媚。你会在发呆中开悟：世上有绝美的风景，就在你认定的心造之中，世上有纯美的爱和怀念，就在不朽的自然之间！

大家都爱山水，但有几人真能懂得山水呢？我一生有山水癖，最爱者还是相看两不厌、悠然神往的境界。庆幸我是教师，每年有一段时间可到陌生的山水间发呆。到山水间发呆，虽和平日生活无关，却能有效避免自己的心灵流于无可救药的轻佻与麻木的泥沼。

到山水间去发呆吧。面对山水，我从不会失望。对山水失望的人，其实是对自己失望。

在路上　在云中

仲春时节，朋友邀约我参加有十位湖北孝子随行的旅游团队，去江西武功山赏春游玩。仿佛听到大自然殷勤的呼唤，我雀跃着立马便应承下来。

武功山前年既已得知。它是江西第一高峰，更以高山云中草甸而驰名。海拔 1918 米的山顶，一望无际的高山草甸草原般起伏蔓延，据说每到八九月秋高时节，十万亩草甸上举行盛大帐篷节，蔚为壮观，成为武功一景。前些年它的名气不得不拱手让于井冈山，近年因驴友的追捧，逐渐脱颖而出、引人瞩目。

这次武功山之行，同行的除身披大红荣誉绶带的十大孝子外，还有一些文化界头面人物。我懒得记头衔，更不想记名字，便一概以老师呼之——在当今连牙科大夫、护士、演员都以老师称呼的年代，我这也是迎合潮流的一个小小的跟风——当然更多的是三教九流的平头百姓如我辈。

在路上，因有曲艺界、演艺界那些表现欲超强、吹拉弹唱、能说会道的名流厕身队列，旅游大巴一变而为流动的演出剧场。行程近一千里，去来各六个多小时，有几个曲艺界人士，竟然将家伙都带着，快板、大鼓、二胡，随时启用，在车上唱汉剧、京剧、红

歌，在酒店席间表演曲艺、湖北大鼓、楚剧。大家都被带动着几乎人人献技，一路车声一路歌中，我独对电视台的许老师唱的一首民歌记忆深刻，他唱了一首诙谐情歌：“妹妹要是来看我，不要从那小路来，小路上的毒蛇多，我怕咬了妹妹的脚。妹妹要是来看我，不要坐那火车来，火车上的流氓多，我怕妹妹被别人摸。妹妹要是来看我，不要坐那飞机来，飞机上的有钱人多，我怕妹妹跟别人过。妹妹要是来看我，就从那梦中来。梦中只有你和我，想做什么就做什么。”大家听得哈哈大笑，我也跟着开心地笑，笑后却蓦地觉得悲哀。这其实是一首多么悲凉的情歌。现实诸多困境，唯有梦是自由的，唯有在飞翔的梦境，我们才能做自己想做的事。叔本华说人的命运：“人虽然能够做他想做的，但不能要他所想要的”，其实有时候，人心在重重枷锁与阻隔间，根本就不能做他想做的。

有“中国反串第一人”、自诩为“中国歌坛梅兰芳”之称的黄老师，尤其成为全团队的风云人物。大家用略含戏谑、亲昵的尊重待他。无论长相、还是嗓音，他都分明一男人，但举手投足间，却袅娜委婉，眉目含情，说话的腔调也嗲嗲作态，那一双手，无论做手势还是走路摆动，永远脆生生地翘着兰花指，身上也无时不散发着一股浓郁的女性脂粉香水味。他表演的节目每每激起满堂彩。扮演京剧梅派小旦，演唱“梨花颂”、“贵妃醉酒”，确实泠泠生风，浏亮婉转，颇有梅兰芳传人的风采。一次他正在我座椅旁演唱，作势亮相，眉目婉转，朝我抛来一个入骨的媚眼，真是妖媚到十分，吓得我差点要魂飞魄散也。

独乐乐，不如众乐乐。有瑜伽女汉子带领大家集体做瑜伽动

作，大家个个认真投入；有自我感觉好到极致的茅台女士，边拥抱叶主持，边演唱荒腔走板到极致的流行歌曲，让人笑翻了大牙；有戴一顶五星军帽、做文眉绣唇化妆工作的革命女，讲笑话自己大笑、众人却兀自发懵发愣，不一而足。大家都随性快乐，传递着正能量。那不是导游、胜似导游的叶主持，颇有才艺，然而却太有表现欲，他几乎想将平生所有的看家本领，将一辈子让他春风得意的所有段子，在去来十二个小时的车上全部兜售出来，众人高看他一等，我反而不很喜欢。因为他少韵致，无趣味，太急功近利，太急于见效果。因此不够从容。风度是什么？说穿了，不就是从容吗？连假装的从容都能招来震天价的喝彩呢。

在路上，众人传递着正能量，而武功山，却也是一个能量十足的道场，给了我在云中的难得体验。虽说因大雾弥漫，此次武功山之行难以领略一望绵延的云中草甸，但它却给我带来别样的感受。整个白天，群山云雾蒸腾，变幻莫测。栈道途中，大雾如情人的手臂，忽而在近处婉转随人，忽而如玉女的披肩，在山腰轻摇飘忽，云雾忽而轻烟呢喃，忽而排山倒海，倏忽而至，倏忽而退，一会在举目的十丈头顶，一会置身于深渊脚下。抬头稀薄的太阳光如惊鸿展翅，穿透云层，云海便退却；转眼阳光敛羽，云雾又汹涌袭来，犹如没顶之灾，咫尺之间景物莫辨。回身返望来路，层峦尽失，云海从天际直漫到脚下，正被蛊惑着飘摇欲举、迈开仙步之际，从半山腰的深处却传来庙宇的钟声，一声声，一下下，空灵飘忽，激起成群的高山飞雀，在云海汪洋上飘飞回旋，那钟声，似远还近，若灵若神，但只闻山寺古钟声，却不见飘渺古寺影，此境此情，绝妙难言，让人一时涤尽了凡俗的执念。

终于登上武功山的最高顶——金顶，浓浓雾霭如雨丝，每人的头发便像雾凇凝结，人们站立于金顶的石堆祭坛上，黄老师情不自禁双手合拜，继而婀娜起舞，文化传媒的施老师开始宣讲道教故事和禅修经验。而我，却大脑空白，一无所思，站在金顶一个大石块上。那是金顶的祭坛残留之一。这组祭台，隐没于大雾弥漫中，却别具仙气。据说武功山历史上曾道佛双兴，尤以道教为盛，曾有大小庵坛寺庙百余座，其中道庵、祭坛集中分布于金顶等处，最早的是始建于三国年间，历经兴废。虽说现几个主要祭坛为当今民众集资修建，但修旧如旧，不离古朴之气，平日若视线朗澈，那些祭坛与高山草甸的自然绝景融为一体，呈现独特的地理和人文景观。而现在，一切都隐于无。而无，恰恰是道家至高的理念体现，这也是造化不经意的缘缘和合吧？

大风凛冽，我站在金顶最高处的大石块上极力望远，却什么也看不见，只看到身边石阵上隐约的人群。眼镜上布满水汽，索性取下眼镜，身心更加空无。云雾弥漫，茫茫一片，天地混沌，迷失众生，却又奇异地让我看见众生各自的来路和去路，这是怎样一种心境？远眺下面茫茫不见的乌何有之乡，恍惚涌起一股情绪，不能道明，也无可言说。情绪总是这样，并不总是有具体所指，也并不总有意义。其实，人世有许多事物或者景物，是让人莫可言说的。在云中的这种独特感受，只有你亲自去体验，不足与外人道。

人智慧到极处，总是删繁入简，大自然奥妙到极致，其实也是一种删繁就简过程。云海，让大自然失却了许多的繁复缛丽，而呈现出简洁、纯白到极致的唯美；云雾，让我们看不到许多闹热的物事景致，却让天地与生命呈现绝妙的空无之感。这种空无，和人生

的至高境界不谋而合。

这难道不是造化利用此机缘，对我进行的一次绝妙开示吗？

庄严佛土与情色世界

泰国古称暹罗。这是一块古老庄严的佛土，但却又极具红尘声色的魔力。两者奇妙交织，构成了泰国旅游业独具特色的景观。年前，我报名参加了从深圳出发、香港登机的旅游团。行程六天，走马匆匆，泰国的宗教情结和情色文化，曼谷、芭提雅的景观风物、民情人心，却也点滴入怀。

我以为，旅行的目的不仅仅在于让久困一隅的身心去感受别样的土地和风景，得到放松和开怀，也需要通过行走，建立对大千世界的重新认识，精神的行走也许更为重要，而这种行走必须要有慧眼的发现与思考的能力。跟着旅游团的小旗帜，熙熙攘攘到此一游，走马观花，然后摩肩接踵地出入各大旅游卖场，践行精神行走的希望，几乎微乎其微，但若是有心人，或者善感者，时时在观照风物人事之余，照拂内心，有所思索和发现，却也不难。

飞机是暹罗航班，虽然真正的行程是抵达曼谷后的第二天开始，但在香港上飞机那一刻，我已感受到泰国女人特别的温婉和泰国男人独有的温和。我留意到的是泰国空姐说话的神态姿势，双手胸前合十，鞠躬称好，粲然微笑的眉宇间那一份温婉，让我由衷赞赏，而泰国男人温和丰厚的笑容，国内几稀。那样的笑容首先来自

航班的机长，机长坐在机舱第一排迎候乘客。他是典型的泰国男人，黧黑圆润的脸庞挂着给我留下深刻印象的微笑，那微笑具有一丝神性的光芒，也有凡俗的温暖，享有佛光照拂和男性拥有尊崇地位的国土，才能生长这样的笑容。我有幸再次目睹同一张脸庞绽放的笑靥，是六天后，且是因缘凑合才得以重见那张笑脸。六天后回程，因飞机出现技术问题，飞香港的暹罗航班在起飞半小时后重新返回曼谷，等后半夜再次换乘登机，我走上舷梯，一抬眼，机头的驾驶舱内，那张笑脸和我不期相遇：还是那个让我过目不忘的机长，机长在向每一位登上舷梯的乘客侧脸微笑。那样的微笑让我瞬间安心下来：带有这样佛性光彩的微笑，我们一定会平安落地。

观光大皇宫和玉佛寺，是旅游团主要的游程之一。当我们在喧闹的玉佛寺院内拥挤闲逛，一群沙弥着黄袍穿过，个个目不斜视，神色端然。我端起相机抢拍，人家仿佛没听见，更不回视，比我在国内僧庙见识的和尚端庄多了。然而，当我赤足走在玉佛寺内，感受金光耀眼的佛像和梵音时，我却没有顶礼膜拜的冲动，人太多太红尘了！而且，庙堂太奢华了。只有简朴内敛的事物，才会让人感受到真理的光芒，过分喧哗的场所，过分奢侈的装潢，我以为都是远离神性的。

虽说金碧辉煌、雕镂繁复的佛殿让我眼花缭乱叹为观止，但最让我关注的还是一路驶来的曼谷街衢，棕榈树、鸡蛋花树、橡树、芒果树，还有其他不知名的热带植物间，随处闪现着的庙宇飞檐和小小的佛庙佛龛，和堂堂悬挂在大道街心的国王照片及泰国国旗，都在告诉我这是一个有着浓郁宗教信仰的国度，一个佛光照耀下的佛教国家，号称“黄袍之国”。据导游说，泰国人口六千五百万，

94%都是佛教徒，全国有三万多所寺庙；“天使之城”的首都曼谷便有“佛庙之都”之称。

泰国信奉的佛教不同于我国，我国信奉的是大乘佛教，讲究度己济人，而泰国信奉的是小乘佛教或叫上座部佛教，只求自度不可济人。所以，人人修持自身的佛性。除了家庭，寺庙是最重要的生活单元，每个乡村或山寨都有寺庙。在民众的社会现实生活中，僧侣扮演着重要的角色。在泰国，每一位男子一生起码应做一次僧人，这是人生中最重要之事，只有出过家，才是成熟的男人，才能获得社会的认可与尊敬。这种传统源自六百多年前，素可泰王朝的第五代国王曾短期出家，开创了先例。从此以后，短期出家便成为泰国男人的传统习俗。一般是在满七岁剃度，也可延长至20岁或结婚之前。时间一般是半年或更长时间。和导游闲聊时他说，他朋友的儿子在一家公司工作，这一周就是他们公司一些泰国青年的修行期，修行期间享有留职留薪待遇，当然这种礼遇一生只有一次。

行走泰国的感觉之一是佛教对泰国的发展和国家的稳定起到了明显作用。无论是泰国人的礼仪与民风，还是泰国民族的精神与传统，都深深镌刻上了佛教的烙印。无论是各处遇到的泰国本土导游——他们不同于华裔导游的，除了黝黑的面庞，再就是那种经典的微笑——还是我们穿行景点偶遇的贩夫走卒，泰国男人给我的印象是慢性子，是一切“慢慢来”，不着急，是笑容后面信仰的支撑和素养。泰国人极少发怒，即使发火，也不会表现出某种过激的言行。遇到麻烦时，他们常常会笑一笑走开。和我们国人动辄金刚怒目、挥拳斥骂大有不同。其内在的修为与信仰让泰国人温厚平和，民众也不喜杀生，摆摊的小贩也大多纯朴，物品标实价，根本没有

国内商贩的狡黠，民众也不会讨价还价，这个传统当属天朝的子民们。比如，我看见我的团友进入华人开的店铺，砍价的习性就像懒猫的尾巴见到主人，承欢撒娇地就翘起来了。

就是这样一个佛性庄严的国土，却奇妙地滋生了蜚声全球的人妖品种。人妖，这个可以申报世界生命文化遗产的泰国国粹，据说占泰国男人的百分之七八，而且泰国的情色红尘和佛法厚土并行不悖，性产业同样蓬勃旺盛蜚声世界，让我百思不得其解。在泰国，男人具有绝对尊崇的地位。法律允许他们可同时拥有三个老婆，当我了解到这一点时，眼前瞬间浮现机长那饱满温润的面庞，我揣想他肯定拥有仨老婆，他身心的尊贵和滋润，不仅来自信仰的支撑，估计也来自几个老婆的滋养咧。由此联想，中国男人缺乏雍容的气度，平和的心怀，除了无信仰之光的沐浴，恐怕也和一夫一妻制钳制了男性风度使然。啊哟，不由得对泰国的婚姻制度肃然起敬啊。夫妻人伦，人之大欲。充分抚之则安，辅之以佛教信仰，男人不心平气和不和谐才怪，对人心调节改善的作用善莫大焉。难怪全球所有的男人都想跑去泰国感受了。熟悉台湾诗人郑愁予的中国男人，脑海里一定不无伤感地改编了他的诗歌：我哒哒的马蹄打泰国走过，我不是归人，我是个过客。

让我对泰国情色世界印象深刻的，除了两次大型人妖秀的互动情节，就是那天入夜去芭提雅东方公主号感受人妖表演，导游带我们一行穿过芭提雅红灯区步行一条街的观感。撞眼的除了许多游走和在酒吧喝酒的老外以及合乎老外重口味的黑胖矮的泰国女孩，满眼就是五色目眩的酒吧和娱乐场所，各色人等在这儿享乐买醉寻欢。炫目的霓虹灯下打出泰文、中文和英文的“泰国浴”招牌。所

谓泰国浴，说穿了就是色情服务。据导游说，曼谷和芭提雅的红灯区下午五点后，女郎就陆续上班了，和纺织厂女工无异。唯一不同的是，她们会在入口处的佛龛前，脱下鞋子，双手合十祈愿。这个国度兴盛了八百年的佛教，滋养了一个宽容平和的社会，同时又极度男尊女卑。当男性被要求在宗教和公共事务上扮演角色时，女人就要承担更多的经济责任，所以为了扶持家庭，女人从事性产业，在泰国佛教教义中并不是一件可耻的事。查资料可知，全泰大约有三百万到四百万的性职业工作者。这真是一个庞大的数字。

性，在许多许多人心中，都是一个难题。有的为它失了爱，有的为它得了病，有的为它流了泪，有的为它出了书。有的尝试小心翼翼去享受，有的则简单粗暴地去购买。而在泰国，性的泛滥和人妖的表演几乎可以和佛教文化的繁荣并行不悖，让人大跌眼镜。

泰国的性产业早在 14 世纪就开始发展，越战期间，美国大兵在泰国尽情娱乐，将这个产业推动到极致。走在红灯喧阗的步行街，看着肥硕的老外搂着娇小的泰国女郎叼着烟鱼贯而过，我能够想象，无论是天使之城曼谷，还是撒旦之都芭提雅，入夜后这些城市都在纵欲尽欢地演绎着色情，散布着人们可以嗅闻到的皮肉气息。泰国几乎成了欧美男人、东南亚男人、日本男人和中国男人放浪形骸的天堂。老外可以在泰国租房子、租摩托、租老婆，号称三租。这座散发七情六欲的佛国后土，性在这里可以欢天喜地地直接购买，人们也可以堂而皇之地报道那些充满享乐主义和情色气息的佛国文化。

有人说，曼谷位于世界地图北半球的脐下三寸，当之无愧的世界 G 点。在许多国家，清教徒和假正经正在当道，而曼谷却一边高

扬佛国文化的旗帜，一边正大光明地舞动人妖的丰乳和色情的口水，连对女性的称呼，由少女到壮年到老年，也分别呼之为：水晶晶、水多多、水干干，都容易产生性的联想。所以，天下的男人都愿意到曼谷来。去曼谷吧，去曼谷吧！那里有男人需要的一切。美酒、鲜花、海水、人妖，还有水果样的女人，女人样的水果。那里的法律可以确保色情的花样繁多，并又友好地提醒你不要纵欲伤身。

据喜拿回扣的导游介绍：你花上200泰铢买瓶啤酒，就可以整夜看脱衣舞。三点式是曼谷脱衣女郎最保守的服饰，更多的时候是一丝不挂。她们扭动腰胯，百般挑逗，极尽风骚。哲学教授阿甘本有句名言：脱衣舞是一个永远无法达到其完整形式的事件。从这句话看出，他没有到过曼谷。曼谷多么精彩啊！曼谷真是男人们的天堂。广阔的世界展现了男人们的全部冒险，而对那些生活在肉腻环境下的卖春女而言，这叫做命运，命运让她们匍匐在欲望的泥潭里，命运让她们或许终生没有旅游过，也很少遇见可靠的爱情。

这谜一样的国度，佛教的宗旨和人间的情欲操纵的脐下三寸，这是距离地狱最近的天堂，或者是距离天堂最近的地狱。我来曼谷干吗？我不是男人，我来曼谷干吗？我对人妖、对红灯区、对酒色财气本能厌恶，理性又让我探究其间人性奥秘的深渊。我来到曼谷，看到的是佛教恢弘的庙宇下，人情物欲在大彻大悟的佛祖慈悲眉眼下的真实红尘，红尘间的生命个体的张扬或扭曲，这是一个无与伦比的宽容慈悲而又情色张扬的世界，修持与狂欢并在，纵欲与礼佛共存。在曼谷，我目睹了什么叫庄严奢华，见识了红尘万丈和人妖，享受了翡翠般的海域和金子样的阳光。让我感悟的是佛教的

宽容有德，慈悲和享乐的和谐并举，让我沉迷的还是自然，是大海碧玉样的美丽澎湃与广阔明亮。我喜欢的还是动物的稚弱与灵性、植物的天然繁茂。估计我太唯美，畏惧人性的复杂与贪婪，所以我只能写诗写散文，不会写小说。

在曼谷的最后一夜，晨起外出闲走，清晨热带的天光下，忽然下起了大雨，我看见酒店门前庭院的佛龛，在雨中依然鲜亮。我想，雨中所有的佛龛，和曼谷所有卑下的女郎一样，神和人都被雨水打湿，凸显出生命的本来，在雨中展现出洁净。而我所叹息的那些女人，那些男人，包括人妖，或温婉或平和或艳丽的表面，是一颗在现世浮沉的心灵，那些心灵有挣扎、也有皈依，他们依顺着命运的波涛，与世浮沉。就像大海，芭提雅最美的金沙岛，那么迷人的海水，那么灿烂的阳光，浮沉的，是世界各地人们向往的眼光，迷离的眼光。和大海碧玉般的波涛一样，永远鲜活、永不消歇。

团友说，曼谷值得一去再去，而我不会再去曼谷了。或许今后我会去泰国一个叫清迈的地方，那是一个古城，一个宁静的仿佛时光停滞的地方。那是我喜欢的邓丽君最终将命留在那儿的地方。或许我会去徜徉，去凭吊，去发呆。或许不会。卧游也很好，在梦中，美景就像大海的波涛，随兴而至，随兴而去。永远不会叫你失望。

中央大街和铁桥上的月亮

任何地方，它若值得回忆，或者值得向往，并不因为那些共同拥有的品质，一定是它的个性，就像人一样。我们对一个人留下深刻印象，绝非那些人所共有的特性，而是体现他独有特质的味道、细节，乃至癖好，在于他的与众不同之处。对于一座城市的回忆，亦是如此。

你若泛泛赞美它：豪华、壮丽、优雅、大气，听的人和读者仍然是不甚了了。回头去玩味哈尔滨，首先进入我心灵的，是它人头攒动的中央大街上，那到处回旋的手风琴的音乐旋律，充满了俄罗斯独有的风味。那是一种具有时间和历史况味的气息。那气息，弥散在各种欧式建筑点缀的大街上，飘忽在到处贴满俄罗斯招牌的店铺上，荡漾在夕阳西下、人影幢幢的城市剪影里。在哈尔滨江边铺满格子石砖的林荫道，在那条蜚声遐迩的中央大街，我由衷感受到了人们全力享受当下、迷恋世俗人生的城市风情。

行走在到处是欧式建筑的中央大街，地面全是一色用面包状模样和大小的花岗岩石块铺设而成，号称“面包石”。是二十世纪二十年代俄国人所建。其形状大小就像俄式的小面包一样，石面呈浑圆型，精巧密实、光亮圆润，据说在中外道路史上极为罕有。大街

上人流熙熙攘攘，有时我会低头新奇地久久看着路面，试想若脱下鞋子，赤脚走在上面一定很有趣。有两次和对面的行人撞个满怀，我一脸无辜地抬头看看对方，说了声“对不起”后又径直走下去。我在暗自发笑和痴想：若是深夜无人的中央大街，灯火隆重而又寂寞地全部亮着，就像一场盛大的演出，却没有任何观众，而这时我出现了，我赤着脚，跳舞般跳跃在空旷无人的中央大街“面包石”上，街两旁那些或新或旧的欧式建筑，装点着入梦一样橘色的灯光，齐齐迎候着我。若街边设置的音乐箱里，忽然飘出莫扎特歌剧《费加罗的婚礼》中伯爵夫人那段著名的女高音咏叹调“求爱神给我安慰”，或者，飘出威尔第歌剧《厄尔南尼》中爱尔薇拉的咏叹调：“厄尔南尼，我们私奔吧”，我一定会认为自己置身在一个类似“指环王”般的梦幻世界。我会和梦幻无人的中央大街私奔，他会带给我爱神般的安慰。

在中央大街一个路口，我打听到索菲亚教堂的所在。这是我来中央大街的一个重要目的。哈尔滨整座城市散布着许多风格各异的教堂，而最著名的应该是索菲亚教堂。它被誉为哈尔滨建筑艺术馆，建于1907年，原是沙俄修建中东铁路的随军教堂。它显得并不十分高大。但古朴厚重，有着信仰的肃穆与力量感，也有时间的沧桑与沉默。整体建筑属于拜占庭风格，砖红色的外墙上镶嵌着许多上部椭圆的细长窗子，而钟楼和主穹顶却是具有俄罗斯传统的“帐篷顶”和“洋葱头”造型，高耸的金色十字架与红砖绿顶相辉映，给建筑带来了一抹振奋和激荡的气息。

我尤为感兴趣的，是教堂外部广场饲养着白鸽，无数白鸽在教堂砖红色建筑上起落停歇，犹如竖琴的滑弦音符，明丽而飘渺。穹

顶内的教堂空间其实不大，现已辟为哈尔滨这座历史文化名城的专业图片展馆，我在这个小小的历史建筑艺术馆里呆了近两小时，一小时用来细细观赏照片和听解说，一小时用来坐在教堂窗格射进的天光照不到的角落打盹，我实在是太困了，那天吃了治疗脸上红痘的脱敏药，这药有极强的嗜睡副作用。在哈尔滨著名的索菲亚教堂，一个女子竟然坐在角落里打盹，这是一件不可思议的事，也是一件美妙的事，回忆起来一定会让我莞尔一笑。

我有时喜欢一个人在优美的城市街道，在暖融融的阳光下坐在街边长椅上发呆、打盹、看书，或者看行人的感觉。人在这种场合，容易生发一些奇异的念头，变得空明、没有重量，有些瞬间不可企及，连回思都难。在中央大街，我走走停停，坐坐歇歇，各处流淌的街边音乐，犹如圣泉，洗涤着我的身心。在马迭尔西餐厅，我排队买了著名的马迭尔冰淇淋，五元钱一根，我买的是奶油味的，极其好吃，当时很想买十根带给我远在江城的儿子，但遗憾我没有天使的翅膀。马迭尔西餐厅对面就是中央书店，我一口咬着好吃的冰淇淋，一边在中央书店领导般巡视一番，然后出店门，看着夕照下的人影幢幢的中央大街，这时的中央大街才显示出它妖媚的风情。夕阳的光影变幻在各种欧式建筑上，一侧的高处是温暖亮丽的夕照，一侧是街面和行人浓重的阴影。光与影有着和谐的旋律，朱自清说那犹如梵婀铃上奏着的名曲，而我觉得却如一侧布满浓荫的溪流，太阳将半边溪水照得泛金流蜜，一侧却被深幽神秘的投影笼罩，而水藻、游鱼和激流犹如大街上的人流，无不散发出梦幻般的气息。一幢二楼临街的阳台上，一个老外在自顾自地举办马迭尔阳台音乐会，他投入地拉着手风琴，引来街心许多人围观。我驻足

听了半晌。他拉的是几首名曲，其中大家熟悉的“莫斯科郊外的晚上”引得听众一片叫好。有一些人情不自禁跟着哼唱，悠扬的旋律飘荡在金色而又凉爽的夕照里，撩逗于过往行人的衣襟，流逝于即将消失永不回返的美妙时光里。我也陶醉在这种弥漫着悠闲与快乐的城市风情中，久久不愿离去。

哈尔滨让我记忆尤深的，除了中央大街建筑、音乐和人流光影的明暗，如一条快乐滔滔又静谧无比的溪流。再就是它的深夜，那奇异硕大、金黄湿润的半个月亮，月亮下面，有城市梦幻般的剪影，有东北朋友诚挚的情谊。

我的朋友们都飞走了，因为只买到第二天的火车票，我必须在哈尔滨住一晚。负责陪我的重任，就落在身为哈尔滨人的宋哥身上。他晚上送两女友到机场后，就过来寻我。我约他到了松花江畔著名的防洪纪念塔下。我还是喜欢水，喜欢大江，喜欢流逝不居而又永在的事物。它是幻灭的，它也是永恒的，就像爱情一样。

哈尔滨夜风下的松花江，显示了白天所无的柔媚和清凉。风很大，江水滚滚滔滔，映照着迷蒙的灯光。江堤有一直延伸到江边的层层石阶，三三两两的人在石阶上闲坐吹凉。有一对情侣恋情正炽，男友一把抱起女友往上面走，女孩手上还拿着男友刚刚买下的一株玫瑰。可惜我没想到拍下这一幕，若拍下来，一定会成为“爱在松花江畔”的经典镜头。站在滔滔东逝的松花江畔，我想到了遥远江城的长江岸边。同样是大水，给我的感觉完全不一样。夜色中的松花江如此澎湃汹涌，夏夜的风又是这样骀荡清凉。我往石阶下走，非要坐在最靠近江水的堤阶上，可以手掬起江流，吓得憨直而又细心的宋哥拉着我直往后退，说怕风浪太大，凝视江水过久我会

眩晕，一不小心掉在江里，他的责任可就大了。我调皮地看着宋哥，喜欢这样的淳朴和认真。

远远看着江面上大桥朦胧的巨影，我提议去哈尔滨松花江上著名的铁桥上走一趟。宋哥告诉我，以前哈尔滨类似市标的建筑，就是那座著名的铁桥。横跨在江南江北，许多图片上都有它钢铁伟岸的身影。铁桥两边窄窄的行人道，是木板铺就，中间过火车。据宋哥说，以前小时候，他们经常踩着漏着间隙的木板，颤颤巍巍地过江。火车一来，风驰电掣，桥面颤抖，既惊险又刺激。前几年，紧挨着铁桥，哈尔滨修建了一条同样可以穿行火车的新桥，由此松花江上出现了新景观的双子桥。我们走到铁桥下面，桥头上走道的铁门，深夜 11 点了竟然没锁，走道上已经换成了紧紧挨着的铁板，我想走到江心去看夜色下滚滚东流的松花江，吓得宋哥又直拉着我，说南方来的女子特么的太野，问我："你是否要跳下去？"我大笑，就在那一刻，一抬头，便发现了月亮。

她真是太美了！这是第二次，我被一朵月亮全身心地吸引。她显得非常奇异，悬挂在江岸左侧一高层建筑物后方，一开始我没留意，还以为是巨大的橘黄的探照灯，原来却是半轮硕大金黄的月亮，湿润、清凉，出现在我这个异乡人的眼前，出现在哈尔滨空旷无人的铁桥前方，如一颗巨大的惊奇神秘之眼，照耀着冰城的上空和江面。二十多年以前，我曾在新疆戈壁，见过非同一般硕大的圆月，曾带给我身心无比的震撼，而冰城的月亮，虽没有戈壁之月通红的光焰和美艳，但一样有不可思议的美。我呆呆地看了好久，哼起那首新疆民歌"半个月亮爬上来"，她没照着姑娘的梳妆台，她照在北国的江面，照在异乡人的脸上。想象这枚硕大的半圆的月

亮，带着清凉湿润的夏日之气，在后半夜朗照着松花江心的情景，我不禁痴了。

任何人事风物，如果没有想象的力量，一定会逊色不少。也许多年过后，出行北国的诸多细节都已忘记，但深夜铁桥上，吹着沁凉的浩荡的夜风，与朋友一起抬头仰看那硕大金黄之月的情景，一定不会忘却。而且，因为时间的淘洗，哈尔滨之月，会变得更加美丽，也更加不可企及。

想到一个人的年龄。这也许是与本文无关的话题。有人说，一个人的衰老过程，就是逐渐远离李白、亲近杜甫的过程。这一定是学文的人说的话。说得很对。杜甫是把生活当做贴身衣服去穿的，而李白，永远将生活当做理想，当做梦幻，生活如同浮在身边的云絮，忽远忽近，瑰丽而又飘渺，所以李白的人生永远有孩童般的好奇和天真。按我的心性禀赋，我想自己只能更喜欢李白一些。其实，我们每个人最终都会走到杜甫跟前，而杜甫和李白却永远不会衰老。当我走到杜甫跟前时，我还会记得什么？所有的流光碎影都已远去，而铭刻在心底的爱，和在路上的欢乐，一定还在回眸的深笑里。

古城墙上的漫想

禹划九州，始有荆州。荆州这个名称，是上古大禹治水时所定的九州——冀、兖、青、徐、扬、荆、豫、梁、雍之一，以当时境内荆山得名。诗人李白有一首童稚能诵的小诗：“朝辞白帝彩云间，千里江陵一日还”，这里的江陵，便是荆州。七月上旬，因参加一个笔会，我第一次来到荆州。虽说在鄂地出生，至于老大，湖北很多地方却是只有耳闻，没亲临实地。荆州就是如此。说起荆州，中国妇孺老少应是耳熟能详的。谁不知道三国故事呢？谁不知道关羽的“大意失荆州”呢？肚子里有些墨水的，更可以告诉你《三国演义》一百二十回，其中有七十多回是和荆州有关的，而以围绕荆州及其他楚地的故事最为精彩。“闻听三国事，每欲到荆州”。对湖北下面的市县，我一直私心孺慕的，荆州要算一个。

是一个夏日晴好的日子，我登上了荆州古城墙。荆州最有名的当然是它的古城墙。站在荆州城墙宾阳楼瓮城一角，极目而望，城墙外的护城河熠熠闪光，寥廓的楚天青碧一色，城楼上一杆大书着“蜀”字的黄旗，于晴光下翻飞飘扬。此境此景，仿佛在告诉我，脚下的土地是有几千年历史的古城。夏日的熏风猎猎，风中墙砖上动荡的蓬草，紫薇花颤抖的花瓣，城墙甬道上被阳光切割的明暗光

影，拂面而过的蠓虫，都让我有点恍惚。这片土地是容易惹人怀旧的。历史像影子一样跟随在时代和个人后面，从来不会消失。中国治乱兴衰的悠悠故事，彼此重叠，不断重复，又有几多能被人深切的怀想？也许一生用来怀想都不够。千年以降，这座古城最让我心驰神往的，当然是和荆州有关的三国故事和人物。

首先想到的是建安七子之一的王粲。他在荆州写的《登楼赋》，成为千古绝唱。遥想他在一千多年前的公元三世纪，就站在我此刻伫立的土地上，白日将近，夕阳西下，漳沮清流，悠悠远去，兽走鸟飞，荒寒莫极。我们的才子不由得遥思故乡，悲从中来，唱出了“虽信美而非吾土兮，曾何足以少留”，“人情同于怀土兮，岂穷达而异心”这被我记诵至今的名句。可惜王粲死得早，四十一岁便因病而亡。曹丕也是个奇人，他对王粲的生前好友们说：仲宣平日最爱听驴叫，让我们学一次驴叫，为他送行吧！于是驴声四起，昂昂不休。谁说我们汉文化缺少幽默游戏的因子呢？仅凭曹丕这一好玩脱俗的举动，我也要为其人点赞。王粲和曹丕是好友，他们不仅懂得生死无常，而且能达观地对待生死无常。人生不要过多去设置意义，设置人生承载不了的意义容易幻灭，走入虚空，还不如听听驴子叫来得欢乐有趣。

环城的古城墙甬道几乎少有人迹，我一个人悠悠漫步，夕阳的金辉从一侧的树林杂枝间投射过来，地面上留下斑驳明亮的影子，我便觉着自己是在一步步走向历史，走向纷至沓来的英雄岁月，关羽便自然浮现在眼前。当然浮现的是旧版电视剧陆树铭扮演的关羽形象。在荆州古城墙想起义薄云天的关羽，那几乎是必须的，且一定是必要的。

铁匠出身的关羽，他既以武圣的身份与文圣孔子并驾，又以关帝的尊严超越现实的君王，在中国历史上无出其右。他不仅忠肝义胆、豪气干云，也是个美男。好像三国著名美男很多，诸葛亮是，关羽是，吕布也是。书上说关羽“身长八尺，卧蚕眉，丹凤眼，面如重枣，唇若涂脂”，简直是玉树临风，器宇轩昂，新版“三国”电视剧中，于荣光实在是将关羽演丑了，我还是喜欢旧版“三国演义”里饰演关羽的陆树铭，比较合乎人们心中的关公形象。关羽的挂印归去、千里走单骑、刮骨疗毒、夜读《春秋》等故事家喻户晓，在许昌灞桥，他著名的挑袍辞操的动作多么潇洒倜傥，若在当今，应该算是行为艺术，会让美眉们露出花痴一般的神情。但我更感兴趣的是他辞操归刘的隐情。

历史的洪波流变，英雄演义，自古以来，和平头百姓关系不大，但流波里回旋的细小浪花，英雄情怀下面幽微明暗的人性隐秘，总能引起我的好奇和联想。关羽辞操归刘冠冕堂皇的理由见于《三国志》，无非是我们深以为然的关羽节义。言明关羽与刘备“恩若兄弟”，“誓以共死，不可背之”；曹操对关羽又礼遇甚厚，故关羽解白马之围，既对得起曹公深情，又誓死追随故人。但事实的全部真相果真如此吗？有时玩味历史大潮之下的水底镜像，或许更能扣住历史的脉动，还原一个历史人物人性的真实。

我们的先人早就于兹窥隙，出自东晋著作郎王隐手笔的《蜀记》，另有这样的记载：“曹公与刘备围吕布于下邳，关羽启公，布使秦宜禄行求救，乞娶其妻，公许之。临破，又屡启于公。公疑其有异色，先遣迎看，因自留之，羽心不自安。”《蜀记》是严谨的国别史著作，不可当小道消息看。后来东晋常璩《华阳国志》卷六

《先主志》也印证了它的真实性，而且写得更为详细真切。关羽辞操，更多的心理隐秘是：他看上了吕布手下官员秦宜禄的妻子杜氏，向曹操请求在攻陷濮阳城后纳秦妻为己有，曹操答应在先，而关羽按捺不住，攻城时又再三提醒曹操。众所周知，曹操好色举世无双，关羽的喋喋不休让曹公心生好奇，城破后先偷偷侦察，一看杜氏果然绝色，便纳为己有。因而关羽“心不自安”，甚至一度产生仇恨欲射杀曹操的冲动。关羽和曹操因女色产生的嫌隙与心理危机，此隐情才是关羽最终离开曹操的原因。既然在曹营心里不舒服，就不如回到大哥身边混饭吃。这种原因是不足为外人道的，却至为深刻而符合人性。

据说后来杜氏在曹操身边生活得十分美满，还为曹操生了两个儿子。曹操让众多妻妾能雨露均沾，个个心满意足不争风吃醋，实在需要本事，非常人之所能，雄才大略与儿女柔情俱备，千载以下能有几个？关羽在选择女性上有眼光，但他对杜氏不是情，而是欲。你我皆凡人，凡人皆好色，一代枭雄曹操不例外，英雄关铁匠也不例外。清代学者王渔阳曾拿关羽此事和范仲淹的一则隐情说事：“范文正仲淹守鄱阳，喜一乐籍。未几，召还到京，以绵胭脂寄其人，题云：‘江南有美人，别后长相忆。何以慰相思？赠汝好颜色。’至今墨迹在鄱阳士大夫家。”他认为：“以二公风节行义殊不类，何耶？”在他看来，关羽和范仲淹的情色之心与其平生的“风节行义”是极不吻合的，意在唤起人们对“二公隐情”的特别关注。其实，连圣人都说“食色性也”，不计伟人还是凡夫，英雄还是平民，君子还是小人，情色一关，堪难勘破。勘破了就可遁入空门，寒灯枯宅，蒲团独坐，一如弘一法师而为。但即便如弘一法

师，年轻时不也裘马轻狂，恣情纵性过？何况就算遁入空门也不见得勘破得了，君不闻当下那个少林大德的绯闻情事乎？

由古城墙、关羽一路想到了情色，可见我的思绪也真是信马由缰。关于情色，乘势多说两句。最有名的关于情色的言论，当属明人徐应秋的感叹："项王喑哑叱咤，当时粗豪男子，而眷恋虞姬，临亡不舍。苏子卿吞毡啮雪，视死如归，而娶胡妇生子。关公忠肝义胆，可对天日，而启曹公求秦宜禄妻，曹又疑而自取之。赵阅道为铁面御史，乃悦一营妓，令老兵召之。范文正守鄱阳，属意小妓，既去，乃以诗寄魏介而取之。……情欲之于人甚矣哉！"（《玉芝堂谈荟》卷七"情欲难割"条）徐某人历数历史上著名豪杰之士，从叱咤风云的楚王项羽，到牧羊北海的汉使苏武，从义薄云天的关云长，到宋仁宗时代的铁面御史赵阅道，以及忧乐天下的范仲淹，最后竟然发现他们都未能超越情欲的藩篱。我长叹息一声：啊啊！当今那些被情妇告发的贪腐之流，或许与那些古人先烈心有戚戚焉！时代的咄咄怪事其多也欤？情色一词其险也乎？

古城墙周游一圈的结果，是我开始忧国忧民忧人性了。还是赶紧打住为妙。我还要继续寻找新的赏心乐事。和一座城池的相遇，和一些古人的相遇，都让我感到时光的魅惑。这样的相遇其实就是另一形式的重逢。我在古城墙上重逢了那些真实的古人。他们人性下面幽暗的、隐秘的角落，原本不影响他们的伟大，反让我觉得一丝亲近与喜乐。

想到唐朝诗人钱珝的诗句："行背青山郭，吟当白露秋。风流无屈宋，空咏古荆州"。面对盛夏，我独倚荆州，过往英雄风流云散，只能空咏古荆州了。

界河的晚霞

对北国向往已久，这里的北国特指与俄罗斯接壤的黑龙江。那白山黑水的广袤土地，那林海绵延的大小兴安岭，那旷野浩荡、葱茏肥沃的三江平原，还有白桦林覆盖的无边森林，都曾让我心生热望。在我们这些六十年代生人的梦中，它们是和“我的家在松花江上”、“我们来到了太阳岛上”、“乌苏里船歌”的歌声连在一起，是和王刚“夜幕下的哈尔滨”的广播连在一起，是和小说“林海雪原”英雄的传奇交织在一起的。而在我的心中，更与辽远的俄罗斯情结紧密相连。大暑前四日，应朋友之邀，终于踏上大美黑龙江的土地，当哈尔滨凉爽的夜风伴随着女友的拥抱扑面而来，我的心在轻呼：黑龙江，我来了。

我们一行七人，驱车一路向北。车窗外平坦如砥的三江平原，满眼都是连绵不绝的庄稼，以玉米和大豆为多。天空松软肥厚的大团白云或高或低缠绕在地平线上，与肥沃得流油的土地紧紧依偎，也与我们一路亲昵相随。广袤丰厚的原野只能用壮美去形容。我的身心贪婪地吸纳着北国的气息，这样寥廓辽远的壮美与小桥流水杏花的江南迥异其趣。我着实分辨不出自己到底是迷恋江南的旖旎明媚，还是喜欢北国野性十足的大气壮阔。两者我都爱、都赞叹，就

像我既欣赏中国水墨山水的氤氲简约，也倾慕西洋油画的厚重绚丽，既钟情长笛的悠扬飘渺之韵，也惊艳于小号的高朗亮丽之魂。我能拒绝黑龙江这条磅礴大气的江流的洗礼吗？我能拒绝白桦林对我声声入骨的呼唤吗？我不能！

我们一途停歇了几站，经过了整洁新亮、路边林畔到处是“点头抽油机”的大庆市；歇宿于黑龙江省唯一的蒙古自治县——杜尔伯特，在豪华的蒙古包做客，蒙古族人大嚼全羊、大口喝酒、不停引吭高歌的爽烈让我目瞪口呆；我们盘桓于世界级的扎龙湿地，这个丹顶鹤的故乡，它野性丰饶，鹤影排空，非常吻合我对本色朴野的大自然的偏爱；我们留恋于还是世界级的火山岩黑色之海，它喷发形成的堰塞湖——五大连池廓大无边，永恒凝固的黑色波涛更让我惊叹大自然的伟大力量。

但是，我心底最神往与渴望的，还是那条仅次于黄河和长江的河流——中国的第三大母亲河：黑龙江，那个古称“弱水”的地方。我们的最远目的地，将是以这条河流为界、与俄罗斯的布拉戈维申斯克隔江相望的黑河市。它在我国版图的鸡冠东端。如有可能，我们将渡过黑水，前往那曾是我国版图的海兰泡（布拉戈维申斯克的俗称）这片俄罗斯土地逗留，然后再回渡黑龙江，沿中俄边境一路东南而行，将版图上的公鸡头画一个小小的椭圆。

旅途第三日中午时分，我们风尘仆仆抵达黑河，想签证前往俄罗斯的布市。但因我和另一旅伴的护照已上交所属单位，网上有记录，无法办理临时签证，所以大家无缘俄罗斯那片神奇的土地。但是，抬眼就是异域俄罗斯，举目就是界河黑龙江，这样的感觉还是非常奇妙。

黑龙江因河水含腐殖质多，水色发黑而得名。在中国古代文献中，黑龙江有黑水、弱水、乌桓河等诸多别称，公元13世纪成书的《辽史》第一次以“黑龙江”来称呼这条河流。这条让我魂牵梦绕的大河，自古就是中国的内陆河，19世纪后期沙俄强行占领中国黑龙江以北、乌苏里江以东大片领土之后，才成为中俄界河。它是满洲族人的发祥地，在清朝属于宁古塔辖区，具体今属黑龙江宁安市。宁古塔是有清一朝的集中营，是名门要族大刑案犯的主要流放之地，与俄罗斯革命党人流放西伯利亚很有点类似。在《康熙微服私访记》、《铁齿铜牙纪晓岚》以及《宰相刘罗锅》等清宫剧中，经常会听到皇帝动怒时的一句经典台词：将XX发往宁古塔，永世不得入关！清代轰动朝野的戴名世《南山集》案、方孝标《滇黔纪闻》案的要犯都流放于此。我记忆最深的是纳兰性德的朋友顾贞观委托他营救清代著名诗人吴兆骞的故事。吴兆骞流放宁古塔23年，他和一帮流人名士在耕作之余，依然延续着谈学论道、吟诗作赋的遗风，由此出现了“七子之会”的雅集胜事，据说这是黑龙江历史上的第一个诗社。遥想三百多年前，我脚踩的这片荒寒穷塞之野，曾前所未有地出现了诗文风流之盛，不由心生恍惚。那个重然诺、重情意的诗性公子纳兰性德也曾追随康熙，踏足黑土地，感叹于“山一程，水一程，身向榆关那畔行，夜深千帐灯。风一更，雪一更，聒碎乡心梦不成，故园无此声。”但他最远还只是到了北国的辽宁盛京，我却比他走得更远，走到了宁古塔，走到了抬眼就可看到俄罗斯海兰泡烟囱的弱水江边。日换星移，山河巨变，不由感慨丛生。

在界河边境小城的两日黄昏，辉煌瑰丽的晚霞注定要笼罩于我

们盘桓黑河、嘉荫两地的记忆深处。黑河这个美丽小巧、幽静干净的小城，我由衷地喜欢。尤其是龙江两岸中俄风物的奇妙体验，让我心生喜悦。我们乘船饱览黑龙江两岸风光，望远镜下，对岸俄罗斯少女在奔跑，少年在江滩戏水悠闲的样子一一在目。更远处，是黑黝黝沉默的森林，那是普希金、莱蒙托夫曾吟唱的土地。我一直有一个梦想：从北京或者新疆出发，坐火车去俄罗斯，横跨西伯利亚，穿越欧亚大陆，那样的慢速度随着火车行进，徐徐展开寥廓土地的原始与壮丽，那才是诗意的旅行，那才是身心投入的大自然体验。中国一个男大学生做到了。他是真性情、爱自然、懂人生的妙人。我无法不欣赏这样的人生。

当晚霞逐渐由恢弘的绛紫变为厚重的金碧，我正在渡过弱水。这样的记忆注定不会忘记。在嘉荫，我们被哈萨克族的旅游局长盛情邀请，于江轮上餐厅做客，舷窗外就是西天烧不尽的火烧云，一直烧到我的心魂深处。记着了哈萨克局长的豪语：“小城不大，风景如画，人口不多，贼拉能喝”。我们一路喝下来，喝了白酒、啤酒、红酒，我喝了多少杯不知道，但我完全放开了自己，这是意外的收获。东北这块土地，你必须能喝酒，不喝酒，不能表示你真诚，不喝酒，无以显示你豪爽，我于是每顿被喝酒，喝酒也陶然，酒醉也伤怀，喝得我晕晕陶陶，喝得我大声歌唱，喝得我泪流满面，八天行程下来，最终喝得我红痘满脸。我臣服于酒的魔性，她能将你提升到平日心魂所无法抵达的奇妙境界，我想人生之乐杯中物确实要算一个，这也是古往今来许多性情中人推崇的人生挚爱之一。

酒至半醺，面对平静而深沉的大江，面对大江上空摄人心魄的

晚霞，我便大声歌唱来表达自己内心的激情：“晚霞映红了伊洛瓦底江，活泼的海鸥展翅飞翔，啊，它们飞来飞去尽情歌唱，啊，它们自由自在多么欢畅，静静的江水向东流，只有那歌声轻轻回荡。”这首缅甸民歌以前常常哼唱，那时多么年轻，没想到多年之后，我能面对晚霞笼罩的弱水放声歌唱。我和旅伴们酒后的样子一定是可爱的，不然霞光为何痴痴？不然江水为何滞滞？不然晚风为何迟迟？兴尽归来，江堤上有男高音浑厚唱着“莫斯科郊外的晚上”，我醉意未消地放声迎和，一连唱起了“敖包相会”、唱起“三套车”，好久没有在这样彻底放纵中充满快乐了！也许，一个人的欢乐是容易的，是可以共享的，孤独却需要勇气。我愿大自然和人以宁静与我分享，以默契与我分享，以坐对忘言与我分享，以美丽的相遇和歌声的对答与我分享。在这边城凉爽的夜色里，几个女伴随着广场的众人跳起了广场舞，而我在大声唱着歌，披着温柔的夜色。我们与自然、与小城、与熟知和陌生的人，彼此存在，彼此感知。于是，相视一笑，莫逆于心。

界河的清晨，黑龙江边的小城嘉荫宁静新鲜得出奇，像一握在手沁凉的琥珀，在岁月里静悄悄闪光。我独自来到江边，江水那么清澈平静，只有二三个晨泳和戏水的居民。走过鹅卵砂石铺满的江滩，江水温存呢喃着，忍不住蹲下身掬起一捧江水喝下。它的清冽甘甜，让我心魂透亮。我深知：弱水三千，我只取一瓢饮。虽说这弱水只是泛指所有险而遥远的水域，但因名称相同，我不妨效法东坡先生，此赤鼻矶不是那赤壁，此弱水也非彼弱水，却也不影响我借此抒怀啊。

长江岸边走来的女子，你记住了黑龙江吗？你记住了她或深埋

或狂放的热情吗？她宁静下面浩荡的激流，她壮美而又绮丽的晚霞，她深重而又纯洁的品质，将从此烙印在我的记忆里。

我的弱水，我的黑龙江，明天又将一路征尘，我必将离你远去，你会永存于我梦中，伴随旖旎的晚霞，和大江深沉的风情。我还要走向森林，走向激流，走向最清新的原始大氧吧，去拜谒白桦树，那和北国厚土，和诗歌，和爱情紧密相连的白桦树，那将是我梦中的白桦树。我想，人生总会和自己心魂相牵的东西相遇。你执念的你期盼的，一定最终会送到你眼前和耳边。对我而言，这条恢宏的大河如此，那心心念念中神秀挺拔的白桦林如此。任何偶然下面一定充满了意味，它是必然。人与人、人与自然，每一个相逢，都有深意。心之所向，必能达至！

鼓浪屿风情

经常做梦会梦见水，各样的婉转流泻，各种美丽沉静的颜色：鹅黄、靛青、深蓝，各异的态势：溪流、湖泊、大海。一个人常梦见水，是可喜的事，说明她的生命力充满水分和养料。水的象征也再明白不过：润泽万物，养育生命。我生活在一个大湖畔，每天抬眼就可望见水，水相是我的命相，所以我总喜欢往有水的地方跑。不是身子，就是灵魂，总要有一个在路上。这次就跑到了厦门鼓浪屿。

在岛上，我常常情不自禁哼着那首著名的“鼓浪屿之波”：

> 鼓浪屿四周海茫茫，海水鼓起波浪，鼓浪屿遥对着台湾岛，台湾是我家乡。
>
> 登上日光岩眺望，只见云海苍苍，我渴望，我渴望，快快见到你，美丽的基隆港。

但凡六七十年代生人大都会唱。一哼起这首歌，脑中浮现的，往往是天风海浪，烟波浩渺之间，一座翡翠般的小岛，面对大海，面对台湾，春暖花开。没有历史沉重的印记，也没有殖民色彩浓郁

的废墟。然而真实的鼓浪屿却远非如此。

卡尔维诺在《看不见的城市》中有过这样的描述：“无论城的真正面貌如何，无论厚厚的招牌下面隐藏着什么东西，你离开它的时候其实还不曾发现它。”无论厦门，还是厦门的鼓浪屿，短短的一两天，我所看见的，往往是她的表象，远远谈不上发现什么，然而，就像厦门的美很多和风景有关一样，鼓浪屿的美是和风情有关。风景可以用眼看，风情却需要用心去感觉。鼓浪屿的美在哪里呢？

应该是在一个太阳很好的午后，你一个人随意溜达到任意一条巷子，当然行人不要多，三三两两便好，藤萝低垂，廊柱无言，这时忽然从庭院深处飘来叮叮咚咚的钢琴声。琴声如诉，莫名所以，有点感伤，有点欢喜，你不知道弹琴人是谁，是男是女？是孩子还是迟暮的美人？这不重要。重要的是你听到了琴声。而你抬眼一瞥，远处是大海隐约的波涛声，海面闪烁着细碎的梦幻般的阳光。要说风情，这就是鼓浪屿的风情。她闪烁于深巷传来的琴声里，流淌在遍布岛屿深处藤萝遮掩的建筑石柱上，蜿蜒于被阳光切割成几何线条的深巷，也在缠绕于琴岛颈上的旖旎海滩间荡漾。她就是这样一个岛，如果你对她一无所知,打动你的，除了蓝天碧海以及无车马喧嚣的安宁，再无其他。但当你避开人群，拐入那些僻静的巷子，若有幸听到隐约的琴声，或者在通向山上的一条幽僻小路，停留于一扇荒凉的院门，终于神思恍惚起来的时候，鼓浪屿的真正魅力，才会逐次向你展开。

在那一刻，我多么渴望接触她，渴望深入她的肌理，与她私密对话，仿佛她与你的前生有不解的渊源。

老天对我是心存善意的。在厦门港等船的一个多小时，天气不算尽如人意，没有太阳，单等我乘船靠上鼓浪屿码头，踏上靠海的小路一路姗姗行来，天空竟然泛出钢蓝的颜色，太阳开始在头顶闪耀。我对人流熙攘的环岛路线不感兴趣，专捡更为逼仄的无人或人少的小巷走。作为一个不资深的摄影爱好者，那里可以捡拾到一些独特的镜像，作为一个慵懒的文学或历史爱好者，那里可以浸染一点略带孤独的人文气息。岛上的房屋、小街多依山而筑，错落有致。花影绰约，浪涛低回。民国时期，这里本是各国租界，岛上存留了许多西洋建筑。哥特式、巴洛克式、罗可可式，还有传统的闽南大厝。各国风情别具的老别墅沉淀的历史瞬间和细节故事，让人玩味。历史是悲凉的，记忆难免屈辱，但文化无国界，建筑无国界，历史巧妙而又诗意地将那些建筑的美留在了琴岛上。那些形状各异的建筑工艺精湛，柱子、额枋和屋檐显得极有特色，这些凝固的音乐让我流连忘返。

人要诗意地栖居在大地上，鼓浪屿在民国，确实充满了一份东西方融合的诗意，但平心而论，鼓浪屿已非昔日的鼓浪屿，正如而今的中国，也已不是唐诗宋词时代的中国。这座充满诗意的琴岛，已远离了人们想象中的贵族和殖民建筑的迷离气息，因为商业的运作和整体人文大背景的衰败，加之旅游大潮的趋之若鹜，鼓浪屿的美已一点点被蚕食。对一个不愿去细腻感受、步履匆匆的游客，鼓浪屿已经简单抽离成一张旅游路线图，他们按图索骥，亦步亦趋，或者抽象成一堆图片、几组数据，陈列于资料之中，炫弄于人们的唇齿之间。

而真正的鼓浪屿风情与这些无关。女人可以不漂亮，但必须要

有风情。一个大家闺秀即使迟暮了，五官和身材被地心引力控制，开始下垂，但她的眉目婉转，举手投足，仍透露着说不出的风雅韵味，这便是风情了。鼓浪屿已美人迟暮，那些已然废圮荒凉的洛可可建筑，让你想象着曾有的只存在于传说和书籍中的历史优雅。当人们为鼓浪屿上荒废的廊柱而扼腕叹息时，又有谁能明白她的失语之痛，比廊柱的凋敝更甚？然而，我恰恰看重那种荒芜之美。有一种建筑美学认为，废墟是美的。我喜欢废墟，喜欢探究一座城市的废墟，它往往掩藏着城市的沧桑变迁，犹如我喜欢探究命运背后内心的废墟，那里隐秘闪现着真正的心灵秘密。

不似众多游客，我从不看旅游路线图，往往随心而往，走到哪算哪，作为一个严重没有方向感的人，作为一个在武汉生活三十年，在江城各处还要常常疑惑问路的资深路痴，我更是懒得看图，反正也看不懂。所以常常兴之所至，兴尽而返。那些以西洋建筑为背景的小街，常常能见到好些拍婚纱的。新娘的裙裾曳地无声，眼神清澈，让我感动。我期冀听到琴声，而当机缘凑巧，你是能听见的。我在福建路巷子里徜徉时，便真听到了传说中的钢琴声。如今我已厌倦了情调小资调配出的浪漫意境：下午茶、蓝调音乐、咖啡豪宅、靓男俊女。我知道这些制造出来的情调原本一片虚空，而我愿意径直走进一扇门，进入一扇虚构之门，去想象门后的意义。这忽然而至、犹如天籁的琴声，让我几乎心生感激。这琴声背后，被我虚构出一个女子漫长的一生，她风情凛冽，教养不俗，然而命运诡谲，风华凋零，后来远走他乡，再也没有回来。打住！当我恍惚沉入莫名所以的幻想中时，有一个声音总会提醒我回来。情绪就是这样，不见得有何意义，或确指什么，但若一个人或一个地方能唤

起你的某种情绪，她就具有了某种意义。这座风情迟暮的岛显然是有意义的，而想象力也是必需的，鼓浪屿的风情便在一份想象与宽容之间，在永不停歇的大海浪涛与藤萝缠绕的建筑间切换，在建筑的荒凉与现世的安稳间调和。鼓浪屿没负我痴心，我看到了她的驳杂、喧闹与世俗，也看见了她的纯正、宁静与风雅。我来过，我当然是要走的。

入夜了，我还逗留在鼓浪屿的街上，情侣在花木扶疏的灯影下搂抱，旁边的咖啡屋飘出迷幻的灯火，而这些和这座美丽的小岛风情无关。远眺海那边，灯火璀璨，那是厦门，清新现代的都市气息，随着灯火的闪耀和海水的荡漾，扑面而来。我该离去了。鼓浪屿会存活于我的梦中，与浪涛相伴，与风情相依。

雨　巷

元宵节第二天，刻意或者不经意，一仄身，便进入了福州南街口最近的一条粉墙黛瓦的巷子：郎官巷。我与福州三坊七巷的相遇于兹开始。天下着雨，我便想：这是雨巷了。

戴望舒的“雨巷”读过书的人都知道，高中课本上学过。当时便向往江南的某个古镇，小巷幽深，青石板湿漉漉的，刚下过雨，或者正下着蒙蒙细雨，当然最好是春雨。飞檐清寂，山墙婉转，有江南之荷般的女子婷婷走来，走过你跟前，散发出梦一般疏离的气息，惹得你引颈回望，怅惘不已。当年读这首诗，我几乎认定自己就是那结着丁香淡淡愁怨的女子，我该生长在江南，青色的石板路在细雨中泛着寂寞的光，两旁是布满苔草的老石墙，小巷的尽头该有座清灰的石拱桥，桥下有咿呀而过的木船，船头上俏立着一个婉约的女子，手里撑着一把油纸伞。而今我已不再年轻，再这样想象会忆及我长发及腰时许多美丽的梦。

倘若有女学生向我诉说对江南雨巷的向往，我很能理解也表示赞赏，因为我也曾那样热切过。许多人心底深处都曾驻留过这样旖旎的幻境，当然包括男人。我不是男子，但我明白，中国儒雅敏感的读书男对出现在江南雨巷的丁香女具有一种情结。我怀疑戴望舒

就有这种情结，以至于心中耿耿，写成了名句：

> “撑着油纸伞，独自彷徨在悠长悠长、又寂寥的雨巷，我希望逢着，一个丁香一样的，结着愁怨的姑娘”。

为何是愁怨而不是欢快的姑娘呢？当然和中国的文化有关。

我国古典诗词中出现的典型女子，都是具有忧伤气息的相思女，由《楚辞》开其先河：“帝子降兮北渚，目眇眇兮愁予。袅袅兮秋风，洞庭波兮木叶下。”后来又被曹植的《洛神赋》发扬光大。“徙倚彷徨，神光离合”的宓妃因“悼良会之永绝兮，哀一逝而异乡”而定格为恍兮惚兮的忧伤相思之神，成为曹植和后代男人们心头一颗永恒的朱砂痣。而《诗经》里面的女子形象却多是欢悦的。《关雎》里被君子思慕的女孩儿，是窈窕淑女的贞静，《桃夭》里的新婚女子，明媚鲜艳宜室宜家，《硕人》里的女子“巧笑倩兮，美目盼兮”，是无端的俏丽活泼，至于俏皮泼辣真率清烈的女子，《诗经》里比比皆是。

不期然和雨巷相遇，相遇总是奇妙难言的，所有的相遇都有故事，或喜或惊，让人惆怅。与美的人或事或物相逢，当然是惆怅的，不可能太轻狂得意。因美的相逢无期和飘零易逝，佻达的兴奋也易惊散了对方和自己的魂。这次的福建之行，但凡走到山水明秀幽深之境，我总像捧着珍宝般小心翼翼，深怕惊扰了那山色树影，那云雾流岚，那湍流飞泉，那海浪波涛。福建，这洞天福地，确实让我有惊艳之感。

福州的三坊七巷就是一次惊艳，一次绝美的相遇。这是福州最

该去的地方。我订酒店就特地强调要位于三坊七巷旁边。若了解榕城，走近榕城的历史，必要去这条被称为“中国十大历史文化名街”的三坊七巷。它是自晋唐以来，闽地贵族士大夫的聚居地，延续至清朝民国，达于顶峰，来到榕城，怎能不去看看它的历史之源、文化之根呢？

抵达榕城的当晚正逢元宵节。住下稍事休息，出外吃了闽地客家小吃后，便朝人流熙攘、花灯喧阗的三坊七巷而来。仿佛全榕城人倾巢而出，齐聚这资深古巷闹元宵。这时的古巷是富丽妖娆的：福州古巷上元春，一夜尽放满城灯。如此良宵十分好，可怜不见故乡人。我当时口占的诗句透露出心境的落寞。虽说我不愿停留在摩肩接踵灯红酒绿的主街，总仄向人迹稀少的清凉坊间，观赏深巷高低挑起的数盏花灯诉说的欢喜与寂寥，但仍感些许遗憾，觉得未能真正和古巷心魂相晤。我私心盼望着：明天，明天我在榕城有大半天的时间，我将哪儿都不去，我一定将自己投入三坊七巷的深处，去细细与她攀谈。

第二天在酒店朦胧醒来，便听到了窗外淅淅沥沥若有若无的雨声，不绝于耳，但又飘渺无痕，譬如面带桃花，含羞露怯的娇小女子，隔帘轻手轻脚探望院外的春意初醒。我不禁大喜，起床梳洗间，已然设想那古巷，在这朦胧的雨里，该是怎样的清丽出尘。当我再次踏入古巷的街道，我心内的某个角落真正被唤醒了。

人世有如此多的事情，如此多的风物让我欢喜，让我陶醉，让我梦绕魂牵。譬如真正灵秀深婉的古巷。若有春雨丝丝，在雨巷流连，可称之为人生的赏心乐事。昨日上元花灯，是良辰美景奈何天，今日是赏心乐事谁家院，一日之内，真是四角并具，人生之

美，被我一下子占全了。

美是无法定量分析的东西，它和个人的资质、感悟、爱好、执迷、个性紧密相关。面对美，各有各爱，但我想，对于古典的玲珑婉约之美，大凡都是爱的。这些纯粹唯美的山墙门巷，浸润着独有的东方神韵，因有了人文的内容和历史的沉淀，加之天公作美，春雨飘洒，那种通透出尘的气息，让我沉迷。“朱雀桥边野草花，乌衣巷口夕阳斜。旧时王谢堂前燕，飞入寻常百姓家”。刘禹锡的《乌衣巷》，唱的是南京。而这里的古巷，何曾不然？这里的古巷，历史上曾中隐过、走出过一百多位的俊才英杰。比如其中最著名的我国近代启蒙思想家严复，就住在郎官巷里。他1920年回乡后终老深巷，直至逝世。这条巷子，因宋时居住着子孙数世任郎官的刘涛，得名“郎官巷”。巷人陈烈的讽刺诗流传千年：“富家一碗灯，太仓一粒粟；贫家一碗灯，父子相聚哭。风流太守知不知？惟恨笙歌无妙曲。”小巷由郎官而得名，却因了严复而著名。

我来到严复半掩的陈旧木门前，若没有题匾注明，没有谁会注意到这座庭院会栖居着近代史上如此重要的人物。雨声如咽，小巷无人。我依稀听见历史的跫音在这间古朴的门前悄悄停歇，在向一位思想的先驱者致敬。我查了资料，从这条小巷走出的，还有戊戌变法六君子之一的林旭。这样一个年轻而辉煌的生命，被梁启超称许是：“颖绝秀出，负意气，天才特达”。出生贫苦的林旭，被官至贵州巡抚的沈葆桢的儿子沈瑜庆赏识，将林旭招为女婿。选婿不看门第看才气，这是闽地人家的优良传统。比如同样出身三坊七巷的林则徐，少年时在鳌峰书院读书，一次在朱紫坊郑大漠宅门口避雨，郑大漠曾任河南知县，经和林则徐交谈，慧眼相中，就将长女

郑淑卿托付终身。后任江苏巡抚的林则徐，同样将爱女林普晴许配给了家境贫寒的外甥沈葆桢。

中国近现代历史的重要节点，大多与三坊七巷人物有直接关系，上面提到的鸦片战争的林则徐、洋务运动的沈葆桢、思想启蒙的严复、变法维新的林旭、辛亥革命的林觉民等，都是。和林旭一样，让生命定格在24岁的，还有杨桥巷走出的林觉民。从南后街出来，左侧便是林觉民的故居，我特地进去绕了一圈，这座故宅后来也是冰心的故居。林觉民的《与妻书》学子们都知晓，这位辛亥革命黄花岗七十二烈士之一，热血又多情，他的《与妻书》感动了多少清正悲悯的心田。我在古宅游览时，音箱里正循环播放着他的《与妻书》：“吾至爱汝，即此爱汝一念，使吾勇于就死也。吾自遇汝以来，常愿天下有情人都成眷属；然遍地腥膻，满街狼犬，称心快意，几家能够？……吾牺牲百死而不辞”。我驻足聆听，眼眶不觉已热。剑胆琴心知几许，古巷寂寞后人心。这些闽地英才秀出的儿郎和侠骨柔情的女儿们，我来向你们致敬。

开始我还打伞，雨不大，后来干脆收了伞，任雨脚从黑色的瓦楞间如雾如线飘洒。空无的古巷几乎无人，青石板积水空明，反射出高挑洁白的山墙的倒影，偶尔一两个路人打伞踽踽独行，渐渐消失在小巷的拐角。可惜没有听到叫卖花儿的，还不到仲春，不然可以吟咏“小楼一夜听春雨，深巷明朝卖杏花”了。想及昨夜元宵节这里人烟闹腾的热闹，现在空无一人的古巷如此为我所喜。空是一种境界，也是中国古典艺术至为推重的禅境。能深悟空之三昧的人，一定是深悉中国文化的智者。我在雨巷流连，想及变幻莫测的命运，心内空如廓然，犹如初生。博尔赫斯曾在生命的最后唱出这

样的诗歌：

有一行魏尔伦的诗句，
我已回忆不起，
有一条邻近的街道，
是我双脚的禁地，
有一面镜子，
最后一次望见我，
有一扇门,我已经在世界的尽头把它关闭。

所有触及心灵的相遇都是意味无穷必有深缘的。我和榕城的三坊七巷有缘。或许多年前，她就在冥冥中召唤我。如今，我千里迢迢赶来，遇见了，感知了，我已知足。今后不知尚有机缘再次踏入。也许，再次踏入便是亵渎。就像博尔赫斯所唱的：有一扇门，我已经在世界的尽头把它关闭。

山水福建

这次东南游，向往已久。想等天气稍稍和暖，等我脱身得开，种种机缘不巧，一直拖到年初七后。但此时已一票难求，便在网上守株待兔两日，能抢到去福州或厦门都行。若先去福州，便由闽东往闽南游历，若先抢到厦门，便闽南往北游历。最终抢到 17 日去厦门的一张，仅剩一张。回程的票相对好买，于是定下 23 号从福州回汉。我以为，7 天的游历，时间是够的。然而后来行程还是很赶，不从容。我对一个事物或一个地方的向往，往往是说不出缘由的，有时理由很简单，有时原因很微妙，但一定是持久而有力的，直至实现。我心里明白，想要说服自己放弃喜爱的事物，简直是徒劳。所以，每每有念头开始在脑中闪耀，在心头萦绕，我就知道，终有一日，它会实现。去福建旅行，去那面向大海三面环山的地方旅行，能有闲有钱有健康实现夙愿，兑现梦境，这样的生活很好。

在厦门我所住的酒店，有旅行社报团去龙岩永定土楼。从鼓浪屿回来，即刻便报名跟团。据说一人独行，若无自驾，是很不方便的。每次和学生讲中国文化，讲到建筑文化一章，我的 ppt 图片里，必有福建客家土楼的图片，并且是土楼中最有代表性的永定土楼。学生每问我，老师你去过土楼吗？我只好抱惭一笑地摇头。这

是我的过错，讲建筑文化，竟然没去见识中国建筑史上的奇迹——客家土楼，几乎有点不该。这次终于有机缘见到蹲踞在东南大山深处它的真身，便有按捺不住的喜悦。

客家文化是中国地域文化中的一枝独秀，也是世界地域文明不多的现象。中国历史上曾有过三次广泛而重大的迁徙，都处于天下大乱大分裂的历史谷口。中原动乱，人们呆不下去了，便向南，向东。中国文明的历史，便是从西北逐渐向东南迁移的历史。一千多年前的中原父老，在苍凉的歌谣中，告别祖宗开垦的土地，辗转千里，一次次迁徙，当客家的先民们走到东南蔚然深秀的福建一带，一种神奇的低语让他们停下了：就是这里！他们的眼光素朴而厉害，没学过堪舆风水，不懂得审美理论，凭着敏锐的直觉，将自己的家乡从此定居在这个山林深处，这是真正的宜居之地。为了抵御野兽、防御土匪、对抗水火，也是客居异乡需求心灵抱团的安慰，他们建造了建筑史上旷古皆无的巨大土楼，或方或圆。据查，仅永定县就有圆楼三百多座，方楼四千余座。我一路随车接近永定的过程，不断有巨大的土黄色建筑体从车窗外闪过。圆形的最气派也最奇葩。那些奇异的圆形土楼如同从天而降的飞碟，散落在青山绿水之间。许多土楼无形暗合易经的八卦，让我一次次惊叹它的奇妙。

我在那座可居住八十多户的最大圆形土楼“承启楼”转了一圈又一圈。楼内全都挂上了大红的灯笼，一楼房间大多辟为卖旅游纪念品和土特产的小店铺，看店的多是老人，还有孩子。从今年始，已不许游人登楼。导游介绍承启楼说：外高四层里四圈，上上下下四百间。圆套圆，圈套圈，历经沧桑数百年。我暗记在心里。只是遗憾不能登楼。若能从四楼望下俯视，拍下圈套圈的奇景，将更是

见证奇迹的时刻。见许多游客都张着嘴盲目地跟着导游转圈，我便悄然出来，人流熙攘，但已仿若无声，因为我已开始梦游，已远离此时此境，我不想等现实的游戏曲终人散，便独自走向一条上山的小道。我一定要看到包围在四围群山中的土楼的全景。

当我终于抵达不算高的山头，四座方圆不一的巨大土楼便在我视野里呈现。没有阳光，没有飞鸟，也没有人群的喧闹，只有三两游客默默眺望着山脚奇异的几座土楼，仿佛置身于外，和我一样。这时的土楼，环绕在黛色青染的山脉之下，显出它宁静也是真实的一面，在历史镜头或荒凉或葱茏的深处，历尽沧桑，不屈不言，兀自而立。我看准一个手拿单反的游客，让他给我拍下几张珍贵的土楼全景合影。多年独游的经验，我总结出一个独门秘籍：目测一个携带高级相机的，比如长枪大炮，给你拍照，不得，可选择带相机的，最好别让用手机不停乱拍的游客为你拍照，回来一看，全模糊了。岂不沮丧？

人的愿望总是远远超出他生命的时间。相对于秘藏于心的愿望，我们有勇气有能力做到的，实在是少得可怜。八闽之地，天高地阔，山深水秀，海岸线的曲折婉转之处，该藏匿着多少动人质朴的山水气息，然而我没有时间，我只能选择性地游历。相对于人的贪恋，人们的一生是不够的，加上来生，还是不够。走遍山水秘境，哪里才是归宿呢？我在寻找归宿，它总在下一个地方。我的下一个地方便是泉州的崇武古城。

我到崇武先是冲着惠安女去的。崇武便是惠安的一个古镇，据说惠安女最多。然而，期盼的往往落空，无意的往往偶得，这是人生的尴尬与奇妙之处。

我在街面没见着头戴黄斗笠、身披碎花头巾、穿蓝色斜襟衫和低腰黑裤的惠安女施施然行走，没见一个，只有一次在海边，竟将一戴斗笠戴防护口罩的清洁女工女误以为惠安女，想偷偷拍下，被她躲过。但是，崇武给了我另外的惊喜，不可多得的惊喜。这里有我国现存最完整的明代遗留下来的石砌古城，有环抱着古村极其坚固的古老大理石城墙。它濒临大海，是中国版图东部最凸起的那个地方，离台湾最近。历史上，也属于抗倭最前沿。在古城墙外延一处，还有1938年日舰炮轰的遗迹。

顺着城门一直向里走，老街出奇的静，出奇的寂寞。全是清一色的石头街，两旁是民居、无数的小巷，都是石房子、红砖厝、木结构房，大多呈现光阴的痕迹，但透过岁月的斑迹，沉淀的光芒还在。见到的都是老人、老人的背影、儿童、小猫、黑狗。正是午后，阳光强烈，当头照着我的黑帽子，整个小镇全沉浸在阳光的沉默之中，被光线切割成分明的线条。有的房屋已经颓败，爬满了青藤，长出了蓬勃的蒿草，甚至兀自开出了天真的小花。我开始恍惚，仿佛我被放逐在历史的尽头，或者正走向岁月荒烟蔓草的深处。

我在这海门古镇无目的转悠了两个多小时，向村里一个六七岁男孩打听上城墙的路，男孩估计得过小儿麻痹症，走路蹒跚，极为雀跃兴奋，一迭连声说：我带阿姨去，我带阿姨去。他指点着带我走近一根梯子，竟然是木梯子！孤独地斜靠着城墙，仿佛等我几十年，等我这次千里迢迢赶来攀爬。我回头无奈看看男孩，得到他肯定地点头。四下无人，唯有蓬勃的阳光照着我，当然还有小男孩仰头看着我。我便坦然爬上梯子，爬完一个还有一个。在几公里的环

镇城墙上，我能俯瞰大部分古村的房顶小街，小男孩和两个伙伴不时出现在我的视线内。等他们发现我，便雀跃大喊：阿姨再见，阿姨再见！已经“再见”过好几次了，再见又是喜悦大喊。天真的声音在透明强烈的光线下回荡，我想会一直回荡下去。我笑着也喊再见，再见，心下却忽然伤感，今生我是再也无法得见小男孩那纯真的笑脸与洁净的呼喊了。生活中的很多人事往往只是惊鸿一瞥，只是一个细节一个镜头，却嵌入了你心底。

在崇武古城墙上向两边眺望：一边是静默到仿佛退避尘外的古村，一边是城垛外浪花喧腾到寥廓的无际大海。仿佛是黑白两色互切的相片，一个跳跃明亮，充满力度，一个沉入到时光的深处，冥想着岁月，充满了安详。但无论力度和安详，都同样是人生的大美。这样的美交错出现，甚是奇异神秘，不可多得。徜徉于据说是中国八大最美海岸线之一的崇武海边，我等到了海边的落日。一个肩扛三脚架的当地帅哥给我耐心指点拍下一张手捧夕阳的剪影。诗意梦幻，让我无比得意。人在命运凌厉的锤击之下，还能常葆一颗纯真向往之心，这样的人往往能遇见美好，也一定是真正富有生命力的，是一个诗人，不管他是否写诗。我自以为有资格厕身其中。

在七天漫游中，我往往深陷于闽地奇美的山水而不想自拔。福安的白云山，偌大山水冰臼景区，下着蒙蒙春雨，我是唯一一个游客。四围全是深浅如绛紫如黛灰的山，温柔而沉默的山，山色环护着我一人，流岚变幻轻舞，时隐时现的山峰让我看呆成痴。白云山山涧，万古凝固着巨大的冰臼群，那些天造地化的石头阵，被洁净得不似人间的水色日夜呢喃倾诉，水皆缥碧，直视无碍。奇异似空灵梦幻的水石的交集，是沉默的力，是轻灵的舞，是天地大美的无

言。我沉醉在大美里久久走不出来，以致在空山里失了方向，最后打景区门票上面的电话求助，才被景区专车护送下山。裹着仙境云烟的四围山脉只爱我，玉泉般跳溅婉转的一沟溪水只怜我，试问谁有这样的经历呢？我有！

我想，当一个人全副身心如处子般呈现在大自然前，大自然会呈现她奇特的温柔，她会像你生命的影子如影随形，从不会渐行渐远以至消失，她存留于你的光阴里，用无数的影像和呼唤重叠，生命由此而厚实从容。

据查，唐开元二十一年（公元 733 年）为加强边防，设“福建经略使”，始有“福建”一词。福建又有“八闽”之称，南宋时福建设1府5州2军，府、州、军为同级行政机构，共计8个，故称“八闽”。这次八闽漫游，从厦门到泉州、到崇武，又驱车直上霞浦，再回折山水奇美的福安，最后归于福州，山环水绕、大海寥廓间，我在寻找我的灵魂，这钟灵毓秀、依山面海、山蓊郁、海深广的洞天福地，也许藏着我前生的秘密。

我的未来早已确定，我的心魂一定是在山水间。

沅江畔的梦境

清晨，窗外细碎的鸟鸣声里，恍惚中睁眼想看看帘外的黑瓦如鳞，清醒后不禁哑然一笑：我还以为自己仍在湖南沅江之滨黔城的客栈。看来人是回到了溽暑连天的江城，心却还在路上，或者，丢到了黔东南镇远的白云之下，丢在了湖南怀化沅江古黔城，那寂寞安静的古街青石板上、泛出碧玉光晕的跫音里。

去怀化，去洪江古黔城，是临时起意。我旅行，一般很少做功课，很多时候是目标确定后，再走哪说哪，随性而往。一路开枝散叶，漫游无心，但往往冥冥中自有天意，最终总能兜兜转转，得其所愿。

在贵州镇远古城流连期间，偶然得知镇远离湖南怀化仅两个多小时的车程，火车票仅 28.5 元，不免大喜。一直想去怀化，那些藏在山水间的梦忽然清晰起来。吸引我的不是怀化附近的凤凰和张家界，她们芳名盈天，艳帜高张，对于我这个喜欢漫游的人，当然多年前就被揽入怀中一亲芳泽。然而积年日久的盛名和过度的商业开发，这些“旅游胜地”已经不胜其累，她们犹如挑帘接客的美人，在红尘闹热、杯觥交错之中，难免有了铜臭和世俗之气。

我要去的地方却不然。比如洪江古黔城，还有山水秘境的通道

侗族自治县，她们深藏闺中、少为人知。但正因为没有正式出山，名气尚未远播，所以仍旧保有一份没被污染的天然淳朴。我希望遇见的，是保留着天真本色的自然之子，不需要洪荒之力，就能让我透过历史的云烟亲近她，并得到行走的快乐与慰藉。

我遇见的就是湖南西部沅江上游的古黔城。它已有两千多年的历史。从西汉公元前202年开制，改朝换代，经风沐雨，黔城一直是湘楚苗地边陲重镇，因扼沅江、舞水要塞，素有“南楚边城”、“滇黔门户”的美誉。现存的古城建筑，多为明清时期所造，成为全国为数极少而保存较为完整的明清古城之一。在人们对本色天然的旅游资源趋之若鹜的今天，它被冠以“湘西第一古镇”的名头，其历史比丽江大研古镇早1400年，比凤凰古城早900年。然而，离凤凰近在咫尺的黔城，却鲜有游客前往。这不知是它的幸或不幸？

从怀化一路赶来，进入黔城时，已是夕阳西下时分。古城入口的石牌坊半壁被金黄的夕照染红，迎接我的到来。老街几乎没有行人，三三两两路过的，也只是饭后溜达的居民，而非景点常见的游客。一个身着大红衣裙的现代女人从我的视线里匆匆而来，又迅疾消失在一个石墙斑驳的店铺门内，仿佛专为我的镜头和古城的诗意出现。

应该庆幸我与古城相遇的特殊时刻是在黄昏，而非太阳暴晒韵味全无的午后。在这个具有浪漫和怀旧气息的时刻，古城街面的一侧陷入暧昧的阴影，一边却灿然发亮，明暗的强烈切割仿佛一组巴赫小步舞曲跳跃的音符，充满律动和鲜明的画面感。街面一色都是质地古老而优质的青石板铺成的，夕照浓重的光影，让青石板流淌出蜜的颜色，引领着我一路慢慢悠悠，来到位于南正街的粟桐客

栈。后来两天我在古城徜徉，发现像鱼骨一般散开的大小街面，地上都是这样优质透亮的青石板，当属明清时代真正的遗留。它们竟然没被二十世纪中叶破四旧和文革肆虐的狂飙冲毁，当属不易。

黔城老街纵横如鱼骨，南正街是主骨。它无疑是古镇历史见证的中心，见证着它的沧桑轮回。虽然岁月悠悠，但青石板、窨子屋、卷棚、马头墙、铜钱漏、祠堂、旧八字衙门门楼等老房子至今仍然遗存，整条街丁字型布局，青石板铺就街面，街道窄而幽长，民居错落两侧，过街拱门层叠，窨子屋幽深静远。最让人动容的不是古街700岁的“高龄”，而是古街面流淌的古韵。高高的青砖封火墙内，院中套院，门中有门，鸡犬之声相闻，佳肴之香漫溢。我的影子被夕照拉得老长，从老街边三三两两乘凉，或嗑烟，或呷茶，或摇扇的老人身上掠过，最后停在笑容质朴的客栈老板娘面前。

客栈老板娘早在门口候我多时，她在等我吃晚饭。她见我诧异，解释说街坊邻里经常轮流做饭，或者哪家因故回来晚了，便抬脚到左邻右舍家一起吃。今晚是隔壁家做，知我要来，特地嘱咐为我多做两道菜。我心里忽然感到温暖，有了回家的感觉。

第二天傍晚当我滞留沅江边，痴迷青碧透绿的山水不舍，客栈老板粟老师竟然打电话问我几时回去，等我吃饭。住宿旅客和客栈主人一起共餐这类事，全国某些地方或许有，但都是要另交钱的。我还从未遇见这样的古道热肠，而这在古城，并非个例，一二散客大都享受此等待遇。我想：黔城不仅硬件保有古旧遗风，民俗也充满淳厚亲善的古意。这样的古风，估计只有躲在时间之外、没被时俗污染的地方还有幸孑遗，被我幸而得遇，这是值得我记住的。

我入住的客房在楼上，能看见古城人家的黑瓦。斜坡屋顶，黑瓦参差如鳞，一抬眼便见，见了便喜欢。能住在老房子，被白墙黛瓦环绕浸润，又能回忆起小时候家乡古城的样子，岂能不喜？也许别人更喜欢住市内高级宾馆，享受星级豪华，我却一味寻古探幽，走进对象深层的肌理，去抚摸它的质地。领略一个地方的特色和美，并非是泛泛浏览资料上记载的冷冰冰数据，而是寻求一个最好的切入点，去品味它独有的神韵。

我愈来愈觉得，所谓的旅行，不在于抵达某个景点，记住某些数字，拍下某些照片，而在于抵达某种心境，发现和感知不同地域的韵味与自己心神的契合。黔城的美，不是在于它拥有多少栋明清建筑样式，而是古街上散发的气息。这种气息，我刚入黔城时便已嗅到，黄昏特有的光线下，古镇仿佛浮在一片光晕中的梦境。我该怎么去亲近去把握这样的梦呢？

我找到了这个切入点，就是黔城的夜色。那是一个仲夏夜清凉安静之极的梦。这个梦不绚丽浪漫，但绝对清幽宁静，整个古城仿佛随着暮色的降临，猛地坠入梦幻，街坊门楣大都关闭，少许古旧的木门半开，几人灯下围坐砌方城，光影烟雾朦胧，世俗安稳祥和，把梦幻留给了门外的主角。

主角是谁？就是那些挂在每家屋檐的红灯笼。她们仿佛被禁锢一天，然后在夜里开始释放幽情，整座古城像鱼骨分布的九街十八巷，全被红色氤氲的灯笼占据。我走街过巷，不停徜徉，灯笼红色氤氲的倾诉便一路陪伴，一路蜿蜒，还是蜿蜒。它一点也没有恶俗的商业气，反而独显古朴，一点也不闹热，反而独具清幽。这里，没有人的席位，游人、居民，都被屏蔽了，不让参与。你说古城安

静入骨？不，那些灯笼在舞蹈在倾诉，他们三五一组，或一条街列队，在风中浅摇低唱，在和地面沁凉的青石板谈情。你说古城避世参禅？不，这些红色的暧昧的光晕和青石板纠缠不休，和夜里的清风纠缠不休，和天空梦幻般浮现的星星纠缠不休，几乎把我看痴。

徜徉中，我又遇见那条寂寞的白狗。这是第二次遇见，但仿佛旧相识，它静静趴在沁凉的青石板上，青石板和它都浑身透着光，氤氲的红光和天上的星光。我和它对视良久，答应它共守一份秘密。又偶遇两位摄影师，扛着长枪大炮想拍星光，他们用另一种方式追寻美与梦幻，他们来自怀化，这样的意境想必领略多次了。

多少年了，我没见过如此清晰广大的星光。星光的出现是很挑剔的。除了天地澄澈，大气清新，还需清凉黯淡的地面环境。红尘万丈，灯火沸天，当然星光就会逃遁。比如贵州镇远，也是极具风情的古城。她的美和黔城很不一样。若用美人打比方，都是古典，一个犹如王熙凤，一个犹如妙玉。镇远的张扬华丽，是王熙凤，熙凤的柳叶吊梢眉，便是舞阳河形若太极的婉转，熙凤的丹凤三角眼，便是石屏山、中和山葱茏的精光四射。尤其入夜的舞阳河畔，笙箫动地，歌吹盈天，便是王熙凤人未到声先闻的笑声。红尘万丈之上，你看不见星光，却适于隐遁灵魂。但黔城不然，她清凉暗黑，参禅如妙玉，内里的一份热情与寂灭也似妙玉。她让你走近却又止步于情，无法像镇远那样纵情极欲。她让我发现寂然之美，也更加清晰地辨认自己的心，那一份坚持自守，不为人知。

任何观察都渗透了观念。这是美国科学家汉森提出的著名命题。我对古镇的观察和喜悦，当然充满了我的趣味，我的观念。它远非客观，但却更能切近“我的黔城”。

黔城当然不止星光的宁静，不止灯光的梦幻。它和伟大的唐诗有关，它有诗的风情。唐天宝七年，唐代大诗人王昌龄左迁龙标尉。龙标县就是当今的黔城。在边城七年，他“为政以宽”、“政善民安”，被百姓誉为“仙尉”。但最被人知晓的，却是那首初中生都会背诵的《芙蓉楼送辛渐》：

寒雨连江夜入吴，
平明送客楚山孤。
洛阳亲友如相问，
一片冰心在玉壶。

清嘉庆等方志中记载，这首著名的七绝《芙蓉楼送辛渐》写于黔阳古城，但也有许多学者考证出本诗写于江苏镇江丹阳。我非学者，孰是孰非我不想较真探究，一千多年悠悠而逝，我只想：自己既然已在黔阳城下，那么王昌龄这首诗，当然应该属于古黔城；当然的，我应该和千年以前的诗人洒然相遇。

芙蓉楼现就安静地坐落在黔城仅剩的西门——中正门往右走不到十分钟的地方。院内花木扶疏，碑刻林立，院墙外是萋萋芳草和青碧的河流，那是沅江。在不远处，沅江和舞水交融汇合，环抱洪江黔城这方清幽隔绝之地。

黔城不仅有诗，也有铁血神秘的近代历史的气息。戴笠训练的军统特工队，就深深藏在古城一隅。我在当初特工队驻地节孝祠附近的古墙上，发现历史留下的鲜明印记：二十世纪三十年代国民党政府提倡的“新生活标识”的标语，赫然在目，它和一拐弯的墙

上，“文革”期间全民癫狂的痕迹遥相呼应。

历史如一条云雨变幻的河流，这条河不仅凛冽，切割于人的脑海和意识，它也凝固于一座城池的上空或者墙上，让人在仰望或驻足间，心生恍惚。

黔城不大，一天便可逛完，我第二天选择了去洪江古商城逛。洪江古商城和黔城同属洪江，一个属区辖管，一个属市，相离半个小时车程。可惜古商城商业翻修太大，古建所剩十之二三，而且我去不是时候，正午大太阳猛晒，小巷石阶上下，古韵几无。其给我的享受，远不如夜色中的黔城，也不如一路沅江风物的青碧可喜。

在回返黔城的路上，中巴山环水绕于沅江畔，竹木森森，翠篁如海的间隙，江水如蓝，令我沉醉。于是决定中途下车，让司机将我丢在半途。我必须去亲临江水，去和朴野的自然对唔。那些树木，盛夏植物发出的葳蕤之色，在柔软的熏风中摇曳的花朵，还有泥土散发的气味，拂面而过发亮的蠓虫，强烈的太阳下熠熠闪光的江水，翡翠般的水面轰然而起的大鱼的泼剌声，这些细小却生动的美，都在让我做出这个决定：我要下车。

我下车的地方叫渔塘西。在下午四点炽烈的太阳下施施然行走的我，前不见古人，后不见来者，只有头顶大团的白云和身畔碧蓝的江水为伴。忽然想起两千年前的屈原就是在沅江边遇见渔夫的。那时的山水必定更加丰茂蓊郁，踽踽独行的三闾大夫，就在江湾碰见了渔夫，他说“举世皆浊我独清，众人皆醉我独醒”，渔夫比浪漫执著的诗人通透达观，他告诉伟大的诗人：“世人皆浊，何不淈其泥而扬其波？众人皆醉，何不哺其糟而啜其醨？何故深思高举，自令放为？”我想着和这条江有关的那个伟岸寂寞的男子，一直走

到沅江大桥畔。

桥下有一处人家，农家将竹床搬到能看见青山碧水的桥墩下，我与农家的老人、男人，还有男人的女儿一家数口，宾主之间相谈甚欢两小时。忽然林子里传来歌声，声音如一道清亮的小溪，和着江风给我清凉。我惊问歌者是谁，男人答曰是他老妈，他母亲在林子里摘瓜款待客人。

小女孩七岁左右，玲珑调皮，不畏生人。

黔城周边的山水值得爱自然的人痴迷。可惜我只能短暂逗留三日，今后或许会再去重温旧梦。应该说：沅江，这条和楚辞紧密相连的河流一直在我的梦中，和许多其他令我神往的人事景物一起隐约出现。三十年前我曾在沅江上从常德扬帆举棹，三十年后故人重来，再偿宿愿。但凡我们眼中的山水蔚然深秀，云烟迷离，绝不仅仅来自山水本身的美，还有丰厚的人文背景和个人的情怀作支撑，成为我们浩叹和感悟的理由。

“永忆江湖归白发，欲回天地入扁舟”，在这个不得已的时代，我们多少人心中其实存有一方净土，碌碌半生，等老来挂帆归去？然而，这样的感叹，往往抵不过江渚之上渔樵的自在。在我沅江凝眸做梦的那半晌，渔夫已经大笑而去。

我想把谁紧拥入怀

凌晨四点多忽然醒了，听见窗外虫鸣如潮水般涌来，我的床仿佛置身于虫声动荡的海洋里。这下半夜，蟋蟀和蝼蛄以及不知名的虫儿的鸣唱，揭示着秋天的来临。上天对我如此恩惠，让我卧于私室却恍若置身于朴野的自然。恍惚间，我的身心仿佛又穿越到遥远的山水之间：摩梭族女儿国。

女儿国，有谁不知道这个名字呢？或者有谁没听说过泸沽湖这三个字？这是中国境内无论自然山水、还是民族习俗，都独抱天真、不染浊流的不多的所在。在这个金玉其外荒芜其中、喧嚣无比花样百出的时代，泸沽湖或者女儿国，是否激发你一缕向往？唤起你一丝恍惚？甚至逗惹出一点忧伤？

关于泸沽湖，我最初的感知来自多年前读到的白桦的中篇小说《女儿国》，这篇浪漫而瑰丽的文字，让我不见伊人，却神往已久。三年前终于得见，惊鸿一瞥，却从此种下眷恋。人对于过于美丽的回忆，往往有一种下意识的规避，或者不忍轻易去正视触碰。敏感的人便秘藏于心的一隅，月白风清之夜，悄悄搬出，以供冥想或下酒，由此而微醺，而神伤。泸沽湖于我而言，便有此等功效。然而，偶尔邂逅女儿国或泸沽湖的字眼，心里却依然泛起涟漪。我

明白这其中之意：我当然是无法忘记泸沽湖的，命中注定，我必会与她重逢。

重逢在三年之后的盛夏。这次重逢，与其说人为，毋宁说是天意。我本来的目的地是西昌。是偶尔看了爱骑行的朋友发的西昌邛海照片，一时念起，便整装西游。人们知道西昌，大凡因它是我国卫星发射基地之一，却少有人知晓它还是千年古城，历史上诸葛亮深入瘴气密布的蛮荒险境，七擒孟获就发生在这里。但现在它却是航天城，更有邛海寥廓，湿地绵延，让温凉如玉的西昌风情独具。

我一到西昌，便从朋友口中得知：西昌也是进入泸沽湖的通道。进入泸沽湖，一般有两条路：一条从丽江进入，山路险而远，三年前我便是从丽江进；一条从西昌进入，比从丽江抵达要近，路要好走些。但无论西昌进还是丽江进，想一睹泸沽湖芳容，都耗时费力、路远山高。这更增添了僻处高原一隅的女儿国世外仙姝的色彩。既是仙境，哪有如此这般轻而易举进去的？美人若非在水一方，还会让人心生渴慕么？能在水沟么？能在床头么？她必在云端、在彼岸、在求之不得溯洄从之的路上。但凡冰肌玉骨的美人，若一回身便能抱得软玉温香，你心底里便无由生出一丝轻慢：呵呵，美则美矣，也不过尔尔。人性大都如此：易得的易贱，难求的愈想。泸沽湖的美，确乎在于她深闺里秘藏的绝世容颜，也在于必须竹杖芒鞋、跋山涉水方能一亲芳泽的险阻。世上难以斩获的美景美人，之所以美，之所以让人魂牵梦绕，大都如此。

正因了这一瓣心香不息，冥冥中上天才安排了我与泸沽湖的重逢。到西昌是白日向晚，第二天，我便身处世外仙姝寂寞湖的女儿国了。有了天赐机会，岂能错过？一分钟也不会犹豫。可见，人生

往往是奇诡幽秘的，也充满变动和偶然。一份偶然、一份不在计划之列，生活才会给人不可期的一份错愕或欣快。不能预见下一步棋的走法，不让你毫无悬念地一眼看到头白齿落，这其实是生活的善意。

曾骑单车穿越川滇、进入香格里拉的朋友担心我留在女儿国不回，让他美丽的彝族妻子玛卡龙琦陪我再进泸沽湖。我们到的那天刚巧是七月半，是今年摩梭人的“转山转海节”。这是摩梭人传统的民间节日。这一天，摩梭人穿上盛装，备好丰盛的酒肉干粮，步行、骑马、划船，沿着传统的山路和水路，念经上香，祭拜祈祷，答谢母海神山的恩赐。可惜我们一路近八小时跋涉，抵达泸沽湖时，已近傍晚。无缘亲见女儿国男女在转山转水时的两情相许，眉目传情，而这却是我最为留意的。因为我对摩梭人的最大兴趣，是其男女性关系和“走婚”形式。

地球人都知道，女儿国的神秘首先在于人文景观。摩梭人是中国唯一仍存在的母系氏族社会，这个社会，男女终生都住在自己的母系家庭，祖母权力至高无上，其次为舅。“男不娶，女不嫁”。所谓“走婚”，便是由男子走婚来维持男女双方性关系而实现种族延续的一种特殊形式，它是摩梭文化中不可分割的一部分。确定男女性关系的男女，俗称“阿肖”，男方暗夜爬上女方绣楼，夜潜晨归，勿为人知。白天族人要装作不知道，在火塘与亲人聚会也都含羞避谈。但一旦阿肖关系确定，便很少分手，直至有了孩子，阿肖关系才能公开，并被亲友在一种简洁的仪式上得到承认，双方祖母、舅舅一起见证这种自然的缔结。男方会收下女方用摩梭麻布亲手织成有摩梭特色的花腰带，女方家也不会向男方家索要彩礼，若

万一分手，也绝不会闹得鸡飞狗跳，打分割财产房子官司，因不存在这些麻烦和牵扯。这种关系，看似松散，实则紧密，包孕着男女婚恋的智慧。不明就里的汉人大都以为摩梭人走婚自由随便，其实大谬。连接阿肖的那根腰带、那根红线，和金钱权势无关，和几套房子无关，更没有阴谋和觊觎，当然也没有第三者插足，也不可能和所谓的经纪人上床。他们的缘聚缘散，——如果有散的话，唯一的凭证就是感情。

我在转山转海节晚上的歌舞晚会上，见到一些身穿节日盛装的摩梭青年男女。女子眉眼大多俊俏，身形爽利，男子高大英武，刚毅沉默。我不知道这种沿袭至今的古老婚俗，现在是否还在泸沽湖边流转，是被汉文化现代文明所蚕食？还是固守坚持，保有一份简素与贞洁？后来在摩梭族博物馆，我从一个干净的摩梭女儿口中得到答案：摩梭人是持恒守旧的，他们不会放弃一份属于自己的文化和对女神山的眷恋。亘古守望湖泊的女神山，传说就是一对摩梭阿肖的精魂所化。女神山，便是情的化身。她的情，流泻成碧蓝澄澈的泸沽湖，这湖像高原上一块晶莹剔透的蓝宝石，望之若迷，溺之便无命。

泸沽湖最让人难舍的当然是她的山水。这山水因为深藏一隅，依旧红尘不染，这是一个令人安慰的奇迹。但现在因要开发泸沽湖的旅游，已经有了从昆明直飞宁蒗泸沽湖机场的一趟航班，估计世外仙姝的她，今后将难免下凡历劫的命数。但她现在依然一如三年前，用绝世的幽静迎接我。

第二天，我们和同住一个客栈的几个游客包车游湖一整天，在泸沽湖王妃岛的水面花海，遇见水心莲花，她兀自在澄碧透明的湖

面荡漾轻吟，洁白得惹人怜爱，清丽得不忍亵玩。同船游客采摘盈把，并慷慨给我一瓣：你吃，你吃！我将花瓣含了一片，清甜、微涩。后来傍晚回到客栈，那一把水心莲花就被玛卡龙琦清炒盛盘，味道确实鲜嫩无比。

我们一行数人坐着木船进入水云深处。四面云山，环望无尽，湖水澄澈到底，修长袅娜的绿色植物在水底历历婉转，阳光像金线洒落，风却如软缎清凉，让人如历仙境，如处梦中。我不由得浑身细胞舒张，放声唱起歌来。我唱的是“在那遥远的地方，有一个好姑娘”，唱“啊朋友再见，你要把我埋葬在山冈，再献上一朵美丽的花”。黝黑的玛卡龙琦也奔放得大声唱着歌，她唱得更加野性，远处船只也有人跟着应和，风吹水面，一切的纠结和放不下，那会都放下了，都消失了，连笑声都带着云水的绵长。这就是山水给人的妙处。她让你忘情纵性，让你有那么一刻，失去枷锁，让你在失重的过程中，飘然下坠或者上升，和某种神秘和虚无相接。她让你怦然心动，神摇目眩，却无关爱情。我想，我一生中，那些让我心里突然柔软、突然明亮、突然欢乐或忧伤、突然勇敢想冲动想歌唱的瞬间，都是我最美的时刻，也是最真实的自我。而这样的时刻，很多时候，都是大自然动人的馈赠，让我难忘。

我对大自然的爱是贯穿生命始终的一股强烈的感情，是我至为深切的寄托。爱情同样让我丢魂迷醉，但痛苦才是爱的本质，她带给人的苦楚远多于欢悦。男女情爱中那些被丢弃的、被拒绝的，被损害的、被磨蚀的副部主题，在人的一生中，往往僭越成主部主题，这恰恰是世俗之爱的唯一真相。没有爱不是千疮百孔的，爱，无往而不苦：“爱虽给你加冠，他也要将你钉在十字架上”（纪伯

伦）。而大自然却不同呀。大自然从不刈剪你，她只栽培你、只滋润你。儒道都讲究天人合一，儒释道三个哲学体系也都推崇山水之美对心灵的抚慰。想想孔老夫子最得意的弟子曾皙吧。他的人生理想是暮春三月，约几个朋友带几个孩子，一起到沂水边戏水吹风“咏而归”，而孔子竟然在所有弟子的理想中最为肯定曾皙，他喟然而叹，心有戚戚焉。两千年后的金圣叹也心有戚戚焉，并将自己的名字改为“圣叹”以示膺服。

道家在山水里寻求永生，禅门在山水里寻求顿悟，我在山水里寻求什么呢？我会趴在车窗或靠在树根，几小时不厌倦地看白云，我会长久凝望金紫变幻的晚霞，深悟人生多么值得迷恋。烟岚缭绕的山峦，会让我痴迷忘返，静水流深的碧绿深潭，会陪我久坐无言：“相看两不厌，唯有敬亭山”，我是李白千年后的知己，世上美丽的山水都是我的爱人密友，她永远给我难得的沉醉、安宁、启迪与慰藉。在她面前，我永远是少女，是赤子，美惠而纯粹。

在我最深的渴望里，我愿终日行到水穷处，坐看云起时。不问世事不问缘。和我的爱人携手林泉，闲云野鹤，做烟霞醉侣。我宁愿抛弃书本而选择读山水这部大书。读书只是积累知识，读书太芜杂，没有选择和思考反而会泯灭智慧，成为腐儒呆子。山野渔夫樵子从不读书，却是智者，学者周国平曾说“四大精神导师基本不读书，完全不写书”，聒噪的都是小聪明和卖弄小聪明者。可见智慧和悟性，不可能从书本中得到，只能在生活的无常里，在大自然的虚空里，面向苦难和宁静中获得。大自然有汲之不尽的美与慧的源泉，你从人生痛苦中所失去的，她必会给你补偿和爱。

泸沽湖最让我难忘的还有她的月色。农历七月十六，月色极

好，我不想凑热闹看篝火晚会，宁愿沐着月色先行而归，回返远在一小时路程外的客栈。走在无人的泸沽湖草海旷野，走在蜿蜒达三公里的走婚桥上，那明月的光芒注定辉映于我命运的深处。我曾遇见过许多让我印象深刻的月亮：西部大漠的红焰之月，松花江畔硕大的橘黄之月，海岛上空迷幻的飞云遮月……而我在泸沽湖海门村相遇的草海之月，却犹如幽静无人的点着银灯的空房子，或者魔宫，她召唤我进入，仿佛只有进入才能获得永恒的安宁。旷野无风，但凉意透骨，所有月下的物事都沉默，四野的群山深紫，匍匐如巨兽，草甸上的格桑花、原野上的核桃树、向日葵都消隐于水银般的月色里，但我知道格桑花在摇曳低语，她有她的梦，她的梦就是年年摇曳于风里露里月里，谢了再开，开了再谢，谢了还开，开了还谢。谁知道呢？天地间每个生灵都有自己执拗的梦，能有梦说明造化的神奇，每个梦若都能互相照应成全，在人间奔跑起舞便是乐事。

我现在远离梦境，远离了泸沽湖女儿国。但我知道无论人去人往，缘聚缘散，她永远心若处子，静谧于凡尘之外，让想念的人们得到安慰，尤其是在这虫声如沸的初秋的夜。我只能用文字纪念一份山水的情愫，我们确实需要一位女神，来填补我们这个社会金玉其外的荒凉，但我们到底无法扭转乾坤，那就让我们从山水里、从生活的美中获得拯救：让我起来打开窗帘，迎着曙色轻啜一杯普洱。我仿佛又看见了女儿国的泸沽湖，还有山泉的欢跃，秋后竹林的阳光。它们瞬息明灭，却美得不可方物。

就让我渴望无常吧，人生最大的美就是无常，人生最大的享受也便是无常。我会在无常里，在虚空里，被自然的大美吸引，被爱

吸引，原谅自己的脆弱、敏感、焦虑和不合群。所有的这些缺陷，都会在自然的美惠慈悲里，得到弥补和救赎。

听，泰戈尔在山水里趺坐而唱：“唱完最后一支歌就让我们离去，当已度过这夜就不再回首。我想把谁紧拥入怀？梦永难被缚。我渴慕的双手把虚空紧压心头，碾碎了我的胸膛”。

第六辑　落英点水

2011

天地洪荒间蓦然回首的惊动。而人生，其实就是与一些人一些事相遇的奇妙过程。

夏雨牵着处暑，赤裸着急速奔跑了一天，终于累了，一闪身踅进秋的房门。

生是奔逝，永在离别。生是无解，永在连环。

酒醒后无法入睡，下半夜见新月如钩，知又是一个轮回！

昨陪老师喝酒，开了五千多元一瓶的正宗茅台。甘醇绵软，入喉难忘！回家路上见万物无不可喜可怜。江城桂花正艳，暗香浮动，沾衣不去。思念起母校桂子山满园香艳的秋色，思念起家乡府河边残存的青石板老街。我该回去看看了！

繁华背面一片凋零，激情背后一片虚无。生命摇摆于执著与了

悟之间，何谓执著？何为了悟？

人世间，什么样的灵魂经千磨百难火淬冰浇，经石压鹰啄路远山高，仍能拥有孩童般的纯净与金子样的温暖？

敢爱近乎智，知耻近乎勇。为爱而卑微是真正的智者。而智勇双全是难的。

2011 年的最后一天在风雨凛冽中过去了。闭门读《苏曼殊传》。将诗僧的诗句略改一二，便是当下心境：冬日梅花作意开，绕花岂惜梦千回？昨夜风雨来相厄，谁向人间诉此哀？

2012

蜕蝉奋羽化，破茧脱痴迷，挥剑绳结断，心性自光明。

过年在网上埋头流泪看完电视剧《悬崖》。此是继《暗算》《潜伏》之后又一部谍战悬疑杰作。无论剧情、演技，还是音乐都属上乘。信仰的坚贞、人性的真实、乱世的惨烈，在在逼真呈现。节日寂静的午后，唯有我爱唱的苏联民歌《苏丽珂》的旋律和人物的悲剧结局久久萦绕脑中。心生悲喜之余，龙年不想看让我流泪的片子了。

在孤独者眼里，自然山水比人更婉娈多情，相看两不厌，唯有敬亭山。岂止李白如此？大凡失意者，是认林泉草木为一生知己。隐居西湖孤山的林和靖，一生梅为妻、鹤为子。暗香浮动之下，是他清癯的眉眼。西湖的苏小小，她临死嗟叹："生于西泠，死于西泠，埋骨于西泠，终不负我对山水的一片痴心。"痴绝如此。

"丛林中间有一株蔷薇，朝霞般的放光辉。我激动地问那蔷

薇，我的爱人可是你？”——苏联民歌《苏丽珂》。从高中时期就喜欢哼唱，每唱必怅惘。喜爱俄国的诗歌绘画和音乐。喜欢那些充满伏特加气息的命运喟叹。它们来自于民间或艺术家心田，和寥廓苍茫的大地紧密相连。

所有艺术中，唯有诗是无法伪造的，它是内心的直接的显现，代表了诗人本真的不可更改的内在气质。就像在大庭广众前裸露自己一样，需要作者具有直言的勇气、率真的天性和对所要言说的东西的充分理解和自信，世上充斥着太多迎合低级趣味、冒充公众导师或为权贵歌功颂德的虚假的东西。诗因此更为难得。

“痴”之一字，是“病”里面一个“知”字，不知自己生病为“痴”，理智逻辑无法解释的现象，是“痴”；生命中执迷的东西，无法解释的爱，是痴。人无痴必无情，一无所痴的人生，将是彻底的虚无。对人“痴”，都是为了“还”一些东西。比如林黛玉的还泪。东方哲学的轮回因果和缘分牵连，让今生不再独立。

朋友谈爱，说“最怕的可能是落花有情，流水无意，因为连夺的机会都没有了”。其实，得到了又能怎样呢？爱情本是这个世界上最具悲剧性质的东西。

“水千条山万座我们曾走过，每一次相逢和笑脸都彼此铭刻。在阳光灿烂欢乐的日子里，我们手拉手啊想说的太多”。每听到或哼起这首我喜爱的歌，总不禁眼眶潮湿。茫茫人世，谁与谁前世有

约？谁与谁相逢和牵手便铭刻今生？红尘一梦，天涯春远。人间许多际遇，有太多无法参透的玄机，不容你我轻易道破。

喜欢听蔡琴的“渡口”。渡口二字，蕴藏的人生况味，让人想想终付无言。你我在渡口举棹相逢，终了难免一别。缘起缘灭，不离渡口。相见莫逆于心，相离已是天涯。我的渡口，回望应是风烟俱净，水落石出。来了，问一句：你在？走了，说一声：不送。

朋友说：“爱情是一种化学反应.只有情商和智商都很高的人，才能具备产生这种化学反应的条件”。而我们又活在一个消解甚至调侃灵魂追求的时代，对于执着于精神世界的人来说，爱情是极致的奢侈品，真正可以拥有的人不多。

近日在看各大网站火爆转载的黄晓阳小说《二号首长》，生活和官场冷静入骨真实无比的切入，扣人心弦。所谓人生，竟然是这样世俗着；所谓官场，竟然是这样权术着；所谓情爱，竟然是这样功利着。社会、官场、爱情光鲜的大氅下面，藏满无数的心术和权谋，让人读而生畏。

看到一句话：“母的含义，一虚：母亲要给孩子提供一个情绪空间，只有母亲看到孩子的优点和缺点都不露声色时，才能赋予孩子内心的成长动力。二弱：能在孩子面前示弱的母亲，孩子内心必坚强自信。三柔：越柔和的母亲，在孩子面前的指挥力越强”。其实女人最值得赞赏的品质是柔弱，有丰富和坚韧内心世界的柔弱。

活着是负重前行，辛劳伴往。有谁能真正做到从里而外的洒脱天真？一如孔子所赞赏叹息的：暮春三月，轻装出发，约了知已朋友，去河里游泳在林下吹风，一路歌唱而回？圣人的叹息竟让两千年后一位最重性灵者大为感动，竟改名圣叹，以志纪念。人生在世，何必成什么器做什么家呢？活得自在安然已属不易啊！

站在悬崖边缘，秋叶斑斓，往下一跃，是好的；站在大海边缘，绿波无极，往下一跃，是好的；站在云海边缘，虚无广大，往下一跃，是好的；站在大梦边缘，神秘幽杳，往下一跃，是好的。解脱，就在一念一跃之间。

喜欢一切小生灵：阿猫阿狗阿雀阿鸡。喜欢和它们说话对视。平生极爱猫，常到处觅猫送母亲养，用布袋装着小猫，仅露出小脑袋，惶恐的眼神乞望我，便一路予以安慰。凡路遇猫，必停脚和它说话，摩挲它，猫便喵呜喵呜着爬上膝盖蜷缩入怀，一切烦恼忧伤就消遁。我想：亲近动物比亲近人类容易，它懂得你的好。

手心朝上是度化别人。心甘，才愿意承担和付出。而只有承担和付出，才能真正懂得生活的意义，赢得命运的眷顾。

雨又执拗地下了近一昼夜：它打在屋檐石阶上，打在枇杷树叶上，打在江河湖泊上，打在飘荡闪回的梦中，打在欢笑或哭泣的人生。听雨从来是孤独者的记忆。守望浸泡在水里，思念浸泡在水里，麦子浸泡在水里，道路浸泡在水里，城市浸泡在水里，江南浸

泡在水里，苍生浸泡在水里。但愿 2012 不要浸泡在水里。

家住徐东古玩城中。有古玩店老板坚持两年学吹小号，生涩犹豫的号声每日毫无阻碍又毫无长进直灌入耳，上午十时必开始，前奏必吹“梦幻曲”，雷打不动风雨无休。我每每去菜场必经其门前，总想一窥堂奥。见其鼓腮瞪眼一脸投入，暗思能如此日日年年，技艺毫无进益却毫不气馁，简直是种境界。不免肃然起敬。

痴心敏感的女人，往往也是痴心敏感的母亲。这样的女人，这样的母亲，生活中最易反手取刃，受伤的往往是自己。

下班路遇老友小白。见他恶声恶气叫着，一脸悲催义无反顾往外疾走，我从未见识他如此“鸭梨”，难道他也要高考了？不禁诧异唤他。小白回头见是我，犹豫片刻迅速打点温柔，嗲声嗲气喵呜喵呜挨近身来，用尾巴和身子亲昵擦着我的腿转圈。我撑不住笑出声来。真是爱其所爱、憎其所憎。猫性尚如此，何况人乎？

散文家说：“如果真爱一个人，你会陷入情不自禁的旋涡中，情不自禁念他的好，情不自禁回忆和他一起的时光，情不自禁为他做一些事情，情不自禁在乎着他的一切。”然而，多少情不自禁被岁月漂白被孤独侵蚀，被冷漠伤害被自私掩埋。能够穿越漫漫尘光，一生情不自禁心甘情愿的人有福了。那是上帝的宠儿！

网上偶见星光摄影，油然而忆小时候，竹床一张，晏然仰卧于

黄昏庭院，口噙月露，轻哼歌谣，等候八面来风，星垂四极。那是怎样的惬意与享受？而今，人类对自然欲壑难填的侵害，让下一代再也看不到头顶璀璨的夏夜星空了。人类文明的进步是以美的消失为代价的，这是人类无法摆脱的宿命。

“难说我无情，难怪你伤心，难得三生有幸，难忘一往情深”。初听电影《木棉袈裟》插曲《何必当初相识》，不觉呆住。是白桦作的词，白桦一生也有深哀剧痛吧？真爱从来不是轻松的，她当然有甜蜜温馨，但更多却是苦涩痛楚，具有深邃的悲剧性质。“爱未必温馨，又何必温馨？人生未必温馨，又何必温馨？”

儿子有了新手机，慷慨将他智能旧手机送我。高兴之余，又十分犯怵。这手机对于我无比高级，功能莫测。摩挲半月，渐渐由不适应到习惯，但仍旧对旧手机留恋珍爱。东西和人用久了都会习惯。我们习惯孤单习惯忍耐习惯思念，幸运者，也习惯享受习惯呵护习惯尊荣。习惯影响着人的命运，习惯隐藏着人类的秘密。

上班线路改走徐东上高架走三环，经东湖和磨山背面直插光谷。一路风景殊异，山水盘绕，视野葱茏，云蒸霞蔚。楚地风光一向浪漫朴野，以为总在鄂西一带，岂不知咫尺之遥也藏大千气象。东湖磨山背面新开辟的三环线路，使原汁山水挟带高铁端然而出，令人心眼清亮。佛曰色不住心，我偏在色中才能心地安稳。

蜷缩，紧裹，沉默与忍耐。等待时间温存的手，拂过命运。无

底的深渊，无边的冰山，冰凉的深海，沉寂的荒原。我多想对这样的日子悄悄说声“不”，但我害怕，世界很可能在这样的低语声里，泡沫样破碎了。

“上帝给你关上一道门，一定会给你打开一扇窗”。只有遍历生活的孤独苦痛磨难而仍旧热爱生活的人，才有资格迎接窗外的阳光。生命敢于承担实质的无意义却并不消沉衰落，才是生命的骄傲，生命才是有光彩的。

又见荷花开。记起去年秋残时和朋友过荷园赏枯荷。满池焦干的荷梗历历，迎风不倒。朋友跳下塘堰，摘取一捧干涸炭化的莲蓬送我，我擎满于掌，当年鲜碧娇嫩的莲蓬已剩魂魄素黑，凭吊秋风。回家后将之清供案头，俨然一幅小景。有诗纪曰：梦断香消翠色收，前尘旧事忆风流。人间多少青葱意，留做案头一段秋。

同事在近郊觅得马齿苋，送我一把。配以不辣尖椒数粒切丝，急火翻炒撒入蒜末起锅。口感柔滑软嫩，微含清酸，带有自然清香。脑中即浮现三千年前农妇于孟夏田野、绿色无际间质朴的歌声：采采芣苡，薄言采之。这是野菜呀！野菜是现代人春夏的清欢：“世间华美无心问，藜藿充肠苎作衣。”能简单生活多好！

哲人说“愈是优秀的灵魂，就愈焦虑不安，如同一条丧家之犬”。我相信人一定有灵魂，灵魂是人的精神栖息地，是可以深夜与之素面晤谈的避难所，灵魂会嗅着和自己相似的味道而去，她所

寻求的是深挚的爱和不会磨灭的信仰。谁能给予我灵魂的安宁？是美、是艺术，是那能征服我灵魂的灵魂。

喜欢足球，那是力与美的极致呈现，是人生悲欢戏剧般的绽放；喜欢足球帅哥的临门一射，那是生命能量的华美弧线，是莫测命数之手的拈花一笑；喜欢意大利，喜欢意大利的亚平宁蓝，喜欢巴乔古典气质的忧郁之蓝。多年的挚爱不变，多年的激情依旧。那多年前点球大战，躲在床底下蒙着双耳不敢正视的我，仍在！

一天一夜的雨，仍无休无止，江城又成泽国了吧？小车或为鱼鳖。一夜豪雨下得精气灌注酣畅淋漓，如决天河。伴随着我的无眠。你是女人，女人是上天的礼物，上天让你人生的暴雨轮番落下，无休止的荡涤你粉碎你造就你期盼你，你还有什么做不到的呢？

爱情，哪怕是对爱情的向往，都是不可或缺的灵魂的力量。来自生命的灵魂的力量，绝不是靠化妆或时髦的养生所能取代的。重要的是火，像普罗米修斯那样，我们从何处盗取这生命之火？抑或我们自身就是火种？

悠长的蝉鸣又透窗传来，仿佛穿越了漫漫尘光，勾起命运深处碎镜样迷幻的记忆。是小暑节气，窗外阳光逼眼，又将是一个漫长难熬的夏日。贫瘠的时代、喧闹的人群，我将以行走的方式寻求宁静。时光永在流逝，凡尘烟火迷离，谁在风口浪尖？谁在幽居独

眠？谁又将遗忘了谁？

我不在乎可以用钱买到的东西，但我很在乎不能用钱买到的东西。不要迷恋转瞬即逝的幻相，试图发现和把握你命运中真正永恒相伴的东西。是艺术吗？抑或信仰？还是自己？

江城雨来风满楼！暴雨的狂烈、盛夏的风格、自然的伟力！想起一句经典名句：让暴风雨来得更猛烈些吧！命运若没有暴雨的冲刷，哪有最迷人的彩虹？ 人生若没有狂风的洗礼，哪有如镜的宁静？生活若没有烈酒的炙烧，哪来最动人的开怀呢？

到北海去。到祖国赌黄毒最精彩的地方去。到祖国海天沙最明净的地方去。赌黄毒与我何干？海天沙才为侬所喜。晒暴阳，晒得灵魂出窍才好；戏海水，玩得形骸俱散才好；听海涛，听得忘怀尘嚣才好；吃海鲜，吃得失去味觉才好.。你侬我侬，换个新侬回来！

挥汗天游峰，碧水丹山尽收眼底，偷游九曲溪，山水缠绕如处画廊。然而最留恋不舍，是武夷山这洞天福地，那晴天下让人融化的蓝，和蓝天上变幻的白云，有无穷的诱惑，凝视久了，再返视人间，真有恍然如梦之感。红尘万丈，非久留之地。下辈子我愿作山前的一弯流水，揽蓝天，抚流云，潺湲与君语，地老天荒。

昊天罔罔无所情，汉水汤汤无所意。情之一字至坚柔，勘破到底付空冥！

于灵秀的山水间游走，似易忘却所有的牵扯和哀痛。见水碧绿妩媚，如沉醉之爱，山峭拔孤傲，如沉默之心，面对大美无言发呆，忽然无端想掉眼泪。无关爱恨，无关得失，无端的东西总是最好。假想若和最心爱的人在一起，生或是满目碧绿，看水成绝色，看山将倾城。

闺蜜从家乡带来采摘后洗净切片晒干的荷叶送我，言用开水冲泡当茶喝可清热解毒瘦身。我特用修长玉立的透明玻璃杯冲泡，叶舒展、水淡绿，闻之清香，饮之清甜。与杯中荷叶对视良久，不禁色喜，且名之为“荷茶”。窗外迅雷骤雨，我是否能柔软站立如风荷，不忧不惧，不沾不滞，不痴不候，静心如莲？

在午夜观望星空的人，毕竟是不多的。在这个世界寻找不存在的东西的人，更是不多的。

能理解三毛向死的决然之心。她心造与荷西的爱情，心造撒哈拉的浪漫传奇，一切都是想象的真实。半生的飘零，一身的病痛，连心造的爱都已失去，她还能活吗？生命是一袭浸满泪水的袍子，裹满了伤痛。脱掉它吧，脱掉它吧！才能永久安宁。陈平，浪漫孤独决绝的女人，我向你致敬！

喜欢津津有味看鱼。小鱼儿水里游，鱼悠游自得，我也出神宁静。古人有言：练得身形如鹤形，我以为，修得人品似鱼品最好。鱼多安静！绝对不会痛不欲生自寻烦恼。昨在一会所等朋友，忽有

所发现：那报架画报上穿着匪夷所思的昂贵垃圾、搔首弄姿的名媛淑女，入眼绝不比一旁鱼缸里索性一丝不挂的鱼儿舒服。

所有的境遇对坚韧的人生而言，都是一种托举。

古人说人生快意事，是夏天满院浓荫，下雨，窗外恰好有大丛芭蕉。我没有芭蕉和浓荫，有藤椅靠着供我听雨就很好。别去想未来的事，其实有些事明摆着，结果是必然的。生活就像坐马车，你或白眼旁观，或打盹，或沉迷风景，或滔滔不绝一路打趣，马车总归要将你拉到一个地方。安于此时，我还是起身去喝粥吧。

我们每个人只能拥有属于自己的孤独。怜悯与同情基于这样一种切肤的认识：所有人都是孤独的。但人与人之间终究无法援手。除了一样东西：那就是：爱！

日子天天得过，安眠杳如黄鹤。无药可唤，分秒难挨。“心之忧矣，如匪浣衣。静言思之，不能奋飞！"

思念蔓延的痛楚，爱河的苦涩甘洌，只有趟过来的人，才会明白！那样的疼痛和牵扯，覆盖在你命运的深海里，入骨缠绕，难以泯灭。你躲不开的到底是那也深也浅、亦真亦幻的爱恋？还是那冥冥中注定的距离？或是终究躲不开生命里这场悲喜轮回？

你最想要的是什么？是什么让你不得安宁？ 唯有痴儿傻子，才

要世上无法买到也无法求得的，或是这个世界上并不存在的东西。世上万物都无法驻留。惟其无驻短暂，才成就其永恒和美。青春如此、爱情如此、生命如此。而世上也唯有痴者，才有真正悟透的资格。一切，谁与分享？

重听勃拉姆斯《C小调钢琴四重奏》让我动容。这是不能忘却的爱情的痛苦纪念和内心冲突的永恒标志。从他笔尖流出来的不是音符，是心底的血！忧郁内向的天才，他燃烧的热力摒弃了所有尘世的悲哀，使人类的灵魂达到纯粹得令人窒息的高度："我怎能拥有你，克拉拉！"终生未婚的他，在克拉拉死后翌年死去。

喜欢这样一种女子，外冷内热，天真中凌厉，妩媚中孤高。不轻易被接近，但极其渴望温暖，却又充满怀疑。爱不再是用来证明自己而是成全自己，一旦认定方向便至死不悔，直至凋零。为爱情赴汤蹈火也是出自生的悲凉。比如一生悲剧的萧红，还有张爱玲。

重又捡起荒废两年的瑜伽。屏气凝神的招式中，世界缩小到一个点，我心如莲。而如莲之心也是缈缈荒荒，其中无相。我并没想王阳明生命活泼的灵明体验，也没去参悟孟子的万物皆备于我，更无暇想及笛卡尔的我思故我在，涔涔汗意中，只是宁静，只是放松，只是释然。生活你想简单，就会简单的。

多愁善感的知识女性有个毛病，喜欢沉溺甚至玩味痛苦，从中获得一种自以为不俗的悲剧感。这很要命。让自己通俗下来的唯一

途径是让自己融入群体，并通过运动得到放松和快乐。去跳舞去走路去瑜伽吧。你会发现，伴随音乐起舞或静息获得的快乐虽说没有听音乐来得高雅，但它无我、单纯、有力。

你，缘于心泉的五色缤纷沉醉的水，血液呐喊，灵魂开花，你，心门上无锁，明河游天！你，口含茉莉，给流水编曲，给情弦试音，给万物的苏醒配置云朵！

告别朋友，打一把略有紫色花痕的雨伞在东湖无人的桥边行走，雨雾朦胧，水波与拱桥及散发桂花幽香的树木氤氲叆叇，若米芾的水墨山水轻柔濡染而来，打湿衣襟与心旌。远处幽静灯光下的楼阁香榭斜斜送来《红楼梦》里的“红豆曲”，箫声在雨幕中幽咽低回。这样的夜晚是红尘偶尔的一刻，于我却将存之久远。

家旁边欧亚达有音响专卖店，每得闲必踅进享受一小时顶级音响播放的音乐。和伙计混得熟，必挑好碟片任我选。尤喜一首由Era现代乐团所唱的“the Mass”，中文名弥撒。其音乐神髓撷取了德音乐家Carl Orff的著名作品“布兰诗歌”，命运与人生的激昂意志伴随灵魂痛苦的行进旋律每每令我神魂飘荡、如痴如醉。

江湖始波，木叶微落。秋水长天，如之奈何？思人何遥，秋风何袅。时序如流，流光独抛！

去大悟四姑镇乌桕之乡，大别山之尾，鄂豫皖三界之交，秋原

静吟，大地沉酣，乌桕红透，明艳欲流。随意拍得数十张树魂秋魄。忘忧河畔，田园作歌曰：秋之野，魂烂漫。树之语，劳光彩。心之远，苍穹下。情难归，归去来！

家乡有银杏之乡美誉。近两年钱冲银杏特别美得出奇。招引得蝶舞蜂狂，外地乃至外省游人趋之若鹜。政府于是设置山门关卡购票进入，闹哄哄之余，人造景观纷纷招摇上场。前两年去时的朴野幽谧之气已荡涤净尽。任何美的物事一旦和利益挂上钩，必失去美的本质。深谷幽兰一变为倚门卖笑，可悲可哀！

秋风扫过了，落叶栖息于土，一场深秋的雨后，江南的冬天已经来临。窗外的梧桐叶子已见凋零。一切的关系都是自然的轮回。在关系的世界里，万物必有其定规和秘密，人事更是如此。尤其是爱恨离合，万事决不能强求。人们只能听从上帝的箴言，把美好设置为永恒的背景。

近来埋头听西方音乐。音乐是最深邃迷人的圣泉，能洗涤人类所有的痛苦哀伤、直抵灵魂与命运的交接之处。除了真挚的爱情和大自然的盛宴，世上没任何东西能让我如此迷恋陶醉。在话语和情感无力的地方，音乐澎湃登场。它永远属于神灵世界，需要人全身心的投入、拥抱、聆听，方焕发至美的光彩。犹如爱情！

音乐家秉承人类最动人的情感和上帝交谈。那魔力四射的旋律犹如心尖上的舞蹈，无比虚幻又无比真实，不凭借任何理性的推

动，用旋律激情的光波参详心灵与宇宙的所有奥秘。激情天才的贝多芬痛苦的热情、旋律大师老柴和德沃夏克，让我飞升激扬，而巴赫均衡优雅的节律、肖邦空灵飘逸的诗性，又让我宁静沉潜。

在学校每每课后，就与同事或学生到室内场馆打羽毛球。一小时下来，汗意氤氲中，身心空明轻松，无是无非，无忧无惧，无过去无未来，安住于当下。容易感受生活细小的乐趣，易满足；不畏拥抱深邃的悲伤，敢面对。心灵充满弹性，觉得自己还没有老。哭便痛哭，笑便畅笑，爱便深爱，这样的生命是饱满生动的。

翻译杜拉斯《情人》闻名的王道乾早年有诗："深夜车子在街上驰过，这是运走我的信号。手伸出枯萎，碎成灰粉，瘫在面孔上，一本书上，一片杂沓荒唐的理智上；耳下涌起水波汹涌之声，地狱在我心里。"但最终他弃绝了诗。因为真正的诗和世界是一种疏离，本身只能强化孤独。浮华喧嚣的时代，诗是寂寞的。

思念是深沉动荡夏日的海洋，思念是寂寥往复冬夜的时钟。思念是永不倦怠贞洁的心跳，思念是奋不能飞守望的火种。思念是深潜灵魂寂寞的青蛇，思念是心甘情愿爱情的囚徒！爱啊！爱啊！你是倾心歌唱的瞽者！你是至诚跋涉的香客！你是前世痛苦的娑婆！

喜看中央九台的纪录片。眼下重播的"当卢浮宫遇见紫禁城"横贯中西，视野宏阔流畅。始播时看过，还有再看的冲动。片头曲的旋律乍起，若春夏清流，碧空长风，骀荡优雅，雍容自在，心苗

不由安然舒展。片尾歌都会哼了，那样风雅迷人。好的艺术从来是安慰了自身，再安慰世人的。

江城的初雪轻柔而来，飘渺而去。微亮的黎明中，刹那间市肆裹素，湖山皆白。午后雪停，黄昏下班途中，视野间湖光树影，雪霰微茫，明灭迷离。我深知其美如梦如电如昙花幻现，故而贪恋呵护，故而也凝睇感伤。时序如流，一切该来便来，该走会走。对美而易碎的事物，记得即刻惜取，最好转眼就忘。

当一种片刻不停的思念浸透你的生命，而你又感到无能为力，这就是爱吧？你醒来，或入睡，他就在那里，一直在，纠缠迷离，逃遁浮现，不离不弃。他控制了你的所有时间，也掌控着你的心情境遇，前一刻可让你哭，下一刻便让你笑；前一刻让你在天堂，下一刻打你到地狱。爱是身不由己，爱是莫名所以。

在幽暗的车里默默牵手不交一语，一起看窗外无声淌过的城市霓虹之影，在浮世热闹的街店含笑对望喝下一杯热饮，你用让我爱悦的惯常表情说：喝完了！我想，即使这样的悲欣交集，亦须前生辗转反侧的守候和约定。你是否珍惜它如同珍惜山高水长？又是新年，躲在时间无人的拐角，遥望你的风萍止水，我已无求。

2013

有时候，生活除了苦，它什么也不是。有时候，除了看见死亡蛊惑的笑脸，我看不见别的。庆幸的是，我敢盯着它看，庆幸的是，每次都撑过来了。

八天环游宝岛台湾，不像是真实的感觉，倒似在梦境。台湾，这块形似橄榄的土地，自然之美，是大海和椰子树漫长的缠绵，人文之美，是红尘间从容人性洒脱的活。自然和人文的渗透，便是一份清凉随喜与自在，为我所喜。终于明白台湾为何养育出李敖、余光中、龙应台、席慕蓉等一批追寻自由与美的俊哲了。

朋友见我台湾掠影照片，很喜欢白鹭临海俏立那张，我也非常喜爱。那可是抢拍的啊！在野柳最偏僻无人问津之处，我天意般发现了它。蹑脚不敢走得太近，拉近镜头屏气抓拍，得到了这一张。动与静、点与面、个体与无垠、孤独与永恒，贞静与激荡，流逝与坚守……全有了。 可见偶然无意遇见的，往往是最好的。

我不是游客。他们想将地球上圈点的地方跑马一圈，上车睡大觉，景点留影照，回家全忘光。我却总想寻找某种类似家园的东西，一个能把身心融合进去的地方。旅行的所见所闻，惟有关涉你的生活和情感，才有意义，才有生命力。记忆中浮现留恋的，才构成旅行的实质。不能再见或回味的事物是轻的，不足道的。

赴台同行的一礼佛修行者和我谈到因缘与命运，深藏玄机地说：你前生是个男人，今生要还一份深情。我默然。又道：你很特别，小心会有一个孤独的人生。我默然许久。社会只会接纳随波逐流者，失去自我和梦想，就会随波逐流。一味执意寻找世上稀罕或易碎的东西独自歌唱者，都是些内心孤独的人。

尽心尽力承担一份必须面对的责任，并懂得不抱期待不问结果去爱。你与孩子的关系，是接纳和成全。他需索家，你即是家，他需索温暖，你即是温暖，他需索隔离，你便隔离，他需索沉默，你便沉默。接受他现有的一切。终有一日他会不回头飞去只给你一个背影，而下辈子不会再见。血缘的面目原本如此。

你永远看不见风。但你鲜明地感觉到它存在。当浪涌云飞，当它穿屋过瓦，当它吹拂在你脸上，吹翻了你的雨伞，连根拔起大树，甚至，卷走一座小镇，你就能知道它的存在和力量！我想：缘分，亦然。云淡无痕风不住，去留自在皆随缘。

坐在地上清理多年前朋友的几捆书信，伴着雨声发呆。这些笔

迹飞扬情酣墨饱的有形信函，令我触摸到身后岁月细腻伤感的温度，强烈感到生命和情感的真实。我没料到自己竟将生活在一个没有手稿和书写的时代。这泅渡岁月的笔迹有令人信服的真实，就像从深穴出土的残砖断瓦，足可激起令人对远古文明的真实遐思。

一个人在春雨中的云雾山踽踽独行。雾岚萦绕，空山无人，新绿漫野，鸟飞水涧。杨树的嫩芽如婴儿的眼清新晶亮，梨花著雨，三三两两撑开洁白的裙裾，在崖畔兀自地开花，又兀自悄然飘落。心中的疼痛略解。大自然微妙的禅意，总能无言安抚你的灵魂。

“生命是用来挥霍的”，泪水是用来新生的，灵魂是用来燃烧的！最后一句于我也可以反复咏叹，直到永远。

清明节回故乡给父母上坟。时间并没有流逝，已凝固为不朽。你们隐去多年，但山水明净，天地灼灼，同时开辟澄明之空场，让现在和将来呈现。神圣，慈爱，无语。破我无明，赐我以痛苦与幸福，孤独的勇气，及生命之光。

思念你，像泪思念着海，电思念着雷，帆思念着风，花思念着春。思念你，像眼思念着光，雨季思念着彩虹，长夜思念着拂晓，灵魂思念着身。岁月有不能触碰的悲哀，人生有难以究诘的缘分，生命有无法卸载的深情！拥有了你，便拥有了整个世界，丢失了你，再到哪里找你？魂魄无依！

人生到处充满了无数的离合变迁。五一回老家，三年未见的大侄女结婚，从天津回娘家省亲，二侄儿也在法国五年回京实习抵家，而小侄女又飞德国留学。眼前儿女忽长成，己身不老又何为？但心思未了重担未卸多事之秋前路微茫。姑姑也好母亲也罢，血缘亲情，总是在不断的欣喜与哀伤、目送与眺望中坚韧地延展一生。

行动安静、心思敏锐、说话简洁的人，是好的。咋咋呼呼的大话篓子都较远离心灵世界的真实照拂。人世间太多的虚荣、借口、习惯、禁锢甚至谎言，让我们不能清洁地活着。能够知道自己真正要什么的，容易清坚坦白地面对世界。好比一湖深潭，从不时时兴风作浪，却能恒久映照流云和飞鸟的翅膀。

徒步磨山落雁湿地。深幽的盘山路静谧蜿蜒，人便掉入葱茏深渊，空气滴水的绿，鸟鸣入骨的翠。初夏各色野花灿然漫野，湖岸一路的夹竹桃，不开仿佛会死，疯狂地开到极致。远山如化，湖波拍岸，可惜没带相机，用新买的手机随拍数张，仍无法摄得山水淋漓的元魂。对美而言，摄影永远只能是差强人意的追随。

革新最巨的十五届青歌赛已到决赛阶段。今晚美声组五强巅峰战，问鼎冠军的王传越一曲“怀念战友”让我回到梦想飞扬的青春时代，它是我喜欢也最爱哼唱的雷振邦歌曲之一。金属般的音质，飓风般的旋律，激流般的悲情，一如既往深深打动了我。最好的艺术总和人的灵魂紧密相连，势必成为你生命血肉的一部分。

表象往往不能抵达实质。性格亦然。比如那些表面安静温婉的女子，内里多半强烈执著，而那些外在爽朗要强的女子，却常拥有一颗散淡通脱之心。艺术人物前者如黛玉后者如探春。张爱玲和林徽因也各执一边。两者各有其美，不能强扭本性。但平心而论，前者悲剧命运居多，后者易拥有平和的人生。

学者说“我们身上都有一种直觉，当我们初次与人相识时，只要一开始谈话，就很快能够感觉彼此是否相投。当两个人的心性非常接近，或者非常远离时，我们的本能下判断最快，立刻会感到默契或抵触”。而有一种人，如此遥远又如此切近，如此默契又如此抵触，莫可言说。越爱便越痛苦。无由可解。

感情的痛苦会伤及灵魂。支撑你的往往是让你崩溃的。只有不过分依赖任何事物而活，才能做到真正心无挂碍。然而凡人有多少能做到勿沉迷无牵挂呢？不曾痴迷过的人生不值一提。只是痴迷总有醒时，寻爱便是不幸。没有人比你更明白你，也没有人比你更不明白你。一曲两曲独自听，雨过夜塘春水深。

因教学需要重读鲁迅的小说《伤逝》，深觉先生对两性婚恋的烛照穿越至今。无论何时代无论男女，仅有情感的叛逆与热情，却无独立自我，无意志力和生活创造力，无面对、担当、注入的行动力，且缺乏两性调适的智慧能量，婚恋单薄的木屋注定坍塌。人格构造的要素都阙如，就像桌子哪怕缺一条腿，结局一定是倾毁。

红尘中有多少人将爱情匆忙揣进口袋，待季节变易人换新装，也就随手丢弃？而风月飘零，有几个痴心如莲，将爱用端砚研磨，珍重写上宣纸谱进歌声画入扇底、人世翻覆千年仍熠熠生辉？又是何人将爱呵护心底，以灵魂洗涤以血泪养育以岁月浸泡，一生空守云破月来，任它春梦无痕？

“触目横斜千万朵，赏心只有三两枝”。能做别人的三两枝，固然很好，怀想两三个真正得趣的素心人，小桌围坐，藤萝满架，烹茶温酒赏湖光，这样的日子也算得真味。然而独活，未尝不是一种生命的真意，少了委屈自己，多了野渡无人舟自横的萧散与从容，和孤独，实在是不挨边的。

昨下班回家见三楼门口地垫上，卧着只四蹄着雪的麻黑小猫仔，像刚出生两天。蹲下身摸它和它说话，它弓起小身子骨站起，微弱叫唤，眼睛迷蒙着尚未看清这世界。因要赶紧给儿子做饭，只得不忍离去。后想抱猫仔回家喂养，下楼踪影不见。深夜思量，佛将它送至眼前却蒙昧无知，一面之缘，从此茫茫，自责不已。

京城而今小年轻和老外较时髦的，是逛南锣鼓巷。一条本是元大都最具原味本色格局的胡同，被改造成充满小资情调、大红灯笼高高挂的时尚文艺街。走在熙熙攘攘、商业气息十足的街面，总想寻找一个时代蛛丝马迹的陈迹和遥远寂寥的历史回声。胡同寂寞的夕阳告诉我，这样一个浮肿虚脬的时代，你完全不合时宜。

人生最有价值的，不是有滋有味的快乐，而是有声有色的痛苦。它像一道道深刻的烙痕，铭刻着人生的高度与深度。每个人都有隐秘的苦痛，都会被情牵系一生。那些被抛却的情被搁浅的缘，其实一辈子都不曾离开。它会成为心泉深处一束最美丽的珊瑚，在每一个孤独的暗夜，灵光闪现。

《追鱼》结尾，观音问鲤鱼："不知你愿大隐还是小隐？"鲤鱼问：大隐怎的，小隐何来？回道："大隐拔鱼鳞三片，打入凡间受苦，小隐随吾南海修炼，五百年后得道登仙。"活于人间，是大隐大修行，聚散离合，爱恨情仇，得失自随缘，苦乐任悲喜，便是修行。若一味抑情忍性，让生命荒芜一片，才真枉活一世。

玉龙雪山在召唤我，泸沽湖在蛊惑我，苍山洱海浮现于梦里。了解自然和自我的方式莫过于旅行，旅行最大的魅力在于一切都是不确定的，就像人生一样。李白从来不跟团，我也喜独行。二十岁游历北疆，三十岁浪迹天涯海角，都是生命中不可多得的记忆。孤独其实是美妙的，惟当心怀希望、梦想和自由时。

不用和时间赛跑，让时间无用一点，让自己无用一点，有些事，有些人，都可以在这里放下。这是丽江古城让我感受到的哲理。

苍山洱海美得无可言说。沿洱海湿地信马由缰，总能和真山水不期而遇。黄昏来临也不忍离去。面对让人沉醉的自然，我几乎有

一种掠夺者的心态，恨不得将一切美景和盘拷走。其实最高境界是将自己搬来，成为纯自然的一部分。这一日何年何日到来？

走遍万水千山，忘不了爱的容颜，历经漫漫岁月，深情永驻心间。什么是生命的真意？唯有尽之一字。尽职尽责尽情尽性，如何才能知悉天命，找到今生必走的道路？怎样做一个彻底纯粹的人，将生命能量发挥极致？面对南诏古城，多少的诘问一如白云苍狗，变幻无言。

满江红——中秋有怀：玉轮冰转，暗香浮，好天良夜。低眉听，何处横笛，一声吹裂。万里无云光澄澈，人生最怜此时节。独坐久，怅然掩重帘，心如雪。 今生约，空成说，青娥老，云天隔。叹十常八九，欲满还缺。人情未必同凉热，团圞下面多离别。俱往矣，且梦今宵月，影成蝶。

人生的丰富和魅力在于细节，在于麻烦，在于少许，在于变化，在于无常，在于莫可究诘！人生的意义不在于我们什么都知道答案，而在于许多事情你不知道答案。

有人说：人世浮缘，愈逐愈远，世间幻象，愈攀愈疏，有人说：不悲不喜，便是晴天。虽然平和安顺是好，但我还是要说：人还是要敢爱敢恨，人生还是要大悲大喜。不然，枉活一世，也辜负了生命的珍贵、神奇、美妙！不过，悲喜爱恨之后要放下、要释然、要超脱、要感恩。

爱若能将自己与生俱来的生命力和天性彻底释放，就是最好的爱。也是关于生命的最好说明。她并无值不值得一说，她只是一种无可救药的存在。无视、打压或者逃避，都改变不了她的本来。她是生命力无比旺盛的物种，循环往复而生生不已。但时间总会给一些事情予以交代，爱情亦然。

生活中愈是痛苦的事情，恰恰是有助于我们成长的事情。那痛里有无法舍弃的爱和人情。独自穿越黑夜，比常人更努力地去体验了黑夜，就见到了光。

如果仅仅为了在某个遥远的日子和你相遇，就堕入不会醒来的迷梦，我是否会得到谅解？如果经过千尘百世的轮回，才相爱在今天，我是否还能说再见？如果这个世界不再有奇迹和神话，我是否还能称之为人生，敢于素面站在你面前？命运的风将我吹到你身边，你除了接受这特殊的馈赠，只能缄默无言。

修行，无非以一颗赤子之心认真做好自己，真诚面对我的道路上发生的每件事，遇到的每个人，包括喜怒哀乐，七情六欲，悲欢离合。没有游戏和凑趣，没有打发和勉强，没有伪装和算计，没有刻意与放纵，有一颗平常心，不以己悲，不因物喜，对世上事物心怀慈悲。这就是我的修行。

去汉口古德寺随喜。古德寺是中缅印风格合璧的清朝建筑。为比丘尼寺院。徜徉其间，冬阳煦煦，寺庙冷落。但有敲磬报时者，

有凝目肃立者，恰逢晚课，见一群比丘尼去经堂诵经，清音空寞萦绕庙堂。遇一戴眼镜肤白中年比丘尼，称出家十数年，闲谈半日，言我有慧根，送我佛理书八本及光碟若干，聊记一段佛缘。

爱是一种强烈、深情、持久的感情，不会计算多少、进退几许，不会如何谋划、怎样回旋。用心用真就是好的。其实，中外许多优秀的女人，在爱中恰恰是不计利害全情投入的！我以为，对爱你的人，去珍惜去呵护，对不爱你的人，去尊重去放下，就对得起自己和别人。如此而已。

时光越老，人心越淡。岁月愈深，言语愈短。那相约年年、曾携手欢笑的友伴，已星散天涯，音讯俱无，那曾和你朝夕相守的旧侣，已各奔渺茫的前程，渐行渐远。人生是一道道减法，减去了天真的眷恋，减去了美好的容颜，减去了水暖花开，只剩下山空月净。每个人，在万物归宿之地，难免被洗劫一空，重堕轮回。

2014

新的一年，我祈愿来生，化作云雾山顶一朵小小的格桑花，开了又谢，谢了又开，开了再谢，谢了再开，开了还谢，谢了还开……不知忧患几许，也不知世事无常；不知吾庐安在，也不知时间的流逝；不知呼唤来自何方，也不知情为何物。只是迎风摇曳，只是清晨沾满露珠。

时间，其实仅是一己之心的刻度。有友人说：他曾与朋友于山谷深处，坐在岩石上，谈论一些无关于时代的抽象话题。旁边溪流潺潺，四面青山环抱，恍惚间觉得自己是与春秋战国或魏晋诸贤同时之人，时间不经意变为原形。猛然他看到带来的可乐罐，这才回到二十一世纪。我想，时间就是那只可乐罐吧？

东湖灯会今天试灯免票，独自去赏灯。冷风寒月之间，人头汹涌，流光溢彩。想及醉翁的“去年元夜时，花市灯如昼”，千年前的人情风物和当今应相差不了太远。香车宝马俊男靓女，图的是热闹快活。赏心乐事后面，有几人在等去年人，在流春衫泪？灯火阑

珊处，那人在吗？

重看电影《纯情年代》，为老去的纽伦最后一瞥深情凝望后的背影所感。一生如水而逝，情愁两瓣难消。是女人伟大的隐忍，是男人高贵的责任，让人生是憾恨也是圆满。而情之一字，拿得起是不知其重，放不下是深知其痛。但活在情的世界生死由她，不值当。情应该放在心里，此情也只待成追忆。不见也罢！

一下午都在阅读因诗歌而获得诺贝尔文学奖的辛波斯卡的诗集。这也许不是一个诗的时代，或者从未有过诗的时代。但人们依旧爱诗，诗依旧存活着，并且给我们快乐与安慰。对有些人而言，诗真的像“救命的栏杆”。辛波斯卡是懂得诗和生命的况味的。当她这样说：“我偏爱写诗的荒谬，胜过不写诗的荒谬。”

当命运像海上的油带一样诡谲，当所有的等待像雾霾样沉重阴郁，当远行的亲人忽然失联不再回来，当爱的呼唤像风中的残梦无凭无据，当洞悉生活的信念可能是自欺欺人不堪一击，当每一天都像侥幸存活苟且偷欢，当明白生命其实像纸一样脆弱苍白，我向谁去说这忧惧？我拿什么来安慰这灵魂？

狂风，春天南方的狂风，从这个时辰澎湃到下一个时辰，从这片回忆闪回到下一个回忆，从这双眼睛穿过那双凝滞的眼睛。春天的狂风，旋转、动荡、嘶鸣。你的歌声在狂风中颤栗，你的灵魂在狂风中踉跄，你的故事在狂风中冰凉。春天的狂风，阻止了我！春

天的狂风，绞杀了我！春天的狂风，唤醒了我！唤醒了我！

儿子给我发来几张和朋友骑车环游武汉的照片。他已长大，凡事有自己的想法。比较任性，不爱读书，但喜欢朋友，重视友情。有人说这样性格的人，能够做大事。我却一向对孩子没过高要求，能身心健康、自立泰然而活，就是他一生的幸福。能目送他的背影在人生之旅渐行渐远，其实也是母亲的幸福。

细雨如烟，暮色里过江去听古琴老师弹琴。琴在古代是男人之器，和女子的瑟相配。故有琴瑟和鸣一说。江城更与古琴有深缘。高山流水，阳春白雪，是楚人的浪漫优雅。听“空山思友”，想可人如玉，在水一方，听“阳关三叠”，忆那年长发及腰，那一曲清唱；而今，人琴俱老，有谁心思独抱，伫尽春雨茫茫？

《安娜·卡列尼娜》里，当安娜自杀的噩耗传到渥伦斯基家中，渥伦斯基的母亲说：她有这么多的热情有什么用？这么多的热情对谁有好处呢？这样的句子，它传达的意义是洗练的。它告诉我，灵魂拥有强烈热情的人，不仅被世人诟病，也会被俗世的泥淖所吞没所毁灭！安娜如是，宝黛亦如是。

又闻栀子花香。昨日去东湖散步，如靛蓝锦缎浩荡摇曳的湖水一侧，绿径上开满繁密的栀子花。馥郁的香气如执著爱恋的女子一路缠人心魄，如浓密细碎的绮语低回耳畔。回家见小区有人提满篮花枝叫卖，不由买回数把剪枝插入瓶中，一夜花香袭梦，满室氤

氲，遂觉未负花之痴情！

夏至日去沙湖观荷。天气薄阴，湖光清润。风吹过，弥望的荷叶窸窣有声，有如花之密语。石砌小径两侧遍布缸荷，娇红嫩绿，色色迎人。回来作诗曰：沙湖六月莲，袅娜向人开。水色含清影，荷衣矜自裁。楚楚迎风立，依依弄前川。擎叶拂荷珠，荡漾羞成圆。向晚还顾影，归来独徘徊。深怜红蕖意，欲寄隔云端。

昨日骑车六小时环游西湖。胳膊晒得像红烧肘子。拜秋瑾碑，谒苏小小墓，叩岳王灵，登雷峰塔。断桥没有残雪，曲院遍是风荷。南山路法梧蔽天，西湖水烟波浩渺。西湖大美，端然又冶艳，晴雨皆宜。难怪张岱说：日日看西湖，一生看不足。在美景面前，我也是不知餍足的。

看到一帖赞《幽梦影》。清人张潮的此书也是我的枕边读物。喜欢它阅尽浮华后的清癯微凉，遍历沧桑后的睿智风雅。如茶香缭绕、如琴音淡远，它的审美风情是有市井人生做底色的。爱它眉间的一抹浅笑，唇边的无穷余韵。赞曰：幽梦影里淡生涯，晴窗雨桥是人家。阅尽世间千百态，莫如雪后一枝花。

你可能践踏一根小草，但——你不可能听到它的呐喊， 也不可能理解，它会不会痛苦抑或快乐，惟有猜度，其实是猜度自己，你的呐喊，你的痛苦或快乐。 而在一切发生之前，它只是在轻风中摇曳，摇曳，摇曳，还是摇曳。

秋日游磨山，访落雁岛。得《浣溪纱》二首：秋分——磨山行：雁字横秋昼夜平，登高一望水烟低，漫惹闲思看多时。一年最好秋分日，石榴红处桂花迷，夕阳恰在楚碑亭。 谁念秋风独自凉，满目苍山叶正黄，伊人宛在水中央。一派晴岚落晚照，十分瓜果远飘香，人间何处寄情肠？

深宵无眠，起来看电影《简·爱》。在众多版本中，独喜苏姗娜主演的1970版。这个简·爱不漂亮，但眼神丰富、脊背挺直，倔强而温婉，最符合夏洛蒂笔下的人物气质。李梓、邱岳峰的配音堪称经典，音乐也非常出色，几段著名的对白几乎熟记能背：“人活着就是为了含辛茹苦”！这句充满负能量的话却让人日益坚韧。

饮食男女有什么不好？情趣盎然地活着，一要好吃，二要好色，不然人生还有救吗？若一男人成日僵着脸说些诗曰子云，我立马逃之夭夭。人能做到既好色又专情，那是境界。一般好色女不大喜欢美男，而喜欢那些有味道的男人。美男算什么？美女弱智还能可爱，美男不幸而弱智会极不堪，还不如平常人平常相貌也。

什么叫盛年？盛年是不太年轻也不太年老。不年轻，是生命已有历练，犹如存放后花园的醇醪，隽永深长。不年老，是心智已可掌控情绪与岁月之箭，身体作为图腾，已超越俗世桎梏，依旧风月无边。盛年是人生最好之景，是横跨稚嫩与苍老之间悠长的彩虹，需多少修炼才能抵达。不是谁都有盛年的醇美的。

和摄友一起闲逛东湖。秋水连天，湖鸟翩飞。踏歌一首《蝶恋花》：日暮人愁秋水畔，燕子飞去，长天影独看。湖面风来惊望眼，夕阳衔在那山半。白玉桥头归棹晚，何处横笛，吹尽人离散。问君不语天涯远，情愁引着江南岸。

湖北罗田地处大别山腹地，是有名的板栗乌桕之乡。那里蔚然深秀，原野朴茂。尤喜秋色斑斓，景色醉人；又闻凤凰于飞，红叶烂漫。行摄于山水间，劳愁顿消。故有歌记之：驱车数百里，暂离尘寰中。烟岚木叶舞，乌桕水中红。山高秋澄碧，心静意自空。何日更高蹈，踏歌原野风。

2015

见丰子恺漫画，有题款：世上如侬有几人。得诗一首：生年虚负骨玲珑，华发新添晓镜中。午梦千山难化蝶，光阴一箭暗随风。海阔星沉蓬莱远，琴荒诗老蜡炬红。不见寒冬萧萧雪，夜深倦倚有谁同？

即将告别徐东旧居，随摄友前往沙湖拍新梅，有韵：几回沙湖忆初游，萍踪浪影过春秋。荷姿已无擎雨盖，梅骨恰好展清愁。灵妃唤月波入海，阮郎遁山雪满舟。缠绵思难抽残茧，聊对风光拍画楼。

今日友人为我乔迁之喜送来珍贵礼物：在湖边采摘得来的菡萏精魂，配上细心搭配的古陶花瓶，朴拙大雅。数年前也曾得炭黑莲蓬，供养案头，写有一诗存念：梦断香消翠色收，前尘旧事忆风流。人间多少青葱意，换取案头一段秋。想来人间万紫千红，春去凋零，两份尘土一份流水，芳魂难觅，不似翠荷依依，袅袅秋风后，留下不死魂魄以证一段痴情，真乃花中奇女子。友人深情雅

意，感我肺腑。有花之魂魄伴我，汤逊湖边的风月，恰好。

春二三月，春和景明，有一种必须融于大自然的冲动。人头攒动的武大樱花园是不去的，真正朴野宁静的大美原野在召唤我，那就是江城郊外的长江之堤。讴歌于葱茏的原野，大江远去，湿地绵延，村女采于野，牛羊沐于日，现代文明与野味淋漓的原野更形成绝妙的张力。心中浮起这样的歌唱：和平之乡哟，我的父母之邦。岸草那般青翠，流水这般嫩黄。

一直以来，喜欢恩雅，喜欢这首歌。一听就莫名地沉醉感动！也不知这感动来自哪儿，它连接在什么更为神秘的源头之上。那天籁般纯粹的美感，春日流泉骀荡的旋律，让我感悟人的生命其实有多么单纯的快乐，那就是做一个自然之子。江河行地，日月经天，我们从来处来，到去处去，也必自在安然！

大嫂抱着外孙女向老家的庭院走来，我欣喜迎接侄孙女的索抱，她向我露出可爱的笑靥。回头却见父亲身着生前常穿的衣服从厅堂走过，又走回。我一连喊了数声：爸爸，爸爸！他望了我一眼，还有他从未见过的重孙女。午梦初回，梦境使我怔忪悲伤：人生代代无穷已，但见春日花又落。我会记住这个暮春的午后，谷雨已过，初夏气息的阳光，裹挟着小区除草机的嘶鸣，透过浓荫，虚无如梦境，一如人生。

午睡初醒，得《金缕曲》：午梦千山雨。烟波下，一叶扁舟，

正待归去。涕望江心魂魄杳，惊转晴窗鸟语，帘低垂，风来飘举。懒起独把六弦弄，黄昏近，残照愁无绪。月玲珑，又如许。何必平生多恨哉？料情缘，聚合离散，天命有据。我自崖返君自适，是梦久应醒欤？寻思遍，浮生迟暮。从今词赋须少做，波光淼，袅袅湖边路。春已尽，任空无。

和小学文艺班的同学小聚，各带着人高马大的儿子。恍惚间时间倒流，我与她穿着芭蕾舞鞋在故乡的舞台跳跃旋转。那么小，又是那么缥缈。回望儿子颀长的青春，我却依旧多情善感如昔。当儿子牵着我的手留影，后又评价我适合生活在古代，而我同学却有现实感时，深觉流年如水，滋味莫辨。

前日下课回家发现墙壁上挂钟不走了，悄无声息停在飞鸟的黑翅上。静止如死。这是一种暗示。世上有许多事情，单凭意志力是无济于事的。有时候大概真的会死去，不是真实地死去，就是象征性地死去。不论哪种，其实都相差无几。生命也好，爱也好，痛也罢，终究一天齿轮会停止运转，表针忽然停在某个位置上，沉默降临，如此而已。

端午节被友临时相邀赴沙湖赏全国荷展，到旧居沙湖畔已四点许，细雨后天气微茫，湖光不妍。半湖荷花也已娇容紧裹，且相机电池告罄，芳容荷意难以尽描，然湖泽风光朴野无限，风卷荷浪，绿意弥漫天际，心胸为之洞开。歌曰：湖上花开细雨天，风光冉冉娇魂妍。我欲与君亲芳泽，绿烟自碧荷花现。浅粉深红各有姿，低

眉曳袖弄清浅。廊桥雨后愁不卷，隔岸燕子阴阴见。一时迷乱故人心，衣带渐宽任无情。香肌冷衬无环佩，我有迷魂招太清。愿效菡萏六月高，直破兰熏到天际。相思欲渡黄昏晚，回望三楚波已平。

因作协采访一事重回母校。时骤雨新歇，学府幽深静谧，每一棵老树每一条石径都静默如忆，竹篁里传来笛声幽咽。徘徊在文学院和当年楼舍枝柯密布的小路，那青翠洁净的少女足音已深埋在重重叠叠的岁月之下。远近阒无一人，恍惚瞥见楼道阳台上拉琴的少女惊鸿一现，白衣黑裙的自己正越过时光向我走来，轻轻地说：你在这里？

秋天的小村是寂寥的。人留下斑驳着苔藓的白色房子，竹林在屋后生长，没有炊烟袅娜着心思，唯有宁静将鸟声接住。流水是村子里唯一的智者，静静淌成时间的琥珀，有女子在木桥上亭亭回首，过往历史的喧闹，沉淀为恍惚的背景。我从远方匆匆而来，停棹于光阴幽暗的河谷，我从山间一抹青黛的烟云，看透了今生，却读不懂爱情。

校园今天迎新，多是父母齐上阵送子报名，甚至还有爷爷奶奶千里迢迢陪同，心里十分不忍。古时读书中举、当今考学就业，中国几千年的家族理想于斯为盛。与一来自甘肃酒泉的父子攀谈，儿子考了近五百分，动检专业全省只招了他一个，父亲憨厚的笑容让我动容。天南地北的学子一茬茬来，又一批批去，跟着轰轰烈烈的时代列车往前开，将不再具有理想色彩的青春时光留给了校园。青

春是一往无前永无回返的响箭，穿透人生层叠的密林，它到底消失在何处，没有人能够知晓。

国庆在家乡和中学同学开心小聚。碧山青，涢水流，桑梓情，同学谊。家乡这一词语，若有气味的话，于我而言，那就是家乡米酒的香，甜而稳妥，像记得分明的快乐，烈而怅惘，像忘却了的忧愁。少年时光与少年情怀总在故乡某个不经意的拐角，与你不期而遇，给你来一个欢喜又结实的拥抱。我愿意常常沉湎其中，乐而忘归。

冬日连续阴霾湿雨让人心里生病，难得今天的丽日暖阳，当当网买的几本书又恰好送至门前。所以有了一个闲逸的理由，心安理得翻书消闲半日。其实，读书是人生可有可无的东西。浮生似舟，静心如莲，读书消磨时日是舟中用莲芯浸泡的茶香，有茶香萦绕当然好，但也并非必须，就像爱情。我们一生大多不明白，以为是爱情的玩意，只是达成婚姻的手段而已，至多是婚姻一段诙谐的序曲。真正的爱情是很少的，一如读书。一卷好书在手，犹如邂逅真爱，个中滋味，非能与外人道。

2016

随朋友去郊外散心。有薄雾升起于水。踏歌而行：冬在江南的水上，水在江南的雾上，雾在鸟的琴弦上。所谓伊人，在彼岸——水墨的题款上。那穿紫堇花衣的女子，打江南的黄连树下走过。隔岸的风吹过来——冬在她的眸上，水在她的命上，雾在她的歌上。

窗外冷雨千山，无聊间在书柜寻得张岱《夜航船》闲翻，忽一相片飘飞于地，拾起一看不觉呆住，背面有自己的隽秀小字：岁在冬末，大寒。时年 25 岁。也不知何时夹在书中忘记至今。照片有点泛黄，是在学校单身宿舍照的。当时正恋爱，桌上还有男友烟盒一枚。光景飘忽，忆来百感。拍下写一小词《行香子》以证此缘：偶翻旧书，小影惊伤。寒雨声，吹断酒肠。光阴似箭，尽付大荒。但几回醉？几回梦？几回狂？ 浮生独钓，碧海茫茫。眉间色，英气凝香。造化弄人，何处慈航？忆楚江月、琴岛风、津城霜。

儿子前两天抱回一只小狗，才出生 39 天，泰迪和蝴蝶犬串串。除两道俏丽眉毛、嘴巴和四个爪子，身如黑炭。因四爪如雪，

起落飞奔如雪花扑落，为她取名“小雪”。我每一走动，她就如一团黑球滚动，短短的雪爪紧跸着我噗噗跟随，让我笑不可抑；每一落座，她必仰着小脸，抓挠着裤腿恳求我抱她入怀，用她黑亮无邪的眼睛与我贴近对视。上天将她赐给我，这是我与她的缘分。万物总是因缘相连的。任何生命出现或消失在你的生命中，一定自有它的奥秘。

武汉大雪。去湖边流连半日，拍摄雪景。茫茫四野，天地皆白。回来却受冻病倒，连着三天去医院打点滴。卧床闲看照片，得《蝶恋花》一阕：江南梦回帘初卷，漫天雪色，一夜玉龙现。湖上寒波孤客远，回首迷茫忽不见。玉树琼枝凭谁剪？天涯翻飞，一任劳望眼。诉尽梨花幽独意，归来西楼听雪眠。

大年初三晚上，看中央六台根据真实人物和故事拍成的电影《滚蛋吧，肿瘤君》，泪流满面。记住了两句话：“爱和被爱，是世界上最重要的事情”。另一句就是：“不能因为最终的失去，就不敢去拥有”。当电影结束打上最后的字幕，阳台外深邃的夜空，忽然升起了璀璨的烟火，是今年我看到的第一束烟火，转瞬即逝，但是，真美！

你眺望着春——仿佛春，在你生命里才刚刚开始；仿佛春，没有尽头；仿佛春，是透明的琥珀酒杯，让你畅饮。蓦地风雨袭来：命运里多少次风雨袭来，落红成阵欢景成空。你是否还能笑问：岁月静好现世安稳？你是否还能笑看：柳丝吹绵、樱花吹雨？

“愿我来世，得菩提时，身如琉璃，内在明彻”——观音诞辰日赴东方山弘化禅寺参加正慈大师主持的礼佛法会并分享中国佛教艺术读书会。口占四句：东方礼佛恰逢春，茶禅一味月照门。人世最惜因缘会，拈花一笑有前因。愿我们享受佛教，享受艺术，享受思想，享受修为。

“小花”是我大年初六送给朋友养的小狗“小雪”，她刚满月被儿子带回家，养了一月。因要出远门，无法照料小狗，自己又过于善感，怕今后不可避免的生离死别，便转送给喜爱小花的朋友。朋友夫妇细心慈爱，我得便就去探视小花，她从没忘记故主，见到我是疯了般欢喜雀跃。这小生灵对人的依恋每每让我们情难自禁，她的灵气、善解人意和跃动的生命力给了我们极大的快乐。然而谁曾想，我们与她的缘分竟如此短暂？今天是小花的头七，她在世上仅存活 103 天。朋友拖到今日，特地挑这个阳光灿烂的日子告诉我，本是怕我伤心，但我仍旧伤感落泪不已。去看了掩埋小花的一抔黄土，我们插上两株金黄的油菜花，满野透绿，她小小的遗体就在遍地春风之下，我心里向她说：小花，我们的缘很短，但也有过一回。

内心无法通过现实获得圆满的人，只能通过艺术之路去救赎自己。比如诗歌，比如音乐、绘画。中外古今，真正的艺术家，诗人，都走在充满内心苦难的救赎路上。有的终被自己救赎，救赎不得就唯有自我了结，被上帝收走。

聪明的，什么让生命不堪其重？什么人，不过问爱情，红尘逍遥，沧海一笑？什么人，气禀深情，焚心以火，爱的创痛，终其一生，无法痊愈？

去长城汇观旅美舞者简珮如的现代舞。数十舞动的身体如一团火焰一汪流水：翔舞与寂灭、火热与冰凝、孤独与狂欢、沉溺与观望、充实与虚无。身体在倾听灵魂的消息，灵魂却在徘徊。

后　记

今日立冬。窗外的银杏叶已经泛黄，随着秋雨偶尔飘落坠地。接到出版社发来的散文排版样式，书稿散发出纸墨清香，让我不由心生恍惚。

一直以来，我本没打算将这些文字付梓面世，集中的文字，大多是这些年来平淡光阴里掠过的或深或浅的思绪，多是一些流光碎影，信手写来，不加构思与雕琢，只是想为接踵而来又旋即消失的岁月留下一点可供回味的印痕罢了。

一年多前，有出版集团的老总偶尔在刊物上见到我的几篇散文，很是喜欢，希望我能结集出版，并说可以免去书号费。于是心动。人一旦心里产生念想并付诸努力，只要这种念想不是太过自我，太不靠谱，太不被命运眷顾，生活一般是肯玉成其愿的。

我写散文比写诗还久。高中时，得蒙才华横溢且曾是右派分子的语文老师尹明章先生的青睐，要求我每晚写一篇散文以供批阅。这对于爱好文学的我，无疑是一种鞭策。尹老师对我稚嫩的文字总是赞勉有加，我的每篇习作都被他密密加点，有时点评的文字都写满一张纸。在当时以高考为主要目标的高中生涯里，这一份另类的

作业，却成为我少年时代一汪温暖的泉眼，让我在不时的回望中感到怅惘与想念。那些隽秀的红笔点评文字，不曾随着时间褪色，它们镌刻在光阴深处，发出光来，给我指引出一条路。而写作带给我的快乐与慰藉，也便自此延续到大学、到如今。

记得大学四年的许多夜晚，同宿舍的同学都睡了，我还在挑灯写文，有时在安静的白炽灯影照着的桌前，有时在蚊帐遮掩的临窗上铺的床头。春夜南湖的蛙鸣，秋夜细雨的吟叹，声声传递到我的耳鼓、我的笔下。大自然的韵律，四季的流变，伴随着我的文字，一路加深我对生命的感悟，也让我的文字有了岁月的光泽。

收录进这部书里的散文，却没有当年青春时代的旧稿，只是人到中年的部分文字。青年时代的所有旧作，我愿束之高阁，供蠹虫充饥，任笔迹荒芜。它们注定只会有我一个读者。那些堆放于书柜深处、纸张泛黄的一叠叠书稿，那些少年的憧憬，青春的苦涩，故乡的风物，初为人母的悲欢，对于别人是毫无意义的，于我却弥足珍贵。多年后，它们或将付之一炬，随我同归大化，那是这些文字最好的去处。

其实，即便因了机缘或努力，今生能出版几部诗文集子，它们终了最好的处所，也仍旧是“托体同山阿”，成为流水行云的一部分，成为自然的一撮灰，一抔土。若能稍许滋养一片花树的精灵，我会感到极其满意。

如果说，我以前出版的新旧诗集，选录了许多青涩时代的诗歌，铭刻着青春岁月难以叙说的情愫，而这本散文集，却是褪却了天真，滤去了浮沫，显出了生活本来的面目。诗，本属于微雨燕双飞的年轻心灵，而散文，却属于落花人独立的寂寞午后，是一个人在岁月的阴凉处，泡一盏茶，或温一壶酒，徐徐凝眸回望的中年。

为这部散文集取名“上帝的窗子”，颇费了一番心思。开始本定名为“红尘陌上”，后来发觉和一本小说重名，也散发着文艺女青年甜腻的气味，便又改为“碎镜”，因为2011年出版的新诗集“时间的河岸”本命名为“碎镜”，后因故放弃，我却没来由一直偏爱：生活本是一面破碎的镜子，而诗心，却能从碎镜中折射生命的灵光。散文何尝不可作如是观呢？便琢磨着用于散文集名。然而却被颇懂文字的一老友否决了：说是过于玄虚。最终，直到想到用“上帝的窗子”作为书名，觉得就是它了，才欣然而罢。

所欣然者：一来集中本有以此命名的文章；二来，我所有的文字，从某种意义上，都是上帝为我开的一扇窗，让我于这扇窗口，窥见命运的波澜，洞悉生活的底蕴，吟叹生命的悲喜，追摹灵魂的故乡；三来，我的网名是“晴窗初雪”，已伴随我十余年，一些亲昵的朋友，时时也戏称我为“晴窗”。我这一生，谁是我的窗子？什么是我的窗子？我又将是谁的窗子呢？每人都有自己的窗子，如果我的窗子别有玄机，我宁愿这扇窗口，月映萧竹，风吹晴雪，有鸟声，有雨声，有往景不追，有爱恨已空，最终嵌入流年，成为我回望一瞥中渺渺茫茫灵魂的出口。

散文集共分六辑。大致按文章性质分章。特别说明的是：第六辑“落英点水”是2011~2016年间的微博部分摘录，也可看做语录断章，虽篇幅短小，但真实记录了日常的点滴思绪，是微风中的涟漪，是流年里的轻喟。思忖再三，怕怠慢了光阴的一份恳挚，因此在文集付梓的最后阶段，决定收容于兹，也是敝帚自珍之意。

我的文字都有来处，都无矫饰，不为评奖，不为邀名，不为稿

费，更不是为生计，全是不由自主，不择地而出，又一任所往，无章法可言。所以真率，所以自在。其实，古往今来，好的文章都是无路数的。它有气，有神，有意，却无所谓布局谋篇的章法。譬如庄子的散文便是。好的人生和好的文章一样，得心应手，自在随意，收放自如。然而，人的一生有许多不自在不如意，故而人就愿意看一些自在天然、不可遏制的东西，比如流水，比如行云，比如孩子的笑脸，情人的拥抱，比如发自内心的一丝叹息，出自魂窍的一声呐喊。我愿自己的文字尽量流泻出一己灵魂之声色味，自在摇曳，素心相传，人理解也好，不理解，也好。

感谢湖北省作协副主席高晓晖为散文集做序，他是我多年的挚友。感谢学长与故交吕大鹏以及廖天亮同学贴心的支持，感谢孔庆东教授的奖掖与鞭策，感谢我生命中所有真挚的朋友，没有他（她）们由衷的鼓励、欣赏和关注，我尚且不知自己的文字尚有可读，或许就没有力量坚持一路走来。也感谢长江文艺出版社社长尹志勇先生给予方便，感谢责任编辑杜东辉老师的无私付出。

最后，我要感谢自己和命运。感谢我生命至为可贵的能量，感谢我心灵的诚笃与勇敢。没有这些，我的文字将是无源之水，无本之木。感谢命运一直存在的善意，感谢我终究能发现命运的善意。

是为后记！

2016 年 11 月 7 日立冬日

汤逊湖畔 晴窗阁